Detlef Brettschneider
Nur kurz
Kurzgeschichten Teil 2

Detlef Brettschneider

Nur kurz

Kurzgeschichten Teil 2

Je besser das Buch ist, desto weniger
Chancen hat es, verkauft zu werden.

*Honoré de Balzac (1799 - 1850), französischer
Philosoph und Romanautor*

Saalfeld, 23.04.2019

Bibliografische Information der Deutschen Nationalbibliothek:

Die Deutsche Nationalbibliothek verzeichnet diese Publikation
In der Deutschen Nationalbibliografie; detaillierte bibliografische
Daten sind im Internet über http://dnb.dnb.de abrufbar.

© Detlef Brettschneider 2019
19481024

Herstellung und Verlag:
BoD – Books on Demand, Norderstedt

ISBN 9783732239771

Inhaltsverzeichnis

Vorwort

Nachdem ich schon einmal ein Buch mit Kurzgeschichten bei verschiedenen Redaktionen angeboten hatte, war ich ziemlich am Boden, weil alle großen Verlage sagten, dass man Kurzgeschichten nicht auf dem Markt unterbringen könne. Die kleineren Verlage dagegen hatten leider einfach keine Kapazitäten mehr, mein Manuskript als Buch umzusetzen. Und die Verlage, die auf verbrecherische Weise mehrere tausend Euro von mir verlangten, waren wohl kaum Objekt meiner Wahl. Ein Freund bestärkte mich aber trotzdem darin, weiterhin meine kurzen Erzählungen zu schreiben. Also blieb mir nur wieder die Möglichkeit des Self-Publishings. Ich denke, dass dies logischerweise keinerlei Einfluss auf meine Geschichten hat und hoffe, dass mindestens eine davon Ihren Geschmack trifft. Übrigens gedachte ich vor einiger Zeit, auch mal einen ganzen Roman zu schreiben. Aber ich habe diese Idee wieder verworfen. Ich will eben ‚nur kurz'.

Übereinstimmungen bzw. Ähnlichkeiten von Namen, Orten, Geschehnissen oder sonstigen Dingen sind reiner Zufall und bestimmt nicht gewollt.

Für meine Enkelkinder.
Vielleicht werden sie später
dieses Buch einmal lesen.

Die hübsche Gabi

Ihr Name war Gabriele Fischer. Sie hatte kurze, blonde Haare und wunderbare, grüne Augen. Nahezu alle der Zwölfjährigen in ihrer Klasse waren in sie verliebt. Und obwohl sie erst elf Jahre zählte, war sie doch davon angetan. Nur einer der Jungs schien sie einfach nicht zu beachten, dieser blöde Wolfgang. Was bildete sich dieser dämliche Kerl bloß ein? Schließlich war sie doch die Klassenschönheit. Aber sehr bald hatte sie schon ganz andere Sorgen. Ihre Eltern zogen in eine andere Stadt. Natürlich musste sie da logischerweise auch hin, obwohl sie lieber hier geblieben wäre. Aber keiner weiß so genau, was das Schicksal für einen noch bereit hält. Und Gabrieles Schicksal hatte noch Einiges mit ihr vor.

Es vergingen etwa fünfzehn Jahre. Wolfgang war frisch geschieden, als er zufällig in einer Kaffeestube auf Gabriele traf. Sie saß am Nachbartisch und nippte genüsslich an einem Cappuccino. Die beiden betrachteten sich gegenseitig eine ganze Weile, bevor ihnen klar wurde, dass sie sich von der Schule her kannten. Wolfgang setzte sich spontan an ihren Tisch: „Darf ich?" Sie nickte: „Du warst doch der Wolfgang, stimmt's?" „Der war ich nicht nur, der bin ich immer noch." Sie musste lachen und Wolfgang bemerkte zum ersten Mal, wie bezaubernd sie eigentlich war: „Ich würde dich ja zu einem Kaffee einladen, aber du hast ja schon einen." Sie verneinte lächelnd: „Das ist kein Kaffee sondern ein

9

Cappuccino. Aber du könntest mich zum Essen einladen. Ich habe heute Abend noch nichts vor." Wolfgang fühlte sich zwar geschmeichelt, stutzte aber über die Geschwindigkeit, mit der Gabriele vorging: „Und was sagt dein Mann dazu?" Gabriele blickte nachdenklich zu Boden: „Ich war nie verheiratet. Der Beruf, du verstehst?" Das machte Wolfgang ein klein wenig neugierig. Gedehnt fragte er, jedes einzelne Wort betonend: „Und was ist denn das für ein aufreibender Beruf?" Sie wich aus: „Darüber möchte ich nicht sprechen. Also bis heute Abend. Wir treffen uns am besten wieder hier. Sieben Uhr ist doch OK, oder?" Wolfgang nickte. Gabriele stand auf und ging zum Ausgang. Sie winkte noch kurz zurück und verschwand dann im Gewühl der Straße. Und Wolfgang war sich seiner Gefühle plötzlich nicht mehr so ganz sicher.

Pünktlich um sieben Uhr stand Wolfgang nervös vor der kleinen Kaffeestube. Ursprünglich wollte er ja Blumen mitbringen, dachte dann aber, dass diese wohl auf dem Weg zum Restaurant nur stören würden. Welche Frau läuft schon gern mit einem Strauß Blumen in der Hand durch die ganze Stadt. Also hatte er eine kleine Schachtel mit sündhaft teuren Pralinen erstanden. Hoffentlich mochte sie Süßes. Gegen sieben Uhr fünfzehn kam ihm langsam der Gedanke, dass ihn Gabriele versetzt haben könnte. Er gab sich noch fünf Minuten, dann würde er gehen. In diesem Moment hielt genau vor ihm ein knallrotes Auto am Straßenrand. Am Steuer saß Gabriele. Sie ließ das Fenster herunter und rief: „Spring rein!" Etwas konsterniert stieg Wolfgang in den Wagen. Sie strahlte ihn an und plapperte dann während der Fahrt munter drauflos: „Entschuldige die Verspätung. Ich hatte noch zu tun. Aber Männer warten ja gern auf Frauen. Das habe ich mir jedenfalls sagen lassen. Ich hoffe, du bist nicht allzu böse. Am besten essen wir im Hotel ‚Aron'. Da bekommt man immer einen Parkplatz. Und das Restaurant finde ich besonders gemütlich. Das Essen ist da auch immer sehr gut. Hat allerdings seinen Preis. Aber keine Angst, ich werde für uns beide zahlen. Ich hoffe, du bist einverstanden." Wolfgang fragte etwas gequält: „Holst du nie Luft beim Reden?" Sie ging nicht auf seine Frage ein und zeigte freudestrahlend durch die Windschutzscheibe: „Da ist es schon."

Das Hotelrestaurant mutete an, als wäre es in den goldenen Zwanzigern stehen geblieben. Dicke Vorhänge, Spiegel und schwarz-weiß Fotos an den Wänden, vergoldete Leuchter, ebensolches Besteck auf den Tischen und zur Krönung in der Mitte des Raumes eine Palme, die sich bis zur Decke erstreckte. Wolfgang und Gabriele fanden zu ihrer Zufriedenheit in der hintersten Ecke ein lauschiges Plätzchen. Sie aßen Tomaten-Fenchel-Suppe, Bœuf Stroganoff und anschließend flambierten Pfirsich. In den Gläsern perlte ‚Veuve Clicquot Ponsardin', was beider Stimmung gewaltig hob. Allerdings wunderte sich Wolfgang etwas, dass Gabriele die horrende Rechnung locker und ohne Wimpernzucken bezahlte. Wieder im Auto, küsste sie ihn ohne Umschweife. Und so war es kaum verwunderlich, dass beide für das Wochenende ein erneutes Treffen vereinbarten. Es blieb nicht das letzte.

Nach einem halben Jahr wollte Wolfgang seine Gabi überreden, eine gemeinsame Wohnung zu nehmen. Sie fand, es wäre noch zu früh dafür. Über ihren Beruf wollte sie ebenfalls noch nicht sprechen. Was denkt sich da so ein verliebter Mann? Er denkt, es könnte eventuell einen anderen geben. Nachdem Wolfgang eine gewisse Weile mit sich gerungen hatte, begab er sich deshalb mit einigen Fotos zu einem Privatdetektiv. Tags darauf eröffnete ihm Gabi, dass sie für einige Zeit verreisen müsse. Aber weder wie lange noch wohin, war aus ihr herauszubekommen. Wolfgang hatte die Heimlichtuerei endlich satt und stellte ihr ein Ultimatum. Spätestens einen Tag, nachdem sie wieder zurück sei, müsse sie ihn über alles aufklären, sonst würde er sich von ihr trennen. Mit Tränen in den Augen bat sie: „Überlege dir das bitte noch einmal! Bitte!" Kaum drei Tage später besuchte ihn der Privatdetektiv, gab ihm die Fotos sowie den bereits gezahlten Vorschuss zurück und sagte: „Tut mir leid, aber man hat mir nahegelegt, den Fall nicht zu übernehmen." Wolfgang war so verblüfft, dass es ihm die Sprache verschlug.

Ungefähr eine Woche später klingelte es Sturm an der Tür. Draußen stand Gabi, in der Hand ein kleines Päckchen haltend: „Hör zu! Ich habe keine Zeit für Erklärungen. Bitte hebe das Päckchen hier für mich auf. Schau aber auf keinen Fall hinein! Ich vertraue dir." Sie drückte ihm einen Kuss auf die Wange und rief noch im Gehen: „Ich liebe dich! Wirklich!" Ein begossener Pudel hätte nicht dämlicher aussehen können, als Wolfgang in diesem Moment.

Es waren genau vier Tage vergangen, als Wolfgang die Spannung nicht mehr aushalten konnte. Was war in dem Päckchen, das er nicht sehen sollte? Vielleicht gehörte ja Gabi zum organisierten Verbrechen und nutzte ihn nur aus? So etwas muss doch, in drei Teufels Namen, ein richtiger Mann nachprüfen. Als er das Packpapier entfernt hatte, traf er auf einen Zettel. In großen Buchstaben stand da: ‚Ich wusste doch, dass du dich nicht beherrschen kannst. Es ist nur ein kleines Geschenk für dich. In Liebe Gabriele.' Erwischt! Er bekam einen roten Kopf. Unter dem Zettel lag, sorgsam zusammen gefaltet, ein lila und weiß gestreifter Schlips. Das war nun gar nicht sein Geschmack. Aber wie sagt schon der Volksmund: ‚Einem geschenkten Gaul, guckt man nicht ins Maul.' Also hängte Wolfgang den Binder in den Schlafzimmerschrank zu den übrigen Krawatten.

Wer im Schlaf betäubt wird, der merkt das in aller Regel nicht. Deshalb stand Wolfgang auch völlig neben sich, als er langsam erwachte. Er war an einen Stuhl gefesselt und seine Zunge schmeckte widerlich nach Metall. Außerdem war ihm schlecht. Das Zimmer, in dem er sich befand, war verhältnismäßig dunkel. Das kam wohl von dem Zeitungspapier, mit dem die Fenster abgeklebt waren. Der Raum war schmutzig, aber leer.

Wolfgang überlegte, ob er um Hilfe rufen sollte. Vielleicht war es aber besser, erst einmal abzuwarten. Nach zirka zehn Minuten öffnete sich eine Tür hinter ihm. Ein Kerl mit einer Strumpfmaske über dem Kopf trat vor ihn hin, hielt eine Pistole an seine Schläfe und sagte seltsam höflich: „Mein Herr, würden sie mir bitte verraten, wo sie den Code versteckt haben?" Wolfgang antwortete etwas zittrig: „Was für einen Code? Ich habe keine Ahnung. Bitte glauben sie mir! Ich schwöre!" Der Mann sagte bedauernd: „Falsche Antwort." Dann holte er aus und schlug dem Gefesselten ohne Hemmung den Pistolenknauf gegen die Stirn. Sofort rann eine Blutlache über Nase und Mund. Der Peiniger lächelte, soweit man das mit einem Strumpf vor dem Gesicht überhaupt fabrizieren kann, und sagte wiederum sehr höflich: „Ich komme wieder, mein Herr." Dann ließ er sein blutendes Opfer mit sich allein zurück. Nach einiger Zeit döste Wolfgang erschöpft ein. Im Halbschlaf sah er immer wieder Gabi vor sich. Wo mochte sie wohl sein? Und würde er sie irgendwann einmal wiedersehen? Käme er überhaupt jemals hier raus? Die nächsten vierundzwanzig Stunden dehnten sich für ihn zur Ewigkeit. Als sich erneut die Tür hinter ihm öffnete, waren seine Hände und Füße bereits taub. Der Strumpfmaskenmann stellte sich wieder vor ihn, nur dass er diesmal in die Decke schoss. Mit der gleichen, ekligen Höflichkeit fragte er danach ungerührt: „Und, wäre jetzt vielleicht ein geeigneter Zeitpunkt, um mir das Versteck zu verraten?" Was danach geschah, ging so schnell, dass sich Wolfgang auch später nicht mehr richtig daran erinnern konnte.

Eine ganz und gar schwarz verhüllte Person kam mit einem Knall durch das splitternde Fenster herein geflogen und zündete eine Blendgranate. Wolfgang konnte deshalb geraume Zeit nur hören und nicht sehen, was um ihn herum passierte. Sein Peiniger hatte wohl rechtzeitig die Augen geschlossen, denn es war deutlich zu hören, wie er mit dem Vermummten kämpfte. Dann waren zwei Schüsse zu hören und ein Körper schlug dumpf auf den Boden. Langsam konnte Wolfgang wieder etwas erkennen. Der Mann mit der Strumpfmaske lag reglos vor ihm, während der Schwarzgekleidete Wolfgangs Fesseln durchschnitt. Dann massierte er dessen Hände und Füße, bis das Blut wieder kribbelnd seine Arbeit verrichtete. Der Befreite wollte sich gerade bedanken, da enthüllte der Wohltäter sein Gesicht. Wolfgang war in seiner Jugend beim Rodeln einmal mit dem Kopf schmerzhaft an einem Baum gelandet. Etwa das gleiche Gefühl empfand er jetzt. Vor ihm stand Gabi. Sie strahlte: „Dich kann man einfach nicht allein lassen. Na, worauf wartest du denn noch? Küss mich endlich!" „Was … was … wie …?" Wolfgangs Gedanken tanzten Rumba. Gabi nahm seinen Kopf in beide Hände und drückte ihre Lippen fest auf seine. „So, und nun nix wie ab zu dir nach hause. Du bist nämlich zurzeit nicht vorzeigefähig."

Der einsetzende Regen wusch etwas Schlamm von dem knallroten Auto, das vor Wolfgangs Tür parkte. Als dieser frisch gebadet und rasiert in das Wohnzimmer trat, hatte sich Gabi längst aus ihren schwarzen Klamotten geschält: „So, jetzt gehe ich mich duschen und du gießt inzwischen eine Drink für uns beide ein! Ich hab dir viel zu erzählen."

Zwei Tage später brachte eine gewisse Gabriele Fischer einen Schlips mit lila und weißen Streifen ins Hauptquartier. Die Krawatte wurde dort brutal mit einer Schneiderschere aufgeschlitzt, wobei ein Röllchen Papier, bedeckt mit seltsamen Zahlen, heraus fiel. Dann meldete sich die Dame bei ihrem Vorgesetzten und reichte die Kündigung ein. Heiraten durfte sie allerdings erst, als ihr zukünftiger Ehemann eine Schweige-Verpflichtung unterschrieben hatte.

Erkundung der Erde

„So, Kirimiki und Schnorf vortreten! Ihr beide wurdet von der Kommandozentrale des Planeten Djoroka für die bevorstehende Mission ausgewählt. In zwei Umdrehungen beginnt euer Training. In dreißig Umdrehungen werdet ihr dann das Weltenschiff betreten und die ersten sein, die mit siebenfacher Lichtgeschwindigkeit zu dem neu entdeckten Planeten reisen. Unsere Wissenschaftler haben dort intelligentes Leben entdeckt und mit dem Universalübersetzer sogar einige Worte entschlüsselt. So bauen sie beispielsweise ihre Behausungen auf den Boden und hängen sie nicht wie wir in die Luft. Logischerweise werden sie dort noch nicht über Antigravitation verfügen. Also solltet ihr vor der Kontaktaufnahme zunächst ihren Wissensstand testen. Und nur, wenn diese Wesen intelligent genug sind, gebt ihr euch zu erkennen. Alles klar? Dann ab nach hause und Klamotten packen. Hopp, hopp!"

„Rita, hast du eben die Sternschnuppe gesehen?" „Hab ich." „Und, hast du dir etwas gewünscht?" „Ja, die Scheidung." „Das war doch jetzt bestimmt ein Scherz, oder?" „Tröste dich, es war ein Scherz!" „Schade. Aber hast du auch gesehen, dass die Sternschnuppe dort drüben im Wäldchen niedergegangen ist?" „Quatsch! Sternschnuppen verglühen in der Atmosphäre." „Ich hab's aber genau gesehen." „Komisch, das hast du genau gesehen, aber wenn der Mülleimer voll ist, scheinst du blind zu sein." „Na ja, ich bin halt weitsichtig und der Mülleimer steht viel zu nah." „Dann setz deine Brille auf!" „Lieber nicht, dann sehe ich nämlich dein Gesicht zu deutlich." „Ich möchte bloß wissen, warum ich dich geheiratet habe." „Ganz einfach, weil du einen beschissenen Geschmack hast."

Kirimiki blickte auf seinen Multi-Korder: „Die Angaben unsere Wissenschaftler scheinen zu stimmen, zumindest was die Zusammensetzung der Luft betrifft. Aber sieh dir bloß mal diese riesigen Holzpflanzen an!" Schnorf blickte nach oben: „Die sind mindestens 3000 Einheiten hoch. Aber schau mal da drüben, das sind bestimmt die Behausungen der Wesen. Mitten auf den Boden gebaut. Aber die sind ja auch so riesig. Was glaubst du, wie groß sind dann wohl diese Lebewesen?" Kirimiki deutete aufgeregt nach rechts: „Da! Da läuft so ein Wesen. Mach mal eine Fernmessung!" Schnorf zog hurtig den Lasomat aus der Tasche und peilte den Fußgänger an: „Hundertachtzig Einheiten. Ich dreh durch. Die werden uns vielleicht gar nicht bemerken. Schließlich sind die rund zweihundert Mal größer als wir." Kirimiki überlegte: „Dann werden wir einen Verstärker für den Übersetzer bauen, damit die uns wenigstens hören können." Schnorf schien einverstanden zu sein, gab aber zu bedenken: „Das wird einige Zeit dauern. Was machen wir aber, wenn sie uns schon vorher entdecken?" „Improvisieren. Aber lass uns jetzt erstmal dicht an die Behausungen heran fliegen. Vielleicht bekommen wir dann schon mit, ob es sich überhaupt lohnt."

„Sag mal, bin ich jetzt total verrückt geworden?" „Wieso jetzt? Das warst du doch auch schon früher." „Sehr witzig! Aber mir war gerade so, als ob eine Sternschnuppe flach über den Boden geflogen und in unserem Komposthaufen gelandet ist." „Das war vielleicht ein Glühwürmchen." „Quark, doch nicht am Tage. Außerdem hast du als Sozialarbeiterin wohl kaum Ahnung von Würmern." „Mein Schatz! Seitdem ich mit dir ins Bett gehe, weiß ich schon sehr genau, was ein Würmchen ist." „Mädel, jetzt bin ich doch schon langsam dafür, dass wir uns scheiden lassen." „Aber Hase, das geht doch nicht. Wovon sollten wir das denn bezahlen?"

„Das mit dem näher heran fliegen war eine ziemlich dumme Idee. Ob das in der Nähe aller Behausungen von denen so stinkt?" Schnorf hielt sich die Riechlöcher zu. Kirimiki meinte: „Vielleicht sollten wir das Weltenschiff einfach hier lassen und uns dann unbemerkt in das Innere so einer Behausung schleichen. Da können wir die Wesen aus nächster Nähe beobachten. Uns Winzlinge werden die gar nicht bemerken. Was hältst du davon?" Schnorf zögerte etwas, sagte dann aber: „Einverstanden. Aber schau dir mal die Entfernung an. Da brauchen wir mindestens zwei Umdrehungen bis zum nächsten Eingangsloch." Kirimiki entgegnete fröhlich: „Erinnere dich an unser Training. Da sind wir locker drei Umdrehungen lang marschiert und haben anschließend noch gefeiert. Also los! Ich trage auch den Vorrat. Und sei vorsichtig!" Schnorf entgegnete: „Jawohl! Und ich nehme das Aufzeichnungsgerät. Die werden zu hause vielleicht staunen, wie groß hier alles ist."

„Was machst du denn da? Kniest du neuerdings vor mir nieder?" „Das hättest du wohl gern! Nein, mein Schatz, ich bin vorhin auf irgendetwas draufgetreten. Jetzt ist hier so ein komisches, grünes Zeug auf dem Boden. Aber ihr Männer seht ja den Dreck selbst dann nicht, wenn er einen halben Meter hoch liegt." „Dann reiche doch endlich die Scheidung ein!" „Aber Bärchen, warum sollte ich mich von dir trennen? Der Nächste wäre doch auch nur bloß ein Mann."

Nach zweitausend Umdrehungen gab man die Hoffnung auf. Die Kommandozentrale von Djoroka organisierte

eine berührende Gedenkfeier für die mutigen Weltraum-
fernfahrer Schnorf und Kirimiki.

Eine Leiche in der alten Fabrik

Kommissar Riemer kratzte sich gewohnheitsgemäß mit
dem Zeigefinger hinter dem Kragen seines geliebten,
blau karierten Hemdes: „Also wenn ich meinem Ge-
ruchssinn trauen darf, dann kenne ich die Todesursache
schon und bräuchte eigentlich gar keine Pathologin."
Frau Dr. Martina Mertens, eine äußerst schlanke Frau,
zog unwillig ihre Augenbrauen zusammen und blickte
von dem Toten auf: „Wenn schon, dann forensische
Pathologin. Soviel Zeit muss sein. Außerdem Developer
und Technical Ingeneer. Und von Informatikerin sowie
gerichtlich bestellter Sachverständigerin sag ich jetzt
mal gar nichts." Sie wandte sich wieder der Haut der
Leiche zu, welche scheinbar ihr Interesse besonders
geweckt hatte. Riemer atmete hörbar aus: „Ach Gott ja,
ich vergesse immer wieder, wie schlau sie sind. Dagegen stinke ich kleiner Kriminaler mit meinem lächerli-
chen Einser-Abitur natürlich ab, obwohl ich dann später
Studienbester war. Ist natürlich kein Vergleich zu der
großen Mertens." Die Gerichtsmedizinerin blickte erneut auf: „Vergessen sie mal ihre Minderwertigkeits-
komplexe. Der Kerl hier hat einen Alkoholspiegel jenseits von Eden. Soviel kann ein Mensch überhaupt nicht
trinken, weil er nämlich vorher schon tot wäre. Und
jetzt sie!" Der Kommissar ließ seinen massigen Körper
mit einem Ächzen auf den neben ihm stehenden, wei-

ßen Plastikstuhl plumpsen: „Also kein Ableben wegen übermäßigen Alkoholgenusses. Hm! Und nun?" Dr. Mertens schüttelte missbilligend den Kopf: „Wissen sie doch. Ich schneide ihn auf und wenn ich Genaueres weiß, kriegen sie ihren Bericht. War das vielleicht schon mal anders?" Sie beugte sich wieder über den Toten. Riemer hievte sich umständlich hoch: „Dann geh ich mal wieder. Bis später!" Er wurde von der Medizinerin keines einzigen Blickes mehr gewürdigt.

Die vergoldete Stehlampe versuchte verzweifelt die Dunkelheit des geräumigen Zimmers zu durchbrechen. Lediglich der unruhig flackernde Schein des Kamins war ihr dabei etwas behilflich. In der Mitte des Raumes kniete ein Mann, dessen schlichter, grauer Anzug im krassen Gegensatz zu den schweren Vorhängen und den teuren Möbeln stand. Er breitete beschwörend beide Arme aus: „Was hätte ich denn tun sollen. Der Kerl war völlig durchgeknallt. Er wollte das CM als Füllung verwenden. Als Füllung! Ich konnte ihn gerade noch abfangen, als er das Zeug in den Trichter schütten wollte." Sein Gegenüber, ein vierzigjähriger Glatzkopf im Morgenmantel, stand auf und drückte die dicke Zigarre im Kristallaschenbecher aus, obwohl sie nicht einmal bis zur Hälfte aufgeraucht war: „Und nach deiner Aktion musstest du unbedingt die Leiche mitten in der Halle der alten Fabrik hinlegen, wo jeder drüber stolpern konnte?" Sein Ton wurde noch ironischer: „Natürlich rechnet man so nicht damit, dass vielleicht irgendeiner die Polizei ruft. Ist ja klar! Vielleicht hättest du den Kerl eventuell verstecken sollen? Hatte ich das eigentlich nicht gesagt?" Der Kniende erhob sich verzweifelt: „Wollte ich ja, aber ich wurde von so einem Arbeiter im Blaumann gestört. Der hätte gar nicht dort sein dürfen. Die Fabrik ist fast seit einem Jahr stillgelegt. Mir blieb nichts weiter übrig, als zu verduften. Wenn du willst, dann knall mich halt ab!" Der Glatzenträger verzog abfällig sein Gesicht: „Setz dich lieber in Bewegung zum Versteck. Du vernichtest alles, was auf diesen toten Arsch hinweisen könnte! Aber wenn du wieder Bockmist baust, bist du fällig. Weißt du was? Ich behalte mir einfach vor, dich jederzeit umzulegen, auch wenn du einfach nur mal falsch pupst. Und jetzt los, aber zügig!" Der Angeschnauzte verließ mit gesenktem Kopf den Raum, knallte dann aber doch wütend die Tür hinter sich zu.

Als das typische Klingeln ertönte, musste Kommissar Riemer sein Telefon wie üblich unter einem Wust von Papieren hervorkramen. Und wie üblich überwand dabei ein Aktenordner die Differenz zwischen Schreibtischplatte und Fußboden. Mit lautem Klatschen schlug er auf das alte, abgeschabte Parkett und wirbelte eine kleine Staubwolke in die Höhe. Die Wurstfinger des Kommissars nahmen den Hörer ab und klemmten ihn zwischen Ohr und Schulter ein, um danach weiterhin in den Papieren zu wühlen: „Ja?" Der graugrüne Telefonhörer brüllte ihn an: „Wie oft muss ich ihnen noch sagen, dass sie sich vorschriftsmäßig mit Name und Dienstgrad am Telefon zu melden haben?" Es war also

Hohlbach, sein Chef. Riemer grinste: „Das müssen sie gar nicht mehr sagen. Ich weiß das schon seit längerem." Hohlbach sprang fast aus der Hose: „In mein Dienstzimmer, sofort!" Riemer legte auf, zuckte mit den Schultern, erhob sich gemächlich und setzte sich in Richtung des Büros von Kriminalhauptkommissar Hohlbach in Bewegung. Unterwegs stopfte er sich schnell noch einen Bobon in den Mund. Ohne anzuklopfen betrat er das Refugium seines Vorgesetzten. Dieser saß angespannt hinter seinem riesigen Schreibtisch und Riemer konstatierte, dass Hohlbach zu Recht den Spitznamen Monkey-Face trug. Der Kommissar zog sich unaufgefordert einen Stuhl heran und setzte sich an die schmale Seite des Schreibtisches. Der Hauptkommissar knirschte vernehmlich mit den Zähnen: „Sie brauchen sich wirklich nicht zu wundern, dass man sie bei Beförderungen übergeht. Ihr Benehmen steht außerhalb jeder Norm. Setzen sie sich gefälligst vor meinen Schreibtisch, wie alle anderen auch!" Der Angeblaffte rutschte ein klitzekleines Stückchen zur Schreibtischfront hin und fragte lammfromm: „Worum geht's denn nun eigentlich?" Der Chef zeigte auf ein Schriftstück: „Der Bericht von dieser Mertens. Der Tote hatte eine leichte Kopfverletzung, einen Cocktail verschiedener Rauschgifte im Blut und lediglich ein wenig Schokolade im Magen, muss aber mit dem gesamten Körper längere Zeit in hochprozentigem Alkohol gelegen haben. Wer zum Teufel, frage ich mich, füllt denn eine ganze Badewanne mit scheißteurem Alkohol?" Riemer zog ein wenig überheblich die Augenbrauen hoch und sagte gedehnt: „Woher nehmen sie die Gewissheit, dass es eine Badewanne war? Vielleicht war es eine Brennblase in einer Schnapsbrennerei. Und wieso haben sie den Bericht auf ihrem Schreibtisch und nicht ich?" Hohlbach war angepisst: „Vielleicht bin ich ihr Vorgesetzter? Und vielleicht habe ich die Anweisung gegeben, dass ich den Bericht zuerst zu Gesicht bekomme. Wissen sie eigentlich, wer der Tote war?" Riemer zog einen Mundwinkel nach oben: „Kann ich ohne Bericht nicht wissen." Sein Chef lief ein wenig rot an: „Der Sohn des Bürgermeisters, mein Freund, der Sohn des Bürgermeisters." „Na und", sagte Riemer, „der ist auch nicht toter als irgendeine andere Leiche." Nun war es an Hohlbach, ein gewisses Maß an Überheblichkeit herauszukehren. Er lehnte sich genüsslich in seinem schicken, schwarzen Bürostuhl zurück und faltete die Hände vor dem Bauch: „Riemer, Riemer, sie kommen wie immer aus dem Mustopf. Gegen den Kerl wurde schon seit geraumer Zeit verdeckt ermittelt. Rauschgifthandel und Mitglied in einer kriminellen Vereinigung." Riemer staunte: „Und weiß das unser bester Bürgermeister?" „Sind sie verrückt?" Der Hauptkommissar sprang auf: „Natürlich hat der keinen Schimmer. Und das wird auch so bleiben. Klar?" Kommissar Riemer hob beide Hände: „Ist ja gut, ist ja gut. Und wie soll das nun alles weitergehen?" Hohlbach setzte sich: „Sie begeben sich zunächst an den Fundort der Leiche und durchsuchen diese abgewrackte Fabrik nach einem Behälter, der theoretisch genügend Alkohol für so eine Tat fassen könnte. Sollten sie ihn finden, dann ab damit ins Labor. Der Tote oder der Killer haben vielleicht DNS hinterlassen. Haben wir den Behälter, sind wir vielleicht ganz dicht am Täter dran." Riemer hielt seinen dicken Kopf schief: „Glauben sie nicht, dass der Alkohol die DNS zerstört hat?" Der Hauptkommissar hampelte mit dem Zeigefinger vor dem Gesicht seines Untergebenen hin und her: „Erstens konserviert Alkohol organisches Gewebe, und zweitens, sie Genie, hat so ein Behälter garantiert auch eine Außenseite." Riemer stand auf und ging zur Tür. Hohlbach rief ihm nach: „Und nehmen sie den Arbeiter mit, der den Toten gefunden hat. Der kennt sich bestimmt dort aus. Außerdem sollten sie ihr Jackett mal wieder aufbügeln lassen. Sie sehen aus wie eine Knautschlackledertasche. Oder kaufen sie sich am besten gleich ein neues!" Riemer verließ das Zimmer, ohne die Tür zu schließen. Sein Chef schrie ihm lauthals nach: „Glauben sie vielleicht, wir sind hier im Bus oder in der Straßenbahn? Bei uns gehen die Türen nicht von allein zu!" Der Gescholtene aber war bereits im Fahrstuhl und tat so, als könne er die Rüge seines Chefs dort gar nicht mehr wahrnehmen.

Der Glatzköpfige hatte sich inzwischen in einen weißen Anzug gezwängt und betrat forschen Schrittes die Tiefgarage seiner Villa. Die massiven Goldringe an seiner rechten Hand klapperten etwas, als er die Wagentür seiner Luxuskarosse öffnete. Er kam nicht mehr zum Einsteigen. Drei Pistolenkugeln versauten ihm erst den Anzug, dann wohl auch den Tag und nahmen ihm zu guter Letzt noch das einst so schillernde Leben. Sein Kopf lag auf dem Betonboden, sein rechtes Bein im Wageninneren. Eine Gestalt im grauen Anzug stieg über den Leblosen hinweg, öffnete den Kofferraum und warf einen Aktenordner in das Innere des Autos. Nachdem er die Klappe wieder sorgfältig geschlossen hatte, las er die Patronenhülsen auf, entfernte hastig den Schall-dämpfer von der Waffe, zog die Gummihandschuhe aus, verstaute alles in seinen Jackentaschen und verließ zügig die Tiefgarage, wobei seine schlecht geputzten Halbschuhe knirschend die Splitter der zerstörten Überwachungskamera unter sich begruben.

Kommissar Riemer hatte gerade ein riesiges Stück einer Tafel Vollmilch-Nuss-Schokolade abgebissen und woll-te soeben den Fernseher einschalten, als das alte Klapp-handy vor ihm auf dem Tisch aufgeregt summte. Er ließ es in aller Ruhe weiter summen und beschäftigte sich erstmal ausgiebig mit der herrlichen Süße in seinem Mund. Nachdem er alles heruntergeschluckt hatte, griff er missmutig zu dem Störenfried: „Was ist?" Es war die Zentrale, die ihm mitteilte, dass in der Tiefgarage einer Privatvilla ein Erschossener lag. Der Kommissar ereif-ferte sich: „Sagt mal, bin ich der Einzige in unsere Dienststelle? Könnt ihr nicht auch mal einen anderen ärgern?" Aber man teilte ihm mit, dass der Tote im Zu-sammenhang mit seinem aktuellen Fall des Bürgermeis-tersohnes stünde. Also erhob er sich, biss noch einmal in die Schokolade, ging in den Flur, um sich die Jacke anzuziehen, stellte fest, dass er beim Heimkommen die

Jacke mit in die Stube genommen und über den Stuhl gehängt hatte, ging zurück, zog die Jacke an und vernichtete den Rest der Schokoladentafel. Die Krümel, welche er dabei auf dem Teppich hinterließ, störten ihn gegenwärtig nicht. Als er auf die Straße trat, regnete es in Strömen. Er ärgerte sich, dass er nicht vorher aus dem Fenster geblickt hatte, denn in der Wohnung tummelten sich vier bis fünf Regenschirme, aber er hatte nie einen davon dabei. Als er am Auto ankam, war er bereits klatschnass. Während der Fahrt stellte er die Heizung auf Maximum, um seinen Anzug wenigstens etwas zu trocknen. Die Einfahrt zu besagter Garage war hell erleuchtet. Er blieb außerhalb stehen, stieg aus und musste feststellen, dass sein Anzug dampfte. Na prima! Er konnte sich schon den Spott der Kollegen vorstellen. Rings um den Tatort herum wuselten mehrere Menschen. Zwei Uniformierte sperrten alles mit rotweißem Flatterband ab, die Spurensicherung bepinselte auf der Suche nach Fingerabdrücken jede Ecke und Kante des Wagens und ein Fotograf mit einer ziemlich großen Kamera dokumentierte alles dermaßen eifrig, als hinge sein eigenes Leben davon ab. Riemer begrüßte den Leiter der Spurensicherung mit Handschlag: „Hallo Rolf! Alles senkrecht?" Der Angesprochene hielt dem Kommissar breit grinsend eine Beweismitteltüte entgegen: „Schau, schau, unser Hans Dampf. Ich habe hier für dich einen Ausweis, eine Geldscheinrolle und einen Kamm aus Aluminium. Möchte bloß wissen, wozu der Glatzkopf einen Kamm brauchte." Riemer griente: „Sieh dir mal den großen Abstand der Zinken an. Das ist ein Partykamm. Damit praktiziert man bei Kokain-Partys auf dem Tisch gleichzeitig mehrere Linien von diesem Mistzeug. Hast du sonst noch was?" „Ja. hier ist der Grund, warum man ausgerechnet dich gerufen hat. Eine Akte über den Sohn des Bürgermeisters. Ein Foto ist drin und auch eine Art Lebenslauf. Da steht unter anderem, dass er Bonbonkocher gelernt hat, sowie wann, wo und wie viel Crystal Meth er dealte und auch wie viel Knete er dafür abgefasst hat. Allerdings ist interessant, dass alles abgewischt wurde. Keinerlei Fingerabdrücke. Das Allerinteressanteste aber ist, dass sich auf dem Deckel die Prägung eines Firmennamens befindet. Und rat mal, wem die Firma gehört, respektive einst gehört hat!" Riemer grinste: „Schätze mal, es war die Firma der Glatze." Er fingerte umständlich einen schmuddeligen Gummihandschuh aus der Jackentasche und nahm die Akte entgegen. „Habt ihr denn hier keine Schutzumschläge?"

Hohlbach blickte finster: „Was soll das heißen? Es ist schließlich der Bürgermeister und es war sein einziger Sohn. Sie sind mit dem Fall betraut und deshalb werden sie mit zur Beerdigung kommen!" Riemer schüttelte aufsässig den Kopf: „Ich hab echt keine Zeit. Es ist ein zweiter Toter hinzugekommen und ich muss so schnell wie möglich in diese alte Fabrik." Sein Chef kratzte sich am Kinn: „Die Fabrik kann jetzt warten. Der erste Mord ist doch aufgeklärt. Laut dieser gefundenen Akte hat der Sohn für diesen haarlosen Unternehmer gedealt. Und wenn sie die Akte bis zu Ende gelesen hätten, wüssten sie, dass der Spross vom Bürgermeister die letzten zwei Lieferungen nicht abgerechnet hat. Er behielt einfach das Geld für sich selbst. Also löschte die Glatze ihn knallhart aus. Das habe ich jedenfalls dem Bürgermeister so erzählt." Riemer kniff das rechte Auge zu: „Und rein zufällig war nur diese eine Akte in dem Auto und keine weitere von anderen Dealern? Und der Glatzkopf hat nach jedem Eintrag die Fingerabdrücke abgewischt, damit auch auf keiner einzigen Seite wenigstens ein Teilabdruck zu finden ist? Glauben sie mir, hier wird einer verarscht und ich bin es nicht." Bei seinem Chef entwickelte sich eine pulsierende Ader auf der Stirn: „Wie reden sie denn mit ihrem Vorgesetzten?" In seiner Wut glich er noch viel mehr einem Affen als sonst. Riemer schmunzelte: „Ich hab nicht gesagt, dass ich sie damit meine, aber getroffene Hunde bellen." Hohlbach schnappte nach Luft. Kommissar Riemer hingegen drehte sich langsam um und sagte im Gehen: „Ich bin auf dem Weg in die alte Fabrik. Schließlich haben sie das mal persönlich angeordnet."

Dr. Mertens pulte mit einer abgewinkelten Pinzette im Rücken der Leiche herum, als Riemer den weiß gekachelten Raum betrat. Die Gerichtsmedizinerin warf ihm einen bösen Blick zu: „Wenn sie mich drängeln, dauert es nur noch länger." Der Kommissar tat verlegen: „Nein, nein, ich bin nur auf dem Weg zu der Fabrik und dieser Weg führt halt zufällig hier vorbei." Die Pathologin richtete sich auf: „ Ich hab schon zwei Kugeln aus dem Unbehaarten heraus geholt. Neun Millimeter. Dem

Anschein nach mit so einer italienischen Beretta verschossen." Riemer hob dozierend den Zeigefinger: „Neun Millimeter Luger werden in vielen Waffen verwendet. Zum Beispiel Smith & Wesson, BUL, CZ Phantom, TAURUS, Grand Power oder auch CZ P 07 Duty." Die Antwort war: „Klugscheißer. Morgen können sie sich die Projektile im Kriminallabor anschauen und den dortigen Kollegen auf die Nerven gehen. Jetzt lassen sie mich hier gefälligst in Ruhe arbeiten!" Der Kommissar drehte sich wortlos um und stolperte prompt beim Hinausgehen über die Türschwelle. Er konnte noch eine ganze Weile deutlich das Lachen von Frau Mertens hinter sich vernehmen.

Genau in dem Moment, als der Kommissar vor dem kleinen Backsteinhaus seinen Wagen abbremste, begann es wieder zu tröpfeln. Dankenswerter Weise hatte das mit Schiefer gedeckte Haus ein kleines Vordach. Riemer rettete sich darunter vor dem einsetzenden Platzregen. Neben der Haustür prangte ein gelbrotes Schild mit der Aufschrift: „Krossmann und Söhne – Abrissunternehmen" und darunter befand sich ein Klingelknopf ohne Namensschild. Der Kommissar drückte seinen dicken Daumen auf den abgeschabten Knopf. Im Ergebnis davon blieb das blöde Ding klemmen und die Glocke im Inneren des Hauses erzeugte Dauerlärm. Kurz darauf öffnete sich die Tür, ein kleiner Junge im Alter von etwa sieben Jahren trat heraus und schlug mit der Faust auf die Wand unterhalb des Klingelknopfes. Der Knopf sprang heraus und es trat sofort eine wohltuende Stille ein. Der Steppke steckte beide Hände in die Hosentaschen und schielte den Kommissar von unten an: „Was willst de denn?" Riemer musste lächeln: „Ist euer Vater zu hause?" Der Kleine nahm eine Hand aus der Tasche und bohrte sich mit seinem kleinen Zeigefinger ungeniert in der Nase: „Welcher? Meiner oder der von Willi?" „Na erst mal deiner." „Der ist nicht da." Riemer verlor etwas von seinem Lächeln: „Und der von Willi?" Der Junge war inzwischen in den Besitz dessen gekommen, was er in der Nase gesucht hatte und schmierte es an die Hauswand: „Willi sein Papa ist tot." Der Kommissar trat etwas nach rechts, um aus dem Bereich der beschmierten Kinderhand zu kommen: „Ist sonst noch ein Erwachsener zu hause?" Der Junge drehte sich um und rief lauthals: „Onkel Willi, da will so ein Vollgefressener was von dir." Dann rannte er zurück ins Haus. Nach kurzer Zeit trat ein Mann in Arbeitskleidung vor die Tür: „Sie müssen entschuldigen, das war der Nachbarsjunge. Der darf gelegentlich an unserem Computer spielen. Seine Eltern hassen Computer. Aber worum geht's denn hier eigentlich?" Riemer zückte seinen Dienstausweis: „Ich suche den Arbeiter, der die Leiche in der alten Fabrik gefunden hat." Der Mann zog die Tür hinter sich ins Schloss: „Das wäre ich dann wohl." „Gut, und ihr Name?" „Willi Krossmann. Unser Unternehmen soll die Fabrik abreißen. Meine beiden Söhne sind zurzeit dort. Ich hab damals die erste Begehung gemacht und bin förmlich über den Toten gestolpert. Jetzt will ich auch gerade hinfahren." Der Kommissar steckte den Ausweis wieder die Tasche seines

abgewetzten Mantels: „Das trifft sich gut. Ich will nämlich auch dort hin. Wenn sie nichts dagegen haben, fahre ich ihnen einfach nach."

Augenscheinlich freute sich die Sonne darüber, dass
der Regen langsam abebbte, denn einige ihrer Strahlen
zauberten einen wunderschönen Regenbogen an den
Himmel. Die restlichen Sonnenstrahlen durchdrangen
mühevoll die schmutzigen Fensterscheiben der Fabrik
und ließen unzählige, aufgewirbelte Staubteilchen hin
und wieder wie kleine Sterne funkeln. Zwei junge Männer waren mit elektrischen Bohrhämmern zugange, um
haufenweise Löcher für Sprengladungen in die alten
Fabrikmauern zu treiben. Als Riemer und Krossmann
eintraten, unterbrachen sie ihre staubige Arbeit. Der
Kommissar winkte die beiden zu sich heran: „Ich bin
Kommissar Riemer und mit einer Mordermittlung betraut. Sie wissen ja bestimmt von der Leiche, die ihr
Vater hier gefunden hat. Ich suche nun nach einem Behälter, Trog, Tank, Kessel oder Ähnlichem, in welchem
der Tote möglicherweise gesteckt haben könnte. Würden sie mir bitte damit helfen?" Wortlos nickten die
Krossmanns und ohne weitere Anweisungen begannen
sie systematisch in der gesamten Fabrik das unterste
nach oben zu kehren. Aber weder sie noch Riemer fanden ein Gefäß, dass groß genug für einen menschlichen
Torso gewesen wäre.

Hohlbach schlug wütend mit der Faust auf die Platte
seines alten Schreibtisches: „Meine Theorie verwerfen,

aber selbst nichts vorweisen können. Das ist wieder mal typisch. Mit dieser Arbeitseinstellung werden sie nie einen Dienstgrad höher kommen." Riemer konnte nicht an sich halten und entgegnete scharf: „Und wie lange sind sie schon nicht befördert worden?" Sein Chef schnappte nach Luft: „Raus!" „Von mir aus", sagte Riemer, „aber unter Protest." Er stand auf, verließ das Zimmer und schloss die Tür hinter sich. Nach zwei Schritten machte er kehrt, öffnete die Tür wieder und sagte salbungsvoll: „Ich wurde tatsächlich in einer Straßenbahn geboren. Und damals hat noch der Schaffner die Türen zu gemacht." Dann entfernte er sich leise kichernd und ohne auf den Wutausbruch seines Chefs zu achten. In seinem Büro öffnete er die linke Schublade des Schreibtisches und beförderte eine Schachtel Weinbrandbohnen ans Licht. Genüsslich biss er eine Bohne an und ließ mit geschlossenen Augen den Alkohol langsam über die Zunge rinnen. Urplötzlich klappte er den Mund zu und riss dafür die Augen weit auf. Um ein Haar hätte er sich verschluckt. Er wühlte das Telefon unter seinen chaotisch verstreuten Schriftstücken hervor, klemmte den Hörer ans Ohr und sagte unterwürfig: „Bitte, ich brauche einen richterlichen Durchsuchungsbeschluss, bitte!"

Riemer und drei Beamte in Uniform betraten das Büro des Direktors der ansässigen Schokoladenfabrik. Der Mann blickte ungläubig auf das Schreiben: „Was ist hier eigentlich los und was wollen sie hier denn finden?" Riemer versuchte streng auszusehen: „Der Sohn

des Bürgermeisters hat doch hier gearbeitet, stimmt's?"
„Ja ja, nachdem er mehrmals durchs Abitur gerauscht
ist, hat er hier Bonbonkocher gelernt." Riemer lächelte
zufrieden: „Und sie stellen hier auch Weinbrandbohnen
her?" Der Direktor nickte bestätigend. Der Kommissar
blickte seinem Gegenüber eindringlich in die Augen:
„Und wie kommt der Schnaps in die Bohnen?" „Nun ja,
wir haben einen großen Kessel mit hochprozentigem
Weinbrand. Der Schnaps wird in der entsprechenden
Abteilung verdünnt und in eine Füllmaschine geleitet."
Riemer winkte den drei Uniformierten zu: „Kommt
Leute, wir beschlagnahmen jetzt den Weinbrandkessel."
Der Direktor wurde schlagartig kreidebleich: „Wie sol-
len wir denn bitteschön weiter produzieren?" Der
Kommissar zückte ungerührt sein Handy: „Ich brauche
sofort die Spurensicherung im örtlichen Schokoladen-
werk. Sofort!" Dann wandte er sich dem immer noch
Bleichen zu: „Solange wir nicht alle Spuren gesichert
haben, produzieren sie hier erstmal gar nichts."

Hauptkommissar Hohlbach wand sich wie ein Wurm:
„Na gut, ich gebe ja zu, das sind durchaus Ergebnisse."
Riemer lehnte sich breit lächelnd zurück: „Die Spusi hat
nicht nur die DNS des Bürgermeistersohnes gefunden,
sondern auch eine, die zu keinem Arbeiter der Schokoladenfabrik passte. Und der Computer hat auch schon
einen Namen ausgespuckt. Ich brauche nur noch einen
weiteren Durchsuchungsbeschluss für seine Wohnung."
Hohlbach nickte: „Kriegen sie, kriegen sie."

Ein kleines Häufchen Unglück in einem grauen Anzug saß im Verhörraum und blickte verstört zu Boden. „Tja", meinte Riemer, „vielleicht hätten sie die Pistole nicht zu hause aufbewahren sollen. Sie haben doch bestimmt schon mal gehört, dass man erkennen kann, welche Patrone mit welcher Waffe verschossen wurde. Und die Kugeln in dem Glatzkopf stammen nun mal aus ihrem Schießeisen. Die Dinger weisen weiterhin Scharten von dem gefundenen Schalldämpfer auf. Außerdem hätten sie sich besser einen neuen Anzug gekauft. An ihrem waren Pulverspuren und auch Spuren von Alkohol. Genau dieselbe Zusammensetzung wie der Weinbrand in dieser Schokoladenfabrik." Riemer drehte sich langsam zu dem Uniformierten an der Tür um: „Abführen!"

Der Kommissar betrat zögerlich den Herrenausstatter. Ein dienstwilliger Verkäufer trat auf ihn zu: „Kann ich helfen?" „Ja", sagte Riemer, „ab und zu sollte man unbedingt mal seine Klamotten wechseln."

Rentner Ronalds Liebe

Das Wetter meinte es in diesen Tagen nicht besonders gut mit den Einwohnern der kleinen, idyllischen Stadt. Der eiskalte Wind peitschte vereinzelte Regentropfen durch die engen Straßen und traf die Gesichter derjenigen, die sich freiwillig oder auch unfreiwillig gegen die Luftmassen stemmten. Ronald gehörte zu der letzteren Gruppe. Fröstelnd zog er die alte, braune Daunenjacke über seinem Bauch zusammen. Er hatte, seit er Rentner war, ein bis zwei Kilo pro Jahr zugenommen, obwohl er im Verhältnis zu den Jahren davor weniger gegessen und auch weniger genascht hatte. Und richtig Sport zu treiben fiel wegen seiner kaputten Knie trotz guter Vorsätze im Normalfall aus. Er schob seinen breiten Körper gegen den unangenehmen Wind, bis er die blaugraue Tür erreichte, neben der ein weißes Schild offerierte, dass in diesem Gebäude eine Augenärztin zu finden sei. Alle halbe Jahre musste er hier zur Untersuchung erscheinen, um die Degeneration der Netzhaut aufgrund seiner Diabetes beobachten zu lassen. Zum Glück musste er sich keine Spritzen setzen, denn die Hausärztin hatte seinen Insulinspiegel mittels Tabletten in den Griff bekommen. Das war auch sicher der Grund, dass die Augenärztin nach dem Ausleuchten seiner Pupillen stets sehr zufrieden aussah. Nachdem er die breite Treppe hinter sich gebracht hatte, durchquerte er den Flur in Richtung Anmeldung. Die etwas unfreundliche Krankenschwester registrierte ihn im Computer und zeigte wortlos in Richtung des Wartezimmers. Als er die schmucklose Tür öffnete, zögerte er kurz, denn genau gegenüber saß die Frau, die ihm schon seit mehreren Jahren durch den Kopf ging. Sie war vielleicht vier oder fünf Jahre jünger als er und ungefähr genauso groß. Vor einiger Zeit hatte er bei seiner Bank ein geringes Festgeld angelegt und diese Frau saß damals hinter dem Bankschalter. Später konnte er sie zwei, drei mal in der Fußgängerzone beobachten. Ihr Körper war kräftig gebaut und bei jedem ihrer festen Schritte wippten die halblangen Haare, genau so, wie er es an Frauen mochte. Hier saß sie nun. Als er sich auf einem der Besucherstühle niederließ, trafen sich ihre Blicke. Sie lächelte freundlich, was bei ihm einen gefährlich hohen Blutdruck auslöste. Während er unbeholfen zurücklächelte, stiegen in ihm zeitgleich zwei widersprüchliche Gedanken auf. Erstens: „Ein Klops wie ich kann doch bei ihr niemals landen." Und zweitens: „Wenn sie derartig freundlich lächelt, dann habe ich ja vielleicht eine Change." Da er aber zu der Sorte Mensch gehörte, die in Liebesdingen ihr Leben lang mehr als schüchtern gewesen waren, traute er sich nicht irgendetwas zu unternehmen und lächelte deshalb dümmlich weiter. Sie wurde als Erstes aufgerufen und als sie fertig war, lächelte sie ihm im Hinausgehen wiederum zu. Ronald war völlig fertig und bekam von seiner eigenen Untersuchung kaum etwas mit. Die Ärztin musste ihn mehrfach das Gleiche fragen, bevor er aus seiner Gedankenwelt herausfand und antworten konnte. Zu hause angekommen, setzte er sich in einen Sessel und spielte in verschiedenen Wachträumen mehrere Szenarien durch, wie er die Vergötterte beim nächsten zufälligen Treffen ansprechen würde. Schließlich kannte er ja nicht einmal ihren Namen. Erst als es dunkelte, bemerkte er erstaunt, dass die ganze Zeit nebenher der Fernsehapparat gelaufen war. Er schaltete das Gerät aus und ging ins Bad. Später im Bett konnte er sich vor Verwirrtheit einfach nicht mehr daran erinnern, ob er vorhin wirklich seine Zähne geputzt hatte.

Die nächsten Tage verliefen mehr oder weniger ereignislos. Aufstehen, Morgentoilette, Arznei schlucken, Frühstücken, Einkaufen, Essen kochen und verzehren, bei Schmerzfreiheit spazieren gehen, Müll runter bringen, Zeitung lesen, Fernsehen schauen und dabei regelmäßig einschlummern. Dann gähnen, Zähne putzen und ab ins Bett. Vor dem Einschlafen spann sich Ronald in der Regel noch ein paar Geschichten zusammen. Beispielsweise wie es ihm gelingen konnte im letzten Moment die Unbekannte von der Straße zu ziehen und sie damit vor einem heranbrausenden LKW zu retten, oder auch, wie diese Frau in einer schummrigen Bar neben ihm Platz nahm und fragte, warum er eigentlich so schüchtern sei. Meist kam er dabei nicht ganz bis an das Ende der Story, da ihn Morpheus, der Gott der Träume, bereits fest in seine Arme genommen hatte. Morgens kam er sich dann oft blöd vor, weil er in seinem fortgeschrittenen Alter unbedingt noch einmal eine Frau in den Arm nehmen wollte. Schließlich hatte er ja seiner Lisa damals ewige Treue geschworen. Aber Lisa war seit acht Jahren tot und Hormone sind nun mal Hormone, auch bei Rentnern.

Anna war sich sicher, dass High Heels nicht zu ihrer Figur passten. Flache Schuhe hingegen hielt sie für zu unweiblich. Folgerichtig trug sie stets Schuhe mit kompakten, etwa dreieinhalb Zentimeter hohen Absätzen. Außerdem hatte sie ein Faible für Mäntel. An warmen Tagen musste es ein leichter, kühlender Mohair-Mantel sein, an kälteren Tagen ein langer, wärmender Wollmantel. Ihre Lieblingsfarbe war braun und ihre gesamte Kleidung trug dieser Vorliebe Rechnung. Früher hatte sie auch einen hellbraunen Einkaufsbeutel besessen, aber der wurde ihr bei einem Überfall entwendet. Sie trat damals gerade aus dem Supermarkt, als drei junge Männer auf sie zu kamen. Einer stellte sich ihr in den Weg, ein zweiter hielt sie von hinten fest und der dritte entriss ihr den Beutel. Dann rannten die drei davon. Viel hatten sie aber bei dieser Aktion nicht gerade erbeutet, denn Anna verwahrte Geld und Papiere in einem Portmonee, welches sie stets in der Manteltasche trug. Trotzdem war sie mit den Nerven am Ende. Ihre Knie zitterten so stark, dass sie um ein Haar hingefallen wäre, hätte sie nicht ein Mitarbeiter, der alles beobachtet hatte, im letzten Moment aufgefangen. Erst als sie bei der eiligst herbei gerufenen Polizei ihre Aussage unterschrieb, ging es ihr wieder besser. Noch am gleichen Abend bestellte sie sich im Internet eine Dose Pfefferspray, die bereits am nächsten Tag geliefert wurde. Erstaunt entnahm sie der beiliegenden Beschreibung, dass dieses Produkt dem Waffengesetz unterliegt und nur zur Abwehr von Tieren verwendet werden darf. Sie beruhigte dann aber ihr Gewissen damit, dass man doch solche Männer durchaus mit bösen Tieren vergleichen konnte.

Es war Freitag. Das Wetter hatte sich endlich gebessert und zur Abendstunde war es fast windstill. Die einsetzende Dämmerung verwischte langsam die Konturen der brav in Reih und Glied stehenden Häuser. Ronald wollte schnell nur noch ein Brot kaufen, aber der Bäcker an der Ecke hatte bereits geschlossen, und so war er notgedrungen auf dem Weg zum Supermarkt. Plötzlich bemerke er die Frau vor sich. Jene Frau. Sie hörte wahrscheinlich Musik, denn rechts und links am ihrem Kopf gewahrte Ronald weiße Ohrhörer. Jetzt oder nie! Er näherte sich ihr von hinten und sprach sie laut an, aber sie hörte ihn wohl nicht. Also legte er seine Hand auf ihre Schulter. Was dann geschah, ging so schnell, dass er später stets von einer Blitzattacke sprach. Die Frau drehte sich pfeilschnell um und Ronald sah gerade noch ihr wütendes Gesicht, dann platschte ihm eine fremde Substanz an den Kopf. Augen, Nase, Stirn und Wangen brannten wie Feuer. Ronald versuchte nach hinten auszuweichen, stolperte unglücklich und fiel rücklings hin. Sein Hinterkopf landete mit einem unschönen Geräusch auf einer Gehwegplatte und sofort wurde es dunkel vor seinen Augen. Dadurch bekam er auch logischerweise nicht mehr mit, was danach alles geschah. Er wusste also nichts von einem Krankenwagen und auch nichts von einer Polizeistreife, als er langsam wieder zu sich kam. Seltsamerweise war es aber immer noch dunkel. Er versuchte sich aufzurichten, jedoch eine Hand auf seiner Schulter drückte ihn sanft zurück: „Ganz ruhig! Ich nehme ihnen jetzt erstmal den Verband ab." Gleich darauf konnte Ronald wieder sehen. Zwar noch etwas verschwommen, aber ihm wurde schnell klar, dass er sich in einem Krankenzimmer befand. Die weiß gekleidete Frau neben ihm lächelte: „Ich bin Schwester Ingrid und sie bleiben schön liegen. Auch wenn es nur eine leichte Gehirnerschütterung ist, müssen sie sich trotzdem ausruhen! Und Pfefferspray ist ja auch nicht gerade ohne. Übrigens kommt morgen ein Beamter zur Aufnahme des Sachverhaltes. Da brauchen sie ihre Kräfte noch." Sprach's und verschwand.

Es war bereits Nachmittag, als der Uniformierte eintrat, einen Stuhl nahm und sich an das Bett von Ronald setzte: „Obermeister Kriegel", stellte er sich vor, „ich denke, sie wissen worum es geht." Ronald machte eine abwehrende Handbewegung: „Sie brauchen sich nicht bemühen. Ich werde keine Anzeige erstatten." Der Polizist zog geringfügig die Stirn in Falten: „Ich fürchte, sie verstehen die Sachlage nicht ganz richtig. Es liegt eine Anzeige gegen ihre Person vor, und zwar wegen Belästigung. Die Dame fühlte sich demnach von ihnen angegriffen." Ronald war, als träfe ihn aus heiterem Himmel ein Blitz. Das Gefühl, welches ihn gerade durchrieselte, erinnerte ihn an ein Ereignis in seiner Kindheit. Er hatte oft die Ferien bei seinem Cousin auf dem Bauerhof verbracht. Dort lebten an die zwanzig Hühner. Und zwischen dem Bauern und den Hühnern gab es eine Abmachung. Die Hühner erhielten ein großzügiges Areal zum Scharren und picken, sowie haufenweise Körnerfutter. Dafür hatten sie reichlich Eier zu legen. Nicht mehr und nicht weniger. Als sich aber eine Henne nicht daran hielt und unbedingt ihre Eier ausbrüten wollte, wurde sie mehrmals mit dem Hintern in eiskaltes Wasser getaucht, bis sie ihre unerwünschten Flausen schlussendlich vergaß. Genauso fühlte sich jetzt Ronald, mit dem Unterschied, dass sich nicht bloß sein Hintern sondern auch sein Herz wie Eiswasser anfühlte. Er erzählte unter Stocken dem Beamten seine Version des Vorfalls, drehte sich zur Seite und gab den restlichen Tag keinen einzigen Laut mehr von sich.

Ein paar Tage später. Ronald war genesen, zumindest körperlich. Er unternahm fast täglich, trotz gelegentlicher Schmerzen, ausgedehnte Spaziergänge, um seinen dummen Kopf auszulüften, wie er es nannte. Seit der Vorladung zu seinem Gerichtstermin hielt er es in seinen vier Wänden einfach nicht mehr aus. Wie zu erwarten, lief ihm natürlich die Frau eines schönen Tages wieder über den Weg. Besser gesagt, sie kam auf ihn zu. Während sie flott voran schritt, blickte sie intensiv auf ihr Smartfon und gewahrte Ronald erst im allerletzten Moment. Sie erschrak, wollte ausweichen und sprang dabei auf die Fahrbahn. Ronald sah aus den Augenwinkeln ein schnell näher kommendes Auto, und sein Unterbewusstsein setzte augenblicklich seinen gelähmten Verstand außer Kraft. Er sprang, so weit es seine alternden Glieder zuließen, auf die Frau zu, schlang seine Arme um ihren Körper und riss sie mit aller Kraft von dem Wagen weg auf die andere Straßenseite. Noch im Fallen versuchte er ihren Körper über sich zu bringen, damit sie nicht zu hart aufschlagen würde. Dann wurde es Nacht in seinem Kopf.

„Na schau einer an", sagte Schwester Ingrid, „sie hatten wohl Sehnsucht nach mir? Dafür hätten sie aber nicht unbedingt ihren Schädel auf die Straße knallen müssen.

Trotzdem schön, dass sie wach sind. Da kann ich den Besuch herein lassen, der schon seit Stunden draußen wartet." Sie öffnete die Tür und ein riesengroßer Strauß Frühlingsblumen schwebte herein. Dahinter kam das blasse Gesicht seiner Angebeteten zum Vorschein: „Ich … ich … ich heiße Anna und wollte mich bedanken. Also dafür bedanken, dass sie mir das Leben gerettet haben. Und … und die Anzeige habe ich auch zurückgezogen. Das, äh, das wollte ich ihnen nur sagen. Und dass ich in ihrer Schuld stehe. Wenn ich irgendwas für sie tun kann, dann sagen sie es bitte!" Ronald kratzte allen Mut zusammen, den er jemals in einem Winkel seines Gehirns entdeckt hatte und sagte mit fast versagender Stimme: „Wie wär's, wenn sie mich heiraten würden?" Es entstand eine kurze aber peinliche Stille. Sie legte den Blumenstrauß auf den Nachttisch und wandte sich langsam zur Zimmertür: „Es tut mir ehrlich leid, ehrlich, aber … ich bin lesbisch." Dann ging sie langsam den Flur entlang und verschwand an dessen Ende in einer der Fahrstuhltüren.

Die Zeit verging. Das macht Zeit nun mal so. Und knapp neun Single-Jahre später trug man Ronald zur letzten Ruhe. Sein einsames Herz hatte wohl keinen Grund mehr gefunden, um sich weiterhin in dem alten Körper abzurackern. Der Notarzt bemühte sich noch kurz Ronalds schwaches Lebenslicht am Flackern zu halten, aber es war einfach schon zu spät. Zur Beerdigung kamen nicht allzu viele Leute. Anna musste wohl irgendwie von seinem Ableben erfahren haben, denn sie stand auch unter den Trauernden. Der Grabredner, in Frack und Zylinder, lobhudelte das Blaue vom Himmel herunter. Hätte der Tote ihn noch hören können, wäre ihm bestimmt vor stolz die Chemisette geplatzt, welche ein Mitarbeiter des Bestatters äußerst stilvoll der Leiche angelegt hatte. Über Ronalds große und unerfüllte Sehnsucht nach einer neuen Partnerin, verlor der Redner jedoch nicht eine einzige Silbe. So ungerecht kann das Leben sein, sogar im Tode.

Kohlbauer und Hoppelhase

Einst lebte in unseren Landen ein Kleinbauer. Der nannte eine kluge Frau, fünf legefreudige Hennen, ein dickes Schwein und ein ansehnliches Stück Land sein Eigen. Und auf diesem Land baute er seit vielen Jahren Kohlköpfe an. Da es die schönsten, größten und schmackhaftesten Kohlköpfe der ganzen Umgebung waren, bestritt er damit den Unterhalt für seine Frau und sich selbst. Etwa die Hälfte des Kohls verkaufte er frisch auf dem Markt, wo ihm die Köpfe gleichsam aus den Händen gerissen wurden. Aus der anderen Hälfte bereitete seine Frau den weltweit besten Sauerkohl, welchen sie dann ihrerseits auf dem Markte feil bot, bis auf einen kleinen Rest, denn wenn man so guten Sauerkohl kocht, möchte man auch selbst davon essen.

Eines Jahres geschah es, dass der Fuchs den beiden unversehens die Hühner aus dem Stall holte. Daraufhin kaufte sich der Bauer voller Zorn eine Schrotflinte, aber auch neue Hühner, denn er aß gern ein Frühstücksei und seine Frau brauchte schließlich auch Eier zum Backen. Aber der Fuchs war listig, und eines Tages waren auch die neuen Hennen verschwunden, ohne dass der Bauer bemerkt hätte, um welche Stunde der Rotrock dieses ruchlose Verbrechen begangen hatte. Zu allem Übel bemerkte der Bauer auch noch, dass ein paar Kohlköpfe auf seinem Feld angeknappert waren. Er legte sich mit dem Gewehr auf die Lauer, und siehe da, ein Hase tat sich gütlich am Kohl. Der Bauer hielt ihm die Flinte vor die Schnuppernase: „Ha, Meister Lampe, hab ich dich endlich erwischt! Jetzt brenne ich dir mein Schrot auf den Pelz und hernach ziehe ich dir das Fell über die langen Ohren!" Der Hase setzte sich auf und entgegnete ganz ruhig: „Das würde ich an deiner Stelle nicht tun. Steht doch in der Bibel geschrieben ‚du sollst nicht töten'. Übrigens, wenn du mir wirklich das Fell über die Ohren ziehen willst, so sollte es doch keine Löcher vom Schrot haben, denn dann ist es wohl nichts mehr wert. Zudem würdest du mit meiner Ermordung fünf kleine Häschen des Vaters berauben. Bedenke das! Andererseits, falls du mir erlaubst etwas von deinem Kohl zu nehmen, dann will ich dir dabei helfen, dass der Fuchs nie wieder deine Hühner stiehlt!" „Wie willst du kleiner, schwacher Hoppler mir schon helfen", sagte der Bauer, „doch diesmal will ich Gnade vor Recht ergehen lassen, wenn du dich schnellstens aus dem Staube machst und nie wieder hier blicken lässt!" Dann schoss er in die Luft und der Hase rannte im Zickzack davon. Der Bauer jedoch besorgte sich eine große Menge Stacheldraht und zäunte das Feld sowie den Stall ein.

Im Jahr darauf wurde ihm trotzdem der Hühnerstall erneut leer geräumt. Der Fuchs hatte sich einfach unter dem Zaun hindurch gegraben. Also musste der Bauer neuerlich in seine schmale Haushaltskasse greifen, um zähneknirschend neue Hennen zu erstehen. Dass man sich unter dem Zaun durchgraben konnte, ging ihm nicht aus dem Sinn und so inspizierte er auch sein Feld. Und richtig, an einer Stelle sah er einen winzigen Graben und dahinter einen angeknapperten Kohlkopf. Also rannte er laut fluchend nach hause, um seine Flinte zu holen. Seine kluge Frau aber bat ihn, dass sie sich diesmal auf die Lauer legen dürfe. Denn was sind schon ein paar angeknapperte Kohlköpfe. Diese würde sie einfach zu Sauerkohl verarbeiten, denn dazu musste man sie ja sowieso zerschnippeln. Und vielleicht sollte man sich den Vorschlag des Hasen doch erst einmal anhören. Möglicherweise schaffte man sich den Fuchs damit wirklich vom Halse. Gesagt, getan. Die Frau erwischte tatsächlich den Hasen bei seinem Mahl. „So so", schrie sie ihn an und streckte das Gewehr vor, „du bist also unbelehrbar und stiehlst weiterhin das, was dir nicht gehört!" Der Hase blieb ganz ruhig sitzen und zuckte nicht einmal mehr mit der Nase. Die Bäuerin hingegen schob den Lauf der Flinte durch den Zaun, bis er den Hasen berührte: „Und wenn du mir nicht auf der Stelle sagst, wie ich den Fuchs zur Strecke bringen kann, dann soll es mir egal sein, wie viele Löcher deinen Pelz zieren!" Der Hase wackelte mit seinem Stummelschwanz und sagte: „Meine Bekannte, die Eule, wohnt in einem Baum über dem Fuchsbau und hört ungewollt alles, was dort gesprochen wird. Und der Fuchs hat neulich wieder gesagt, dass er am Reformationstag kurz vor Mitternacht, also in zwei Tagen, erneut an eurem Hühnerstall vorbei kommen will, da es dort stets frische Hühner zu holen gibt." Die Frau glaubte dem Tier und ging schnurstracks zu ihrem Mann nach hause, um ihm die Neuigkeit zu berichten. Der Bauer verschanzte sich also in der besagten Nacht in der Nähe seines Stalles, und als der Fuchs angeschnürt kam, schoss er ihn mausetot. Seltsamerweise wurde von Stund an auch kein einziger Kohlkopf mehr angeknappert.

Ein paar Tage später traf die Eule zufällig den Hasen im Walde und stellte ihn zur Rede: „Ich habe gehört, du frisst gar keinen Kohl mehr. Kannst du mir sagen warum?" „Weil ich überhaupt keinen Kohl mag, davon bekomme ich nämlich Bauchschmerzen. Aber anders hätte mich der Bauer nie angehört und ich hätte ihm nie sagen können, wann mein Feind, der Fuchs, zu seinem Stall kommt." Die Eule drehte ihren Kopf mehrmals hin und her: „Ich weiß schon, dass der Fuchs nicht dein Freund ist, aber wieso hast du dem Bauern überhaupt geholfen, unseren Reinecke zu erledigen? Ich denke, dein Motto ist ‚du sollst nicht töten'." Der Hase versuchte ein Lächeln: „Ich habe auch nicht getötet. Das hat der Bauer getan. Also trifft mich keinerlei Schuld." Die Eule dachte kurz nach und sprach: „Wenn ich es auch nicht gut heiße, so muss ich dir doch bestätigen, dass du listiger bist, als der Fuchs selbst es war. Woher nimmst du soviel Schläue?" Der Hase kratzte sich hinter den Löffeln und entgegnete: „Von den Menschen. Sie verbieten in unserem Land das Tragen von Waffe, produzieren aber vom Gewehr bis hin zum Panzer alles Mögliche. Dann verkaufen sie das Höllenzeug mit viel Gewinn ins Ausland. Wenn sich dort dann die Menschen gegenseitig erschießen, können sich hier alle die Hände in Unschuld waschen."

Wetter-Witz

Ich würde Ihnen gern, wenn Sie gestatten, einen Witz erzählen. Es ist einer jener Witze, die ich besonders mag. Er ist nämlich ganz zart philosophisch angehaucht. Allerdings möchte ich Sie langsam an das Thema heranführen, indem ich eine Episode aus meinem Leben voransetze.

Wenn Sie sich heute popkornbewaffnet in einem Kinosessel räkeln, dann rieselt, bevor überhaupt der Hauptfilm läuft, erstmal jede Menge Werbung von der Leinwand auf Sie herunter. Früher war das anders. Vor dem Film wurde im Westen Deutschlands die „Neue Deutsche Wochenschau" gezeigt und im Osten lief „Der Augenzeuge." Das waren für das Kino wöchentlich neu produzierte Zusammenstellungen von Filmberichten über politische, gesellschaftliche und kulturelle Ereignisse. Damals hatte kaum jemand ein Fernsehgerät, und so erhielt man eben die „Nachrichten in Bildern" durch die Filmtheater.

Ich war zu dieser Zeit Mitglied in einem Zauberzirkel und gab nach der Arbeit oder an Wochenenden gelegentlich Vorstellungen als Hobby-Magier. Das sprach sich herum, und allgemein wurde gesagt, ich sei talentiert.

Eines schönen Tages erschien auf meiner Arbeitsstelle ein Filmteam mit einer Drehgenehmigung von unserem Direktor. Das Team bestand aus einem Regisseur, einem Kameramann und einem Techniker, und wollte einen Bericht für den Augenzeugen über einen aufstrebenden Künstler drehen. Dieser aufstrebende Künstler, man höre und staune, sollte ich angeblich sein. Nachdem man mich nach allen Regeln der Kunst an meiner Mechanikerdrehbank abgelichtet hatte, wollte der Regisseur unbedingt Außenaufnahmen haben, bei denen ich in Aktion zu sehen sein sollte. Und, oh Wunder, ich wurde drei Tage von der Arbeit freigestellt, natürlich ohne Bezahlung. Wir, also das Team und ich, verabredeten uns für den nächsten Tag zehn Uhr morgens auf dem Marktplatz meiner Heimatstadt.

Der nächste Tag war stark bewölkt und nasskalt. Die Filmleute beschlossen, in ihrem Hotel bei einem Bier auf besseres Wetter zu warten. Ich war herzlich eingeladen. Gegen Mittag entfernte sich der Techniker um einen Arzt aufzusuchen, denn er hatte massive Rückenprobleme vom Schleppen der schweren Ausrüstung. Vielleicht hatte er auch nur genug intus und wollte nicht mehr mittrinken. Gegen sechzehn Uhr wurde es zu dunkel zum Drehen und wir verabredeten uns für den nächsten Tag.

Das Wetter war dann etwas besser, wenn auch nicht gerade ideal. Ich baute meine Requisiten auf und der Kameramann filmte mich von allen Seiten. Auch aus dem Wipfel einer Baumkrone und vom Dach eines hohen Gebäudes. Die meiste Zeit verbrachte ich aber mit Warten. Nämlich bis die Filmrollen eingelegt oder gewechselt waren, bis der Ton richtig eingepegelt war, bis der Hausmeister gefunden wurde, der als Einziger die Blechtür zum Dach des Gebäudes aufschließen konnte, bis der Regisseur sein Brötchen gegessen hatte und so weiter.

Am Abend stärkten wir uns nach getaner Arbeit mit einem wohlverdienten Bier. Der Regisseur meinte, das Licht heute habe ihm ganz und gar nicht gefallen und wir müssten alles am nächsten Tag noch einmal wiederholen.

Am nächsten Tag regnete es wie aus Gießkannen. Traditionell warteten wir bei einem Bier auf Besserung. Gegen dreizehn Uhr fiel dem Regisseur ein, dass sein Team noch eine große Strecke bis nach Hause fahren müsse, und dass das Licht gestern nach seiner Erfahrung wohl doch gewiss ausgereicht habe. Wir verabschiedeten uns und das Team brauste durch den Regen zurück nach Berlin.

Ich war nun also auf 35 mm breites Zelluloid gebannt. Nachdem mein Gesicht über die Leinwände der DDR geflimmert war, wurde das Filmmaterial mit einem chemischen Verfahren abgewaschen und erneut beschichtet. Man konnte es dadurch ein weiteres Mal verwenden, denn Zelluloid war damals in der DDR selten und teuer. So ist es leider Tatsache, dass ich kein Andenken an diese ,historischen' Momente besitze.

Aber jetzt komme ich endlich zu dem angekündigten Witz. Er hat nämlich auch mit Film und Wetter zu tun:

Eine Filmcrew sollte in einem ländlichen Gebiet Landschaftsaufnahmen machen. Man wollte natürlich nicht, dass das teure Equipment nass wurde. So fragte der Regisseur in einem nahegelegenen Dorf, ob es nicht einen alten, erfahrenen Bauer gäbe, der das Wetter für den nächsten Tag vorhersagen könne. Hilfsbereit verwies man ihn an einen älteren Schäfer, der nahe dem Dorf auf einem Berg seine Hütte hatte. Der Regisseur begab sich auf den steilen Weg. Nachdem er den Schäfer mit seiner Herde gefunden hatte, machte er sich und vor allem sein Anliegen bekannt. Der bärtige Schafhirte stützte sich auf seinen knotigen Stab, blinzelte kurz und erklärte ohne Umschweife, dass am nächsten Tag die Sonne kräftig scheinen werde. Frohen Mutes verließ ihn der Regisseur, und am nächsten Tag tauchte unsere Sonne die Landschaft tatsächlich in ein herrlich goldenes Licht. Die Filmaufnahmen gerieten außerordentlich gut. Abends stieg der Regisseur wiederum zu des Schäfers Hütte auf. Dieser begrüßte ihn freundlich und bot ihm einen Obstler an. Dann legte er jedoch die gebräunte Stirn in Falten und meinte, es werde am nächsten Tag wohl starken Regen geben.
Und siehe da, bereits in der Nacht fielen dicke Regentropfen aus tief hängenden Wolken auf die durstige Erde. Es wurde ziemlich kalt und die Filmleute froren in ihren feuchten Zelten. Die Kameras wurden gar nicht erst aufgebaut und man vertrieb sich die Zeit mit Kar-

tenspielen. Abends marschierte dann der Regisseur mit einem großen, schwarzen Regenschirm erneut zu seinem Wetterpropheten. Doch der hob diesmal nur bedauernd die Schultern: „Tut mir leid, aber ich weiß leider das Wetter von Morgen nicht. Mein Radio ist kaputt gegangen und ich konnte keinen Wetterbericht hören."

Zeitstillstand

Cyndina, die Leiterin des Labors, lehnte an der gelblichen, abwaschbaren Wand und beschrieb mit der Spitze des rechten Laborschuhs kleine Kreise auf dem gekachelten Fußboden: „Hör lieber auf, Berenike, hör einfach auf." Ihr Blick schweifte an das Ende des Raumes, wo durch eine Glaswand hindurch der Serverraum mit einer Reihe schwarz lackierter Supercomputer zu sehen war. Deren Lämpchen blinken in unregelmäßigen Abständen, und wenn man längere Zeit hinschaute, glaubte man das leise Surren der Maschinen wahrzunehmen. „Es ist einfach Blödsinn. Keiner von uns hier hat bisher eine unstabile Zeitschleife in der Vergangenheit entdeckt. Glaub mir, keiner von uns." Berenike zeigte an die Wand über ihrem Arbeitsplatz, an der vierzehn gerahmte Urkunden prangten: „Und meine bisherigen Ergebnisse bedeuten gar nichts? Dadurch hat doch erst vor kurzem unser Labor die dritte Auszeichnung bekommen. Und du hast bisher immer den Ruhm abgeräumt und willst mir jetzt nicht glauben? Ich habe Tag und Nacht das Phänomen studiert. Schau dir doch die Ergebnisse an. Es ist lediglich in einem eng begrenzten

Raum aufgetreten und hat genau achtundneunzig Jahre lang angehalten. Dann hat es sich schlagartig aufgelöst." „Und wenn schon." Cyndina schickte sich an zu gehen. Berenike streckte ihrer Chefin flehentlich beide Arme entgegen: „Als Zeitlabor ist das doch für uns zumindest erforschenswert. Und mir nützt es persönlich ganz besonders. Ich will nämlich dorthin. Genau in dem Moment, wenn die normale Zeit wieder eintritt." Cyndina zog sich einen der Metallstühle heran, setzte sich seitlich darauf und fragte neugierig: „Und warum gerade dort und zu diesem Zeitpunkt? Du weißt genau, dass jeder, der sich in die Vergangenheit portieren lässt, nicht mehr zurück kann. Denk an Mariesol. Die ist ins zwanzigste Jahrhundert gesprungen, nur um mit einem Mann zusammen zu sein. Nicht mal mit einem bestimmten. Einfach nur mit einem Mann. Das ist heutzutage nicht mehr normal. Sie hat damals dort einen Kerl gefunden, der sie prompt betrogen hat. Dann hat sie angefangen Alkohol zu trinken und ist auf der Straße gelandet. Später wurde sie vergewaltigt und ermordet. Du kannst dir die Zeitaufzeichnungen getrost anschauen, ich erteile dir die Freigabe. Ach, Schätzchen, seit vor zweihundert Jahren das Y-Chromosom verschwunden ist, klonen wir unsere Nachkommen und damit sind alle hinlänglich zufrieden. Es gibt eben keine Männer mehr. Finde dich damit ab!" Berenike nahm sich ebenfalls einen Stuhl: „Hat man schon mal versucht einen Jungen zu klonen?" Cyndina lachte: „Aber Berenike, wenn nur weibliche Chromosomen vorhanden sind, wie soll da ein männlicher Embryo entstehen?" Die Streitbare gab sich noch nicht zufrieden: „Und was ist mit Genome Editing? Damit haben wir doch eine Unsumme von Möglichkeiten." Die Laborleiterin stand auf: „Ist bisher alles schief gegangen. Außerdem ist es von unseren Politikerinnen nicht gewollt. So etwas darfst du in der heutigen Zeit nicht einmal denken. Und jetzt Schluss mit der Diskussion!"

Der Wohnraum präsentierte sich in den Farben weiß und braun. Er schien nicht besonders groß zu sein und war sparsam eingerichtet. In der Mitte befand sich ein Tisch aus Holzimitat, umringt von vier gepolsterten, schwarzbraunen Plastikstühlen. An der einen Wandseite standen zwei hohe Schränke, zwei bequeme Schlafstätten und ganz hinten hing ein kleines Regal. An der anderen Seite sah man zwei Arbeitsplätze und ferner die Schiebetür zum Bad. Neben der seitlich versetzten Eingangstür glänzte ein großer Kommunikationsschirm und gegenüber an der Stirnseite des Raumes stach einem gleich der dunkle Schacht des Lebensmittelautomaten ins Auge. Des Weiteren war dort ein vierfach verglastes, kleines Fenster, das den Blick auf eine bräunliche Graslandschaft frei gab, über der eine Schicht von heißer Luft bedrohlich flimmerte. Janicze, die Kameradin von Berenike, kauerte barfuss auf ihrem Bett, hatte die Knie angezogen und die Arme darum geschlungen: „Als Zeitforscherin ist dir doch aber klar, dass das ein altes Volksmärchen ist, welches vor hunderten von Jahren von einem grimmigen Mann aufgeschrieben wurde." Berenike musste lachen und drehte sich zu ihr um:

„Das Märchen wurde nicht von einem grimmigen Mann aufgeschrieben, sondern von einem der Gebrüder Grimm, und zwar im Jahr 1812. Es geht auf Charles Perraults Geschichte ‚La belle au bois dormant‘ zurück, welche 1696 erstmals veröffentlicht wurde. Ludwig Bechstein übernahm dann das Märchen in sein ‚Deutsches Märchenbuch‘ unter dem Titel ‚Das Dornröschen‘. Aber du weißt schon, dass Märchen, Sagen, Geschichten und Gerüchte immer einen kleinen Funken Wahrheit in sich tragen.“ Janicze sprang vom Bett: „Und du glaubst, dass in dem besagten Schloss so eine Art Naturerscheinung gewesen ist, die genau für hundert Jahre dort die Zeit angehalten hat, und zwar so, dass alles und jeder erstarrte?“ Berenike nickte: „Es waren aber genauer gesagt nur achtundneunzig Jahre.“ Ihre Kameradin zog sich einen der Stühle heran: „Und wie erklärst du dann das übermäßige Wachstum der Dornenhecke?“ „Ganz einfach. Wir haben immer wieder beobachtet, dass bei einem Zeitwirbel die Energie von der Fliehkraft stark an den Rand des Wirbels gedrängt wird. Also vergeht an der Grenze so eines Phänomens die Zeit rasend schnell, was das ungestüme Wachsen einer Hecke durchaus erklären würde.“ „Gut, gut!“, lenkte Janicze ein, „aber wieso willst du unbedingt persönlich dorthin?“ „Aus drei Gründen. Erstens will ich dort erforschen, ob die Zeitschleife im Nachhinein noch nachweisbar ist. Zweitens möchte ich wieder grünes, saftiges Gras sehen und nicht das braune Zeug hinter unserem Fenster. Und drittens …“, Berenike machte eine längere Pause, „möchte ich gern von einem

Mann angefasst werden." Janicze war erstaunt: „Dann hol dir doch deinen MANBOT aus dem Schrank!" „Das ist doch nicht dasselbe. Du müsstest mal die alten Zeitaufzeichnungen sehen." Berenike kam ins Schwärmen: „Wie zärtlich die Männer ihre Frauen gestreichelt haben. Und wie sich dann Mann und Frau vereinigten, als wären sie nur noch ein einziger Körper und eine einzige Seele. Das kann kein Roboter-Mann." Janicze seufzte: „Aber es darf doch nur dein Geist dorthin reisen. Dein lebloser Körper bleibt ja hier. Du kannst dich sicher noch an die schreckliche Beerdigung von Mariesol erinnern. Und weißt du denn, wie der Körper beschaffen sein wird, in den du dann transferiert wirst? Vielleicht ist diese Person krank und du stirbst ganz einfach. Damals war die Medizin noch nicht so weit wie heute. Und was wird im Endeffekt aus mir?" Berenike lächelte ihre Kameradin milde an: „Du findest schon eine neue Begleiterin."

Der Metallzylinder war etwa drei Meter hoch und zwei Meter im Durchmesser. Schwaden von flüssigem Stickstoff waberten um ihn herum und lösten sich nach kurzer Zeit klaglos in der angewärmten Laborluft auf. Cyndina umarmte Berenike: „Also mach's gut Mädel. Du wirst mir fehlen. Mir und dem gesamten Labor. Willst du es dir nicht noch einmal überlegen?" Die Angesprochenen schüttelte den Kopf: „Nein. Du weißt doch, mein Entschluss steht schon seit sehr langer Zeit fest. Also mach's gut! Und grüß mir die anderen!" Berenike entkleidete sich, öffnete den glänzenden Zylinder und trat in das Innere. Das kalte Metall an ihren nackten Füßen ließ sie flüchtig erschaudern. Cyndina drückte hinter ihr langsam die metallene Tür zu, schloss die Verriegelungsbolzen und ging zum Steuerpult. Sie überprüfte auf dem matten Display noch einmal genau die Zeitangabe, schluckte kurz und drückte dann zögerlich den Startknopf. Einige Sekunden war ein scharfes Zischen zu hören, dann wurde es still und auf dem Display blinkte die Aufschrift „successful". Die Laborleiterin wischte sich eine Träne aus dem Augenwinkel und betätigte die Sprechtaste: „Ich brauche die Bestatterin in der Zeitsprunghalle. Möglichst sofort."

Die Berechnung des Zeitpunktes erwies sich als absolut perfekt. Genau in dem Moment, in dem das Schloss erwachte, wurde Berenikes Geist in den Körper der Prinzessin transferiert. Sie hörte gerade noch, wie der Koch dem Küchenjungen eine schallende Ohrfeige verpasste, da waren auch schon die Schritte des Prinzen auf der Turmtreppe zu vernehmen. Berenike schloss die Augen und harrte der Dinge, die da kommen sollten. Sie hörte wie der Prinz eintrat und sich ihr näherte. Als er sich zu ihr herunterbeugte, musste sie feststellen, dass er etwas müffelte. Auch der Kuss des Prinzen war alles andere als angenehm. Berenike öffnete die Augen. Der Mann vor ihr war einiges kleiner als sie und hatte Pickel im Gesicht. Er kniete stolz vor ihr nieder: „Holde Prinzessin, ich bin euer Erlöser. Reicht mir die Hand und tretet mit mir vor euren Vater, den edlen König, auf dass er uns seinen Segen erteile!" Berenike schlug die hingehaltene Hand aus und stand auf. Der Prinz säuselte: „Nun denn, so folgt mir!" Sie traten aus dem Zimmer hinaus auf den Wehrgang des Turmes. Ihr sogenannter Erlöser knöpfte sich den Hosenlatz auf: „Verzeiht, holde Maid, aber ich bin lange geritten und muss mich erst erleichtern." Ungeniert pieselte er an die Balustrade des Turms. Berenikes Augen wurden immer größer. Als er sein Geschäft verrichtet hatte, kratzte sich der Prinz exzessiv im Genick: „Ich werde gewahr, dass es alsbalden zu regnen beginnen wird, die Flöhe beißen heute gar so wild." Berenikes Mund entfloh ein spitzer Schrei. Dann rannte sie los in Richtung Treppe. Als sie auf einen lockeren Stein trat, rutschte ihr Körper seitlich ab und wurde über die Brüstung hinweg in die Tiefe geschleudert. Im Fallen dachte sie noch: „Das stand aber nicht im Märchen." Kurz vor dem Aufschlagen riss sie plötzlich eine unbekannte Kraft wieder nach oben. Der Prinz löste sich vor ihren Augen in Luft auf und sie wurde rückwärts durch die alte Tür des Turmzimmers auf das Bett gedrückt. Eine starke Müdigkeit ließ ihre Augenlieder schwer werden und sie schlief augenblicklich ein. Das Gleiche passierte auch allen anderen im Schloss und bewahrte den Küchenjungen vor einer weiteren Maulschelle. Die Lücke, die der Prinz mit seinem Schwert in die Dornenhecke geschlagen hatte, schloss sich wieder wie von Zauberhand. Es war, als wäre nie etwas geschehen.

Die Versammlung im Foyer des Zeitlabors war gut besucht. Cyndina trat mit steinernem Gesicht an das ele-

gante Rednerpult. Nachdem sich der Applaus gelegt hatte, begann sie leise ihren Vortrag: „Liebe Kolleginnen, der Grund für die Einladung des heutigen Meetings sind zwei fundamentale Erkenntnisse, die in der Vergangenheit kontrovers unter allen Zeitforschern diskutiert wurden, welche nun aber unser Labor endgültig und für alle Zeiten wissenschaftlich untermauern konnte. Allerdings war das nur durch das mutige und selbstlose Opfer einer unser Forscherinnen möglich. Die Erkenntnisse lauten folgendermaßen: Erstens, eine lokale und unbeständige Zeitschleife kann sich nach ihrem Zusammenbruch von allein wieder restaurieren. Und zweitens: Es ist unmöglich, die Vergangenheit zu ändern. Die Zeit setzt nämlich von sich aus alle Ereignisse immer wieder auf den ordnungsgemäßen Stand zurück."
Der Rest der Rede war zum großen Teil mit vielen, unverständlichen Fremdwörtern gespickt, und so lichteten sich langsam aber sicher die Reihen der Zuhörerinnen. Wenn man die Zeit schon nicht ändern konnte, wollte man sie wenigstens nicht vergeuden.

Tagebuch

Ich nehme mal an, Ihnen geht es ähnlich wie mir. Man hat eine Reihe guter Bekannter, aber nur eine handvoll enger Freunde. Mit denen feiert man dann Geburtstag oder Silvester, geht zusammen ins Kino oder unternimmt irgendetwas Ähnliches. Da spielt auch der gesellschaftliche Status keine Rolle. Gute Freunde können genauso gut arbeitslos als auch reiche Akademiker sein.

Einer meiner Freunde arbeitet beispielsweise in einem Recycling-Betrieb für Altpapier. Da kommen ihm manchmal seltsame Dinge unter die Hände. Neulich saßen wir bei ihm zu hause in gemütlicher Runde bei einem Glas Bier beziehungsweise Wein und wollten uns einfach nur mal wieder ausquatschen. Da brachte er ein kleines, rotes Tagebuch hervor, welches er in seinem Betrieb vom Band gefischt hatte, obwohl er es eigentlich gar nicht darf. Aber in dem Buch war keinerlei Name zu finden, und somit wurde ja auch niemand bloßgestellt. Der Inhalt lautete folgendermaßen:

23. März 1994
Liebes Tagebuch. Habe heute Geburtstag. Meine Mutter hat mir dieses Tagebuch geschenkt, weil ich immer sage, dass ich mich an nichts Gutes in meinem Leben erinnern kann. Mein Vater findet Tagebücher für Dreizehnjährige blöd. Ich werde ab jetzt alles Außergewöhnliche in meinem Leben aufschreiben.

24. März 1994
Liebes Tagebuch. Heute ist nichts weiter los gewesen.

25. März 1994
Ein Tag wie jeder andere.

1. April 1994
Letzte Woche war nichts. Das ist kein Aprilscherz.

1. Mai 1994
Heute ist Feiertag.

17. Juni 1994
Heute war endlich etwas los. Meiner Mutter ist die Milch übergekocht.

6. August 1994
Wir sind im Urlaub. Habe den ganzen Tag am Strand gelegen.

4. November 1994
In letzter Zeit war nichts.

24. Dezember 1994
Mein Vater hat mir mitgeteilt, dass es keinen Weihnachtsmann gibt. War schon lange mein Verdacht. Blöd nur, dass es ohne Weihnachtsmann auch keine Geschenke mehr gibt. Sagt zumindest mein Vater.

23. März 1995
Habe heute Geburtstag.

24. Dezember 1995
Bin allein zu haus. Meine Eltern sind zur Kur. Sie haben nicht verraten, wo die Kur ist.

23. März 1996
Habe heute Geburtstag.

23. März 1997
Habe heute Geburtstag.

23. März 1998
Habe heute Geburtstag.

17. Oktober 1998
Habe heute im Bus ganz vorn gesessen, als der gegen einen Baum gefahren ist. Im Moment der Gefahr zog mein ganzes Leben an meinem geistigen Auge vorbei. Ich habe mich schrecklich gelangweilt.

23. März 1999
Habe heute Geburtstag.

1. Dezember 1999
Ich habe beschlossen, mein Tagebuch für immer zu schließen. Seit ich es führe, ist nichts mehr in meinem Leben los.
        Ende des Tagebuches

Ich, für meinen Teil, habe aus dem Ganzen meine Schlüsse gezogen.

Erstens:
    Mein Freund ist jetzt nicht mehr mein Freund, denn wer unerlaubt Dinge von der Arbeit mitbringt, ist nicht vertrauenswürdig.

Zweitens:
Ich werde nie mehr wieder ein altes Tagebuch in den Altpapiercontainer werfen.

Hope 23

Es war still. Verdammt still. Und genau das durfte es nicht sein. David löste mit zittrigen Fingern hastig die Sicherheitsgurte der Liege, sprang herab und rannte so schnell er konnte zur Zentraltreppe. Es schien ihn diesmal gar nicht zu stören, dass in diesem schweineteuren Hightech-Raumschiff die metallenen Treppenstufen bei jedem Schritt wie ein verstimmtes Xylophon klimperten. „Departure" hatte man das Schiff genannt. Das hieß wohl soviel wie „Aufbruch". Wahrscheinlich werden irgendwann auch diese verdammten Treppenstufen aufbrechen, was ihn dann garantiert den Hals kosten würde. Kaum hatte er das gedacht, verfehlte sein linker Fuß eine der scheppernden Stufen und er schlug lang hin. Eine Blechkante riss ihm dabei schmerzhaft die Stirn auf. Sein Körper schlitterte unkontrolliert die letzten Stufen hinunter und wurde am Fuß der Treppe jäh gestoppt. Etwas Warmes floss, von der Augenbraue umgelenkt, langsam die Wange herunter. David hatte weder Zeit noch Muße, sich darum zu kümmern. Nachdem er sich hoch gerappelt hatte, waren es nur noch ein paar wenige Schritte bis zur Maschinenzentrale. Das Schott des Raumes stand halb offen und ließ sich auch nicht mehr bewegen, seit der Strahl von Saschas Phaser das obere Scharnier verschmolzen hatte. Sascha hatte sich mit Ralf duelliert. Diese Blödmänner. Jetzt lagen beide in der Kryo-Kammer. In Leichensäcken. Tot. Alle waren tot. Sascha und Ralf, Adam und Toby, Arthur und Erik. Und auch Kapitän Matthew. Menschen sind psychisch einfach nicht dafür geschaffen, dreiundzwanzig Jahre in einem Raumschiff zusammengepfercht zu werden. Vor drei Jahren hatte es angefangen. Erik hatte Arthur sein Bowiemesser in den Unterleib gejagt, als dieser ihn abhalten wollte, ohne Raumanzug durch die Luftschleuse zu gehen. Toby beging Selbstmord. Matthew starb an Altersschwäche. Vielleicht hätte man doch einen jüngeren Kapitän wählen sollen. Die anderen drei hatte bei der Reparatur der Außenhülle ein winzig kleiner, böser Meteor in die Weite des Weltalls gerissen. Nun war David allein und der Einzige, der die Katastrophe verhindern konnte. Der Planet war bereits riesengroß in den Bullaugen zu sehen und keine Bremsdüse dröhnte, keine Steuerdüsen zischten. Es war einfach nur still. David riss den Plastikdeckel des Notknopfes herunter und schlug mit der Faust auf den roten Button. Ab jetzt konnte das Schiff nur noch manuell gesteuert werden. Kaum zwei Minuten später fauchten die Bremsdüsen ihren heißen Atem dem Planeten entgegen. Man hatte diesen Himmelskörper „Hope 23" genannt, weil man die Hoffnung hatte, dass er nach dreiundzwanzig Jahren zu erreichen wäre. David wischte sich den Schweiß von der Stirn, was einen intensiven Schmerz nach sich zog. Die Kopfwunde! Er öffnete fieberhaft den Sanitäts-Schrank und betrachtete seine Stirn im Innen-Spiegel der Tür. Es war alles Gott sei

Dank nur halb so schlimm. Etwas Desinfektion und ein Klammerpflaster sollten reichen. Dann setzte er sich eilends an den Computer um den Landevorgang zu steuern. Bei Bodenberührung brauchte er eigentlich nur noch die Bremsdüsen abzuschalten und alles wäre gut. Aber als das Raumschiff nur noch tausend Meter von der Oberfläche entfernt war, knackte es irgendwo übernatürlich laut und danach umfing ihn wiederum diese tödliche Stille. David war klar, dass er es nicht mehr bis zu seiner Sicherheitsliege schaffen würde und legte sich flach auf den Bauch, mit dem Kopf auf dem linken Unterarm. Das Geräusch beim Aufprall war nicht vollständig zu definieren. Irgendetwas knirschte, etwas anderes ächzte, Metallstreben zerrissen klagend, Glas splitterte und Zwischenböden verformten sich dröhnend. David verlor das Bewusstsein. Das Knacken abkühlenden Metalls brachte ihn aber kurz darauf wieder zu sich. Er zog sich ächzend an der Computerkonsole nach oben. Sein Körper war ein einziger Schmerz. Etwas zischte verdächtig. Möglicherweise verlor das Raumschiff lebensnotwendige Atemluft. Und wenn schon. Die Wissenschaftler der Erde hatten mit ihren Spektralanalysen herausgefunden, dass der Planet genügend Sauerstoff zum Atmen besaß und eine Sonde hatte das bestätigt. Allerdings hatte man auch Helium als Bestandteil der Atmosphäre gefunden. Da würde seine Stimme höher klingen als gewohnt. Auch kein Beinbruch. Die Tür zu den Raumanzügen war verbeult und ließ sich nicht öffnen. Na und, dann eben ohne Schutz. Ob er nun im Schiff verdurstete oder auf dem Planeten irgendwelchen

Viren erlag, war doch scheißegal. Vielleicht konnte er hier ja auch überleben. Immer positiv denken. Er holte sich einen Phaser aus seiner Kabine und schritt wackelig zur Luke. Also los! Er öffnete die Schleuse und sah, dass er nur einen knappen halben Meter von der Oberfläche entfernt war. Das Raumschiff musste also mindestens sechs Meter tief in den Boden eingedrungen sein. Rings um die Ausstiegsluke wuchsen violette Blumen mit handtellergroßen Blüten. Er sprang hinab und landete unerwartet weich. Es lief sich wie auf einem Wasserbett und bei jedem Schritt sank der Fuß schmatzend in den schwammigen Untergrund ein. Rechts von ihm waren in einiger Entfernung Kuppelbauten zu sehen. Etwa drei bis vier Meter hoch. Nanu, hier sollte doch eigentlich gar kein intelligentes Leben vorhanden sein? Er ging langsam auf die Bauten zu. Die Luft roch unangenehm, ließ sich aber ohne Probleme atmen. Ein seltsames Geräusch drang an sein Ohr und wurde immer lauter, je näher er den Kuppeln kam. Als er zwischen den ersten beiden hindurch trat, fuhr ihm der Schreck in alle Glieder. Links neben ihm stand ein kleines Mädchen, ein süßes, kleines, menschliches Mädchen. Es weinte bitterlich. Ihm war, als würde er die Kleine kennen. Dieses verheulte Gesicht schien er unerklärlicherweise schon einmal gesehen zu haben. Etwas weiter vor ihm war eine Horde Männer dabei, sich unter lautem Gebrüll gegenseitig abzuschlachten. Als einer den Fremdling sah, kam er, eine Art Lanze haltend, wütend auf ihn zugerannt. David sah keinen Ausweg und feuerte seinen Phaser auf den Angreifer ab.

Den Mann riss es förmlich in zwei Teile. Im gleichen Moment griff ein anderer das kleine Mädchen an. David zögerte nicht lange, schoss auf den Mann, hob das Mädchen auf den Arm und rannte in Richtung des Raumschiffwracks, so schnell das eben bei dem weichen Untergrund ging. Mehrere der Männer verfolgten ihn mit schrillen Rufen. Er hob das Mädchen in die Luke, sprang hinterher und verbarrikadierte die Tür. Man hörte deutlich, dass Waffen gegen die Außenhülle geworfen oder geschlagen wurden. Das Mädchen sagte keinen Ton und blickte ihn nur mit großen, grünen Augen an. Dann zeigte sie mit ihrem dünnen Zeigefinger zum Bullauge. Draußen schlugen hohe Flammen hoch. Man wollte ihn und die Kleine also ausräuchern. Die Hülle würde das zwar aushalten, aber die Temperatur im Inneren könnte unaufhörlich steigen. Außerdem war viel zu wenig Trinkwasser im Schiff, was ihn früher oder später nach draußen zwingen würde. Entschlossen holte er sich einen zweiten Phaser, stieß mit dem linken Fuß die Luke auf und schoss durch die Flammen hindurch auf alles was sich bewegte. Plötzlich verschwamm alles vor seinen Augen, die Phaser funktionierten nicht mehr, ein helles Licht blendete ihn und eine dunkle Gestalt kam schleppend auf ihn zu. General Miller. Langsam kam Davids Erinnerung wieder zurück. Neben ihm stand ein Weißkittel, der ihm eine elastische Haube vom Kopf nahm, aus der sich unzählige Drähte schlängelten und straff gebündelt in einem Computerinterface endeten. Der General sagte in einem ziemlich bissigen Ton: „Mensch, was war das denn? So kann man doch keinen Test bestehen. Ganz und gar nicht. Seien sie froh, dass es nur eine Simulation war. Ein halbes Dorf zu töten, bloß um ein mickriges Mädchen zu retten, ist unakzeptabel. Völlig unakzeptabel. Sie sind vorläufig beurlaubt. Solange, bis es eine neue Verwendung für sie gibt. Wegtreten!" Auf der Treppe zum Parkhaus kam sich David wie der größte Verlierer aller Zeiten vor. Zu hause angekommen, rannte ihm lachend seine Tochter entgegen: „Papi, Papi, Papi! Ich hab dich lieb!" Sie flog ihm regelrecht um den Hals und er wusste schlagartig, warum ihm das Mädchen in der Simulation so bekannt vorgekommen war. Behutsam strich er ihr über die blonden Haare: „Ich hab dich auch lieb. Und ich werde dich immer beschützen. Immer. Auch wenn ich dafür etwas Schlimmes tun müsste."

Stoffwechsel

Falls sie vermuten, ich meine mit ‚Stoffwechsel' einen ‚Kleiderwechsel', dann täuschen sie sich. Aber das haben sie ja als gebildeter Leser sowieso nicht gedacht. Um das Thema genauer zu fassen, hier drei dumme Sprüche:

- Wenn Liebe durch den Magen geht, wie sieht sie dann hinterher aus?
- Kacke ist ein ziemlich hartes Wort für so eine weiche Masse.
- Wenn ich Scheiße gemacht habe, dann löffle ich sie auch selbst wieder aus.

Es geht mir hier also genau um das, was hinten rauskommt. Sollte das für sie ein Tabu-Thema sein, dann lesen sie einfach bei der nächsten Geschichte weiter. Als Erstes möchte ich mich sozusagen wissenschaftlich der Sache nähern. Schauen wir mal im Internet auszugsweise bei Wikipedia vorbei:

Als Stoffwechsel oder Metabolismus bezeichnet man die gesamten chemischen und physikalischen Vorgänge der Umwandlung chemischer Stoffe bzw. Substrate (z. B. Nahrungsmittel und Sauerstoff) in Zwischenprodukte (Metaboliten) und Endprodukte im Organismus von Lebewesen.

Übrigens weiß ich aus der Apothekenumschau, dass Verdauung nicht gleich Stoffwechsel ist, sondern nur die Voraussetzung dafür. So, und damit genug von wissenschaftlichen Informationen. Wenden wir uns dem Tagebuch eines Menschen zu, der mir sehr nahe steht und der auch einverstanden war, dass es veröffentlicht wird.

1. März:
Was tut man nicht alles für Frauen. War heute mit meiner neuen Bekannten essen. Sie mag Seafood. Ich habe früher dazu Meeresfrüchte gesagt, wurde aber von ihr belehrt, dass die Frucht die Gesamtheit der Organe einer Pflanze ist, die aus Blüten hervorgehen, welche die Pflanzensamen bis zu deren Reife umschließen. Ich hasse Biologen und seitdem auch Biologinnen. Speziell Biologinnen, welche Austern essen. Das Zeug schmeckt

wie Schnupfen mit Zitrone. Aber was tut man nicht alles für Frauen.

2. März:
Heute wäre beinahe das Unglück geschehen. Mein Darm meldet sich seit Jahren leider immer erst, wenn die Kacke schon am dampfen ist. Wäre nicht zufällig auf der Etage des Kaufhauses, auf welcher ich mich gerade befand, eine Toilette gewesen, dann hätte mich eventuell nur der Umstand gerettet, dass ich sowieso eine braune Hose anhatte. Dass es sich bei der Toilette um eine Damentoilette handelte, war mir in diesem Moment scheißegal. Eine Etage tiefer zum Herrenklo zu laufen, wäre zeitlich einfach nicht mehr hingekommen. Durchfall ist nun mal Durchfall. Als ich die Kabine verließ, um mir die Hände zu waschen, stand eine Frau mittleren Alters am Waschbecken und starrte mich entsetzt an. Ich warf den Kopf zurück, strich mir lasziv über das Haar und näselte: „Hallo Schwester, was geht?" Die Dame verließ daraufhin fluchtartig die Lokalität. Als ich dann bereits einige Schritte von der Toilette entfernt war, sah ich gerade noch, wie die Frau lebhaft mit zwei Männern von der Security diskutierte.

3. März:
Ich fühle mich immer noch nicht gut, da mein Bauch ziemlich laut grummelt. Es klingt annährend wie Beethovens Fünfte. Das Eingangsmotiv dieser Sinfonie kommt nämlich auch gerade mal mit vier Tönen aus. Meine Ernährung besteht aus ein paar Tropfen Kamil-

lentee und viel, viel Zwieback. Ich nehme an, wenn ich das nächste mal auf die Schüssel gehe, dann wird es lediglich nur etwas stauben.

4. März:

Immer noch Bauchschmerzen. Mein bester Freund meinte, da würde Magenbitter helfen und besorgte mir auch gleich eine ganze Palette davon. Geholfen hat der Mist nicht, aber stockbesoffen lassen sich Schmerzen tatsächlich besser ertragen.

5. März:

Na prima! Jetzt muss ich auch noch in hohem Bogen kotzen. Ich habe meinen Chef angerufen, um ihm mitzuteilen, dass ich die nächsten Tage wegen akut voranschreitender Krankheit nicht auf meiner Arbeitsstelle erscheinen kann. Danach höchstwahrscheinlich auch nicht mehr, da ich garantiert sterben werde. Anstelle eines Krankenscheins habe ich ihm den Kassenbeleg vom Magenbitter geschickt. Vorher aber noch eine Kopie davon an meine Krankenkasse. Ich merke langsam, dass mein Schädel wieder klar wird. Zum Glück sind noch genügend Flaschen übrig.

6. März:

Magenbitter ist alle. Ich schwanke zwischen der Möglichkeit mir Nachschub zu besorgen, oder es aber mit fester Nahrung zu versuchen. Habe mich für Letzteres entschieden. War ein großer Fehler. Das kleine Bisschen, dass ich neben die Schüssel gebröckelt habe, muss auf morgen warten. Heute bin ich zu krank zum Putzen.

7. März:
War sehr mutig. Etwas trockenes Brot und zwei Tassen Kaffee zu mir genommen. Mal sehen ob alles drin bleibt. Die Bröckchen neben der Schüssel sind angetrocknet. Sauerei. Wer macht denn bloß so was?

8. März:
Frauentag. Eigentlich wollte ich mit meiner Bekannten heute essen gehen. Seafood. Aber ich bin ja Gott sei Dank unpässlich. Ich hoffte, dass die drei Gebete ausreichen würden, um mir zukünftig eine gewisse Biologin vom Hals zu halten. Und es hat sich gezeigt, dass ich mich auf den Himmel verlassen kann. Sie rief mich gegen zweiundzwanzig Uhr an, um mir wütend mitzuteilen, dass es mit uns aus sei, da ich sie versetzt hätte. Na gut, ich hätte sie vielleicht anrufen und ihr mitteilen können, dass ich krank bin. Trotzdem muss ich den Hut vor ihr ziehen, dass sie solange durchgehalten hat. Schließlich waren wir um achtzehn Uhr verabredet.

9. März:
Magen- und Kopfschmerzen sind vorbei. Habe ein Leberwurstbrot gegessen. Anschließend war mir gleich wieder schlecht. Wer weiß, was diese heimtückischen Metzger so alles in die Leberwurst hineinpacken.

10. März:
Alles wird gut. Ich habe sogar zum Mittag einen ganzen Thüringer Kloß gegessen. Allerdings industriell gefertigt und verpackt. Ich bin doch nicht blöd, dass ich wegen eines einzigen Kloßes die ganze Matscherei auf mich nehme. Die Menge an Plastikmüll kann dabei im Verhältnis zum Arbeitsaufwand durchaus vernachlässigt werden. Übrigens habe ich mir neulich zum Verpacken von Gläsern diese Luftpolsterfolie aus Plastik besorgt. Die war auch in Plastik verpackt.

11. März:
Ich überlege ernsthaft, ob ich nicht zukünftig Austern zu meinem Speiseplan hinzufügen sollte. Ich habe nämlich vier Kilo abgenommen. Hurra! Trotzdem habe ich heute wieder normal gegessen. Morgens ein Brötchen, mittags Kartoffeln mit Quark und abends eine Scheibe Brot mit Salami. Hat geschmeckt und auch keinerlei Schmerzen bereitet. Essen sollte ja schließlich auch keine Schmerzen hervorrufen, obwohl das manchmal bei Übergewicht helfen könnte.

12. März:
Ganz normaler Tagesablauf, was das Essen betrifft. Allerdings war ich nicht arbeiten. Mein Chef hat mir freigegeben. Für immer.

13. März:
Essen war gut. Blöderweise liegt mir irgendwie ein Stein im Magen. Ich müsste mal wieder aufs Klo. Kommt aber nichts.

14. März:
Ich habe gedrückt, bis mir die Augen heraustraten. Nix. Da macht das Essen dann auch keinen Spaß mehr. Mal sehen, wie ich die Augen wieder rein kriege.

15. März:
Die Sprechstundenhilfe wollte mir einen Termin in vierzehn Tagen geben. Ich konnte sie aber davon überzeugen, dass ich bis dahin geplatzt wäre. Es könnte jedoch auch an dem gewissen Fünfzig-Euro-Schein gelegen haben, dass ich trotz Kassenpatient sofort und gleich dran gekommen bin. Der Onkel Doktor meinte, hier wäre ein Klistier angebracht. Das hätte ich auch selbst gewusst. Ich hatte nur gehofft, dass ich das irgendwie umgehen können würde. Wenn mir schon eine Krankenschwester etwas einflößen müsste, dann sollte es wenigstens Sekt sein, und das auch nicht gerade hinten unten.

Immer noch 15. März, aber Mitternacht:

Das Geräusch war nicht das Schlimmste, denn das Schlimmste ist, dass ich eine neue Kloschüssel kaufen muss. Das Loch ist einfach zu groß, um das Porzellanding weiter zu verwenden. Blöderweise gibt es die Baureihe nicht mehr. Ich bin gezwungen, mein ganzes Badezimmer umzugestalten. Abwechslung kann ja nicht schaden, und wenn es beim Kacken ist.

16. März:
Das Essen schmeckt mir endlich wieder. Ich kann auch alles neuerlich ohne Probleme verstoffwechseln.

17. März:
Das Leben ist schön. Die neue Kloschüssel auch. Hellblau.

18. März:
Meine neue Freundin isst am liebsten Schweinebraten. Ich liebe sie. Allerdings hat sie ein paar Probleme mit der Verdauung. Könnte mir nie passieren.

Mein Erinnerungsvermögen

Ich möchte Ihnen eine Geschichte erzählen, die Sie möglicherweise nicht glauben werden. Also erspare ich mir zu behaupten, dass sie der Wahrheit entspricht. Hätte ich die Sache nicht am eigenen Leibe erlebt, ich würde sie bestimmt selbst anzweifeln. Passiert ist es in jenem Jahr, in dem die Ärzte feststellten, dass etwas Seltsames mit meinem Gehirn geschehen sein musste. Ich konnte einfach nichts mehr vergessen. Fernsehautoren machen aus so einer Konstellation eine Serie, aber mir gefiel das ganz und gar nicht. Es war nämlich der Auslöser für manchen Streit, da sich mein Umfeld oft nicht mehr so genau erinnern konnte oder sich gar in der Erinnerung täuschte, während ich auf der Wahrheit beharrte. Somit war ich ungerechter Weise als rechthaberisch und als Angeber verschrien. Aber ich merke schon, ich verplaudere mich. Hier kommt also meine Geschichte:

Solange ich denken kann, wohnte Georg neben uns. Er mit seiner alleinerziehenden Mutter, ich mit meinem alleinerziehenden Vater. Vorweg genommen: Wir wollten die beiden Mal miteinander verkuppeln, aber sie konnten sich nicht leiden. Nicht so Georg und ich. Wir waren ein Herz und eine Seele. Als Kinder spielten wir zusammen in unserem Sandkasten, wir gingen in den gleichen Kindergarten und auch in die gleiche Schule. Wir rauchten heimlich zusammen auf dem kleinen Aussichtsturm unserer Stadt und betranken uns auch das erste Mal gemeinsam. Er bekam dafür die Hucke voll, ich wurde von meinem Vater nicht bestraft, weil er sich an seine eigene Teenager-Zeit erinnern konnte. Georg studierte dann Maschinenbau, während ich eine Lehre als Mechatroniker anfing. Aber in der Freizeit schraubten wir weiterhin freundschaftlich an unseren Mopeds. Als dann Georg seinen Diplom-Ingenieur in der Tasche hatte und ich zum gleichen Zeitpunkt die Meisterprüfung vergeigte, kauften wir uns in jenem Jahr sogar das gleiche Auto. Er in Rot und ich in Weiß. Wir gingen ab und zu zusammen einen trinken, ins Kino oder auch gelegentlich tanzen. Als dann unsere Eltern starben, erbten wir beide im gleichen Jahr unser Elternhaus. Ungefähr ein Jahr später verliebten wir uns am gleichen

Abend in derselben Bar in eine Frau. Gott sei Dank jeder in eine andere. Ich heiratete die meine, während Georg der Meinung war, wer nicht heiratet, braucht sich auch nicht scheiden zu lassen. Stets feierten wir alle vier zusammen den jeweiligen Geburtstag und besuchten uns auch gegenseitig an allen Feiertagen. Doch eines Tages wurde alles anders. Mein Freund Georg benahm sich plötzlich irgendwie seltsam. Er schien uns zu meiden und kam auch nicht zu der Geburtstagsfeier meiner Frau. Selbst seine Dauerverlobte wusste nicht, was mit ihm eigentlich los war. Schließlich vergrub er sich tagtäglich nur noch in seinem Hobbykeller und war für keinen von uns mehr zu sprechen. Nach reichlich sechs Wochen zog dann seine Lebensgefährtin aus. Sie verabschiedete sich von uns unter Tränen. Unser Kontakt zum Nachbarhaus brach damit endgültig ab.

Falls ich mich nicht täusche, war es an einem Dienstag. Meine Frau hatte einen Termin bei ihrer Frauenärztin. Sie war ein paar Wochen mit der Regel überfällig und der Schwangerschaftstest zeigte kein eindeutiges Ergebnis. Als meine Frau mir damals gestand, dass ihre Menstruation ausgeblieben war, hatte ich heimlich einen Bausatz für eine Wiege bestellt. Dieser sollte gerade heute geliefert werden. Da passte es prima, dass mein Weib nicht zu hause war. Dummerweise kam meine Holde aber früher zurück, als ich angenommen hatte. Sie betrat die Stube, küsste mich und sagte glücklich: „Rate mal!" Ich kam jedoch nicht mehr zum antworten, weil es genau in diesem Augenblick klingelte.

Mit einem fröhlichen „Moment" lief ich voller Vorfreude zur Tür. Es war der erwartete Paketbote, welcher mir gegen eine Unterschrift ein sperriges Etwas überließ, das ich nur mit einiger Mühe in die Stube bugsieren konnte. Mit dem Unterton des Allwissens sagte ich mit einem breiten Grinsen: „Frauchen, dies ist ein Bausatz für eine Wiege. Ich denke nämlich, nein ich weiß genau, dass du schwanger bist." Meine Frau stütze sich mit beiden Armen auf unserem Tisch ab: „Das ist wieder mal ganz typisch. Kannst du nicht abwarten und vielleicht erst mal mit deiner Göttergattin sprechen?" Ich stellte ernüchtert das Paket ab: „Du bist gar nicht schwanger?" Sie lächelte: „Das habe ich nicht gesagt, aber die Wiege wird wahrscheinlich zu klein sein. Wir bekommen Zwillinge." Einerseits war ich stolz, andererseits fürchterlich erschrocken. Kennen Sie das Gefühl? Ich brauche in solchen Situationen immer einen Schnaps. Aber ich kam nicht mehr dazu, die Flasche aus der Küche zu holen, denn in diesem Moment klingelte es erneut. Als ich die Tür öffnete, traf mich fast der Schlag. Vor mir stand Georg. Seine Kleidung war schmuddlig, sein Haar ungekämmt und er war ausgemergelt, als hätte er zwei Wochen lang nichts gegessen. Er fragte mit schwacher Stimme: „Hast du mal Zeit für mich?" Ich machte eine einladende Bewegung: „Komm erst mal rein!" Widerwillig folgte er mir ins Haus. Als meine Gute ihn sah, schlug sie die Hände zusammen: „Du musst erstmal was essen!" Dann ging sie in die Küche, um Georg etwas zuzubereiten. Dieser protestierte: „Aber ich wollte …" Weiter kam er nicht. Ich drückte ihn in einen Stuhl, ging ebenfalls in die Küche und kam mit einer Flasche Bier und einer Flasche Wodka zurück. Das Bier stellte ich vor meinen Freund, und nachdem ich ein Schnapsglas aus dem Wohnzimmerschrank geangelt hatte, genehmigte ich mir zunächst einen Doppelten. Gleichzeitig kam auch meine Frau aus der Küche, mit einem Berg belegter Brote. Wie sie das in der kurzen Zeit zu Wege gebracht hatte, ist mir bis heute ein Rätsel. Georg mampfte eine Brotschnitte nach der anderen, als gäbe es nie wieder auf der Welt etwas zu essen. Nachdem er die Flasche Bier geleert hatte, fielen im sichtlich die Augen zu. Meine bessere Hälfte zeigte auf das Sofa: „Und jetzt legst du dich hin und ruhst dich eine Weile aus!" Er versuchte wieder zu protestieren: „Aber …" Mein Web legte den Zeigefinger an die Lippen: „Pssst! Kein aber. Ich sehe doch wie du aussiehst. Also keine Widerrede!" Da Georg meine Frau kannte, legte er sich ohne ein weiteres Wort auf das Sofa. Ich deckte ihn mit einer unserer karierten Decken zu und er schlief auf der Stelle ein.

Als meine Frau und ich am nächsten Morgen aufstanden, schlief Georg immer noch. Ich kochte Kaffee und briet ein paar Spiegeleier, während mein Ehegespinst Brötchen vom Bäcker holte. Wir weckten ihn mit den geflügelten Worten: „Der Kaffee ist fertig." Er sprang verwirrt auf: „Wie spät ist es? Ich hab keine Zeit. Ich muss gehen." „Jetzt wird erst einmal gefrühstückt!", bestimmte meine Frau, und ihr Tonfall duldete keine Widerrede. Nach dem Frühstück wandte sich Georg dann an mich: „Jürgen, könntest du mit zu mir hinüber kommen? Ich bräuchte da deine Hilfe." Ich blickte aus dem Augenwinkel zu meiner Guten. Sie nickte nahezu stürmisch. Hätte ich allerdings gewusst, was sich später aus diesem Besuch im Nachbarhaus entwickelte, ich wäre nicht ums Verrecken mitgegangen.

Im Haus angekommen, zerrte mich Georg sofort in den Hobbykeller. Dort sah es aus, als wäre eine mittlere Atombombe hochgegangen. Überall lagen die verschiedensten Werkzeuge herum; von Metallsägen über kaputte Flexscheiben bis hin zu Vorschlaghämmern und Winkelschleifern. In der Mitte des Raumes lagen Sauerstoffflaschen sowie ein Schweißbrenner und am Eingang wäre ich beinahe über einen riesigen Kompressor gestolpert. Georg deutete auf die Werkbank an der Stirnseite des Kellers: „Da! Schau hin!" Ich gewahrte einen Vierkant aus matt glänzendem Metall. Etwa zwanzig Zentimeter lang, in den Abmessungen von sieben mal sieben Zentimetern. An der Frontseite des Dings befand sich eine fingerdicke Achse, die in ein grobes Zahnrad mündete und sich mit einer Geschwindigkeit drehte, dass man die Zähne des Rades kaum mehr erkennen konnte. „Aha", sagte ich nicht besonders begeistert, „du hast einen Elektromotor gebastelt." Georg ergriff das Ding, hob es hoch und schüttelte es vor meiner Nase hin und her: „Siehst du irgendeinen Anschluss? Gibt es hier vielleicht irgendwelche Drähte?" Ich konterte: „Dann erzeugst du vielleicht hier im Keller ein spezielles Magnetfeld, das den Motor zum Rotieren bringt." Georg drehte sich um, sprang über den Kompressor und lief die Treppe hinauf: „Dann komm mit. Komm mit in den Garten!" Ich folgte ihm und musste feststellen, dass sich die Achse immer noch drehte. Georg drückte mir den Motor in die Hand. Er lief völlig ruhig und ich konnte keinerlei Vibrationen spüren. Beeindruckt fragte ich meinen Freund: „Geht das mit Akku? Wie hast du das hingekriegt?" Er kratzte sich am Kinn: „Gar nicht. Ich hab das Ding gefunden. Etwa vor drei Monaten." Meine Neugier war geweckt: „Und, hast du es schon mal aufgemacht?" Er schüttelte den Kopf: „Das ist es ja gerade. Es lässt sich weder öffnen noch zerstören. Ich hab wirklich alles Mögliche versucht. Das Ding kriegt trotz aller Mühe nicht den kleinsten Kratzer ab und dreht sich immer weiter und weiter." „Willst du behaupten, du hättest ein unzerstörbares Perpetuum mobile entdeckt?" Georg schüttelte beleidigt den Kopf: „Quatsch, das widerspräche den Grundsätzen der Thermodynamik. Aber ich habe mal von einer Maschine gelesen, die mit Gotteskraft betrieben worden sein soll. Deshalb nenne ich den Motor G.M." Ich verstand nicht ganz: „Geht das nicht etwas konkreter?" Georg blickte mich erwartungsvoll an: „G.M. steht für Glaubensmaschine. Sie wird durch den Glaube angetrieben." Ich tippte mir demonstrativ an die Stirn: „Du hast einen gewaltigen Sprung in der Schüssel. Aber einen ganz gewaltigen. Mit anderen Worten treibt dein Gott die Maschine aus Dankbarkeit an, weil du Dussel an ihn glaubst?" Georg wurde energisch: „Du hast mich nicht verstanden. Es geht um den Glauben an sich. Wir Katholiken glauben zum Beispiel nur an einen Gott. Der hat die Welt erschaffen und das war's. In Indien dagegen glaubt man an viele Götter. Die wichtigsten sind: Brahma der Schöpfer, Vishnu der Erhalter und Shiva der Zerstörer. Wenn also etwas Neues entsteht, etwas Überholtes nicht abgeschafft oder etwas Gutes zerstört wird, dann kann man praktischer Weise die Schuld immer auf den jeweiligen Gott schieben. Davon abgesehen glaubt doch jeder Mensch an etwas. Der Fromme an Gott, der Wissenschaftler an physikalische Gesetze und der Gehörnte an die Treue seiner Frau. Dieser Glaube stellt eine allumfassende Macht dar, deren wir uns gar nicht im Klaren sind. Ich denke, diese Macht treibt diese Maschine hier an." Ich legte ihm freundschaftlich die Hand auf die Schulter: „Georg, du hast eindeutig einen Sockenschuss. Geh zum Psychiater, ich bitte dich!" Seltsamerweise schien mein Freund in keinster Weise beleidigt zu sein: „Dann erklär du mir doch, warum sich der Motor ohne Energiezufuhr dreht!" Ich senkte den Kopf: „Wenn du mich deshalb hierher geholt hast, muss ich dich enttäuschen. Ich hab keine Ahnung." „Nein, nein" entgegnete Georg, „du sollst mir helfen, das Ding anzuhalten! Mir ist das auch nicht mit aller Gewalt gelungen." Ich konnte mich eines Grinsens nicht erwehren: „Dann glaub doch einfach nicht mehr daran." Die Antwort war: „Arsch. Hau bloß ab!" Dann verschwand er wieder im Haus.

„Hörst du mir eigentlich zu?" Meine Frau schien ziemlich empört zu sein. Ich log: „Entschuldige, mir geht ständig Georgs Geisteszustand durch den Kopf." In

Wirklichkeit wälzte der Mechatroniker in mir die verschiedensten Gedanken, wie diese vermaledeite Maschine zum Anhalten gebracht werden könnte. Da Georg zwar Maschinenbauer war, aber von Elektronik nicht allzu viel wusste, kam ich zum Schluss, dass man den Motor vielleicht mit elektromagnetischen Wellen ansteuern sollte. „Du hörst doch wieder nicht zu! Ist dir dein Freund wichtiger als deine Kinder? Ich mag ja Georg auch, aber erst kommt doch wohl die eigene Familie." Ich entschuldigte mich erneut: „Können wir noch mal von vorn anfangen?" Meine Holde rang um Fassung: „Also gut. Ich war doch beim Ultraschall. Es wird ein Junge und ein Mädchen. Und ich möchte, dass wir beide zusammen ihre Namen aussuchen." „Ach Gott ja", stammelte ich, „ich hab keine Ahnung. Mir fällt auf die Schnelle kein Name ein." Sie starrte mich an: „Wieso auf die Schnelle? Wir haben noch reichlich sieben Monate Zeit. Also ich dachte an Rene und Renate." Meine Gedanken waren schon längst wieder bei der ominösen Maschine: „Von mir aus auch Max und Moritz." Diese Aussage war wohl der Grund, dass meine Frau beim Hinausgehen mit der Tür knallte und die nächste Zeit nicht mehr mit mir sprach.

Dann kamen die Tage, an denen ich mich zum Kotzen fand. Ich belog meine Frau. Angeblich müsse ich hin und wieder meinen Freund Georg zum Psychotherapeuten begleiten. Stattdessen saß ich bei ihm im Keller und bastelte einen Generator. Mit Erfolg. Es kam der Zeitpunkt, an dem wir die GM mit elektromagnetischen

Wellen bombardieren konnten. Wir begannen mit drei-ßig Trillionen Hertz und senkten langsam die Frequenz. Bei genau einer Trillion Herz reagierte das Gerät und blieb stehen. Sowie man dann die Frequenz wieder ein wenig erhöhte, lief es weiter. Uns war klar, was nun zwangsläufig folgen musste. Meine Aufgabe würde es sein, den Generator zu verkleinern und mit einer Fern-steuerung zu versehen. Georg würde dann ein passendes Getriebe samt Kupplung konstruieren und danach müss-te nur noch Georgs Wagen umgebaut werden. Zukünftig könnten wir dann Auto fahren ohne zu tanken und ohne eine Batterie bemühen zu müssen.

Um nicht dauernd die selbe Ausrede zu benutzen, sagte ich an diesem folgenschweren Tag zu meiner Frau, ich ginge mit meinem Freund zur Abwechslung mal ein Bier trinken. Als ich zum Nachbarhaus kam, bemerkte ich, dass seltsamerweise alle Türen aufstanden. Vor-sichtig trat ich ein und rief Georgs Namen. Keine Reak-tion. Im Keller war er nicht. Also durchforschte ich alle Zimmer seiner Wohnung. Kein Georg und keine GM. Unruhig ging ich zurück nach hause und erzählte mei-nem geliebten Weib von Georgs Verschwinden. Sie meinte optimistisch, er würde bestimmt demnächst wie-der eintrudeln. Jedoch auch am nächsten Tag blieb er unerklärlicher Weise verschwunden. Schweren Herzens ging ich zur Polizei und machte eine Vermisstenanzei-ge. Von der GM erwähnte ich natürlich kein einziges Wort. Unerwartet klingelte noch am gleichen Abend mein Handy. Es war Georg. Ich raunzte ihn an:

„Mensch, ich bin fast vor Sorge gestorben. Wo bist du denn?" Er entgegnete aufgeregt: „Das erwähne ich am Telefon besser nicht. Komm heute um neunzehn Uhr dorthin, wo wir als Kinder das erste Mal geraucht haben." Ich wollte noch etwas sagen, aber er hatte das Gespräch bereits unterbrochen.

Die Sonne ging glutrot unter, als ich die Treppe zum Turm hinaufstieg. Georg erwartete mich bereits. Er hielt mir mit zitternden Händen einen Pappkarton entgegen: „Da drin ist unsere Maschine. Du musst sie unbedingt verstecken!" Ich vermutete, dass mein Freund jetzt endgültig durchgedreht war: „Was ist denn eigentlich los? Warum versteckst du dich und warum soll ich die GM verstecken?" Georg wandte sich zur Treppe: „Komm mit! Unten steht mein Auto. Wir fahren ein paar Kilometer aus der Stadt. Dann erzähl ich dir alles."

Die kleine, halbdunkle Gaststätte war nicht gerade gut besucht. Außer uns beiden saßen nur noch zwei weitere Personen an einem der rustikalen Tische. Allerdings schienen sie uns einige Gläser voraus zu sein. Ich stellte den Karton vorsichtig unter meinen Stuhl. Georg legte behutsam seine Hand auf meinen Arm: „Pass auf! Vor zwei Tagen sind zwei Männer in mein Haus eingebrochen. Sie haben zuerst meine Wohnung durchsucht, aber ohne zu bemerken, dass ich unten im Keller war. Also habe ich die GM geschnappt und bin leise die Kellertreppe hoch geschlichen. Einer der Kerle rief, sein Partner solle mich, ohne lange zu fackeln, einfach um-

85

legen. Und der andere rief zurück, dass er mich erst ausquetschen wolle, wo das ‚Ding' sei. Also habe ich schnellsten die Kurve gekratzt und in dem kleinen Wäldchen hinter unserer Stadt übernachtet." Er trank hastig einige Schlucke Bier. Ich fragte ungläubig: „Und wie sollen die erfahren haben, dass du die Maschine besitzt?" Georg setzte das Glas ab: „Vielleicht sendet das Ding ein unhörbares Peilsignal oder so was ähnliches." Mir wurde flau im Magen: „Aber dann finden die uns doch bestimmt auch hier. Wir müssen das Ding schnellstens loswerden." Mein Freund packte mich am Kragen: „Spinnst du? So was kriegen wir nie wieder. Am besten, wir setzen uns ins Auto und fahren ständig hin und her. Das wird sie verwirren." Ich schob seine Hand zurück: „Da mach ich nicht mit. Im Gegensatz zu dir habe ich eine Frau zu hause." Er stand auf: „Gut, dann war's das mit unserer Freundschaft. Ich fahre jetzt." Er schnappte sich den Karton, und schon war er aus der Tür. Ich hörte nur noch wie er den Wagen startete, dann trat Stille ein. Mir blieb nichts weiter übrig, als die Zeche zu zahlen und die Wirtin zu bitten, mir ein Taxi zu rufen.

Als ich zu hause in die Küche trat, sah ich mich einem Mann gegenüber, der eine Pistole auf mich richtete: „Ei, ei, da ist doch unser Nachbar." Bevor ich noch etwas sagen oder unternehmen konnte, traf mich ein harter Schlag am Hinterkopf, der mich dummerweise einige Zeit aus der Wirklichkeit entfernte. Als ich mit brummendem Schädel langsam wieder zu mir kam, musste ich hilflos feststellen, dass man mich mit Panzerband an einen meiner Stühle gefesselt hatte. Der Bursche mit der Pistole fragte langsam und durchaus furchteinflößend: „Wo ist der Twirlmotor?" Ich versuchte Zeit zu gewinnen: „Der was?" Das hätte ich bleiben lassen sollen, wie mir ein Schlag mit der Pistole an meine Stirn klar machte. „Dieser Motor, du weißt schon." Mir lief etwas Blut über die Nase und tropfte aufs Hemd. „Ich weiß es wirklich nicht. Mein Nachbar ist damit auf und davon. Keine Ahnung wo er sich zurzeit rumtreibt." Der zweite Kerl beugte sich zu mir herunter: „Du solltest dich aber schleunigst daran erinnern. Bis dahin wird dein geliebtes Eheweib bei uns logieren. Nur so als kleiner Ansporn für dich." Ich wusste vor Angst nicht, was ich tun sollte. Der Stress in meinem Kopf entlud sich in der Aussage: „Du stinkst aus dem Maul." Diesmal brachte mich ein unbedingt schmerzlicher Kinnhaken zum Schweigen. Der Pistolenmensch legte einen Zettel auf den Küchentisch: „Hier hast du Knilch meine Telefonnummer. Und wenn du den Aufenthaltsort deines Kumpels oder des Motors herausgefunden hast, ruf an!" Der andere zückte ein Messer und rammte es ziemlich dicht an meinem besten Stück in den Stuhl: „Ich denke, damit kannst du deine Fesseln selbst los werden." Dann verschwanden beide grinsend aus der Tür. Es dauerte eine ganze Weile, bis ich schwitzend das Panzerband am Messer durchgeschubbert hatte. Nachdem auch meine Beine befreit waren, überlegte ich, ob ich die Polizei zu Rate ziehen sollte. Aber Georg und meiner Frau zu liebe verschob ich das auf später.

Man kann manchmal nicht glauben, wie dumm Menschen sind. Ich konnte nämlich im Internet mit einem Rückverfolgungsprogramm zu der besagten Telefonnummer tatsächlich eine Adresse ermitteln. Und die lag auch noch ganz in der Nähe. Da es draußen bereits stockdunkel war, machte ich mich, bewaffnet mit dem Handy, einer Taschenlampe und dem fremden Messer, auf die Socken. Meine Stirn und mein Kinn schmerzten ziemlich unangenehm. Am Ziel erwarteten mich schwach erleuchtete Fenster. Zwar waren die Jalousien herunter gelassen, aber schlampig. Man konnte trotzdem an mehreren Stellen hindurchschauen. Die zwei Arschgeigen saßen am Tisch und tranken Bier aus Flaschen, während meine schwangere Gattin gefesselt auf dem Sofa verharren musste. Vorsichtig zog ich das Handy aus der Tasche und wollte gerade den Notruf wählen, als auf der Straße ein Auto hielt, aus dem Georg ausstieg. Allerdings nicht ganz freiwillig. Hinter ihm krochen noch drei vermummte Gestalten aus dem Wagen, die seltsame Waffen in den Händen hielten. Einer hatte zudem noch einen, mir wohlbekannten Pappkarton unter dem Arm. Als die drei Eingehüllten mich bemerkten, kamen zwei davon mit vorgehaltener Waffe auf mich zu und dirigierten meinen geschundenen Körper in das Haus. In der Stube wurden Georg und ich unsanft in einen Stuhl geschubst, während die zwei Bier trinkenden Einbrecher ganz schön blöde Gesichter machten. Die Vermummten begannen sich umständlich auszuwickeln. Hervor kamen zwei skurrile Gestalten mit dünnen Armen und großen, roten Augen. Aliens.

Einer von ihnen befreite meine Frau von den Fesseln, die sofort in meine Arme gesprungen kam, am ganzen Körper zitternd. Ein zweiter Außerirdischer sagte zu den beiden Einbrechern in der Art wie Meister Yoda aus Star Wars: „Versagt ihr habt. Gold ihr nicht bekommen werdet. Wir den Twirlmotor selber gefunden haben." Der dritte Alien hob eine Sprayflasche: „Vergessen alles ihr werdet nun. Noch nicht bereit die Menschheit dafür ist." Dann sprühte er uns allen ein echt ekliges Gebräu ins Gesicht. Mir schwanden augenblicklich die Sinne. Als ich wieder zu mir kam, lag ich neben meiner Frau in unserem Ehebett.

Wie sich später herausstellte, konnten sich weder Georg noch meine Frau an irgendetwas erinnern. Nur ich wusste noch die kleinste Kleinigkeit. Natürlich hat mir keiner geglaubt. Trotzdem predigte Georg ständig, dass Glaube Berge versetzen könne. Aber die Sache hatte auch etwas Gutes. Mein Gehirn war endlich wieder in Ordnung. Von Stund an vergaß ich die Dinge genauso, wie alle anderen um mich herum. Dummerweise erinnere ich mich jetzt aber nicht mehr daran, welche Namen meine Frau für unsere Zwillinge vorgeschlagen hatte. Das gibt bestimmt Ärger.

Eine Gerichtsverhandlung

Es war einer dieser heißen Tage, an denen man am besten mit herunter gelassenen Rollos in seiner schattigen Wohnung blieb. Trotzdem füllte sich der große Gerichtsaal mit neugierigen Besuchern bis auf den letzten Platz. Die seltsame Lust am Morbiden zog viele Bewohner der Kleinstadt unwiderstehlich zu dieser öffentlichen Verhandlung. Es ging immerhin um Mord. Die Stimmung im Saal war mehr als angespannt, denn durch Hitze und Enge war das Publikum schon seit Anfang an auf Krawall gebürstet. Der Angeklagte mit Namen Frank Wendler, ein Mann Mitte vierzig mit schütterem Haar und randloser Brille, beteuerte vehement seine Unschuld. Das war weiter nichts Ungewöhnliches, denn schließlich tat das hier so gut wie jeder, ob schuldig oder nicht. Im überhitzten Saal versuchten sich die Menschen mühselig Luft in ihre roten, schweißnassen Gesichter zu fächeln. Einige Profis hatten sich dafür sogar relativ große Fächer mitgebracht. Der Staatsanwalt nahm seine Brille ab, die ihm ständig von der verschwitzten Nase rutschte und bemühte sich um einen objektiven Ton: „Angeklagter, sie können doch die vorgetragenen Tatsachen nicht leugnen. An der Leiche hat man ein Haar gefunden, an welchem ihre DNS nachgewiesen wurde." Der Verteidiger sprang auf: „Das ist kein Beweis. Das Haar hätte ebenso gut im Bus übertragen werden können." Im Publikum wurden verschiedene Stimmen laut: „Jawohl.", „Der fährt doch nie Bus." oder auch „Bullshit!" Der vorsitzende Richter ersuchte lautstark um Ruhe, während der Staatsanwalt weiter sprach: „Außerdem gibt es einen Tatzeugen, der sie eindeutig wiedererkannt hat. Sie sollten lieber gestehen!" Der Beschuldigte jammerte flehentlich: „Da will mir jemand etwas anhängen." Wieder gab es Zwischenrufe vom Publikum: „Hört, hört!" und „Lügner." Der Richter schlug auf den Tisch und rief: „Ruhe, oder ich lasse den Saal räumen!" Dieser Satz entfachte postwendend einen Aufstand unter den Zuschauern. Die meisten sprangen auf und schrien etwas, was aber insgesamt durch den großen Tumult übertönt wurde. Der Richter klopfte ununterbrochen auf den Tisch und der völlig überforderte Amtsdiener versuchte einzelne Störenfriede aus der Tür zu drängen. Sobald man wieder etwas verstehen konnte, verkündete der Vorsitzende die Vertagung des Prozesses auf unbestimmte Zeit.

Die Glastür von Riemers Büro knarrte leise. Der Kommissar lenkte seinen Blick weg von den Schriftstücken auf seinem Schreibtisch hin zur Quelle des Geräusches. Kommissaranwärter Mehlmann steckte schüchtern seinen Kopf durch den Türspalt: „Entschuldigen sie die Störung, aber Hauptkommissar Hohlbach bittet sie freundlicherweise in sein Büro zu kommen." Bevor Riemer etwas sagen konnte, hatte Mehlmann seinen Kopf bereits zurück gezogen und die Bürotür lautlos geschlossen. Der Kommissar befühlte seine Stirn und begann mit starrem Blick ungläubig vor sich hin zu reden: „Ich muss Fieber haben. Das war jetzt eine Fata Morgana. Der Chef schreit mich nicht durchs Telefon an sondern schickt jemanden persönlich zu mir. Und dann auch noch ‚bitte' und ‚freundlicherweise'. Da muss eine Katastrophe in der Luft liegen." Er angelte sich versiert einen Schokoriegel aus der linken Schublade, biss ein Stück davon ab, richtete seinen massigen

Körper aus dem Drehstuhl auf und machte sich kauend auf den Weg zu seinem Vorgesetzten. Als er dessen Dienstzimmer betrat, deutete der Hauptkommissar auf den Konferenztisch gleich hinter der Tür. Riemer setzte sich auf einen der Polsterstühle. Hohlbach kam in gebückter Haltung hinter seinem antiken Schreibtisch hervor und nahm zögerlich neben seinem Untergebenen Platz: „Möchten sie einen Kaffee?" Riemer verneinte mit einem längeren Kopfschütteln. Irgendwie hatte er ein flaues Gefühl im Magen. Sein Chef zupfte sich nervös am linken Ohr: „Kennen sie vielleicht den Versager, den meine Schwester geheiratet hat?" Riemer schüttelte erneut seinen dicken Kopf. Hohlbach fuhr unsicher fort: „Nicht? Aha! Und sind sie eventuell mit dem Fall des Kollegen Straubinger vertraut?" Riemer blieb nichts weiter übrig, als ein drittes Mal intensiv mit seinem massigen Halsfortsatz zu schütteln. Sein Chef erhob sich und begann unruhig im Zimmer auf und ab zu gehen: „Also, der Fall wird gerade vor Gericht verhandelt. Da ist einer aus der Rotlichtszene ermordet worden. So ein Strichjunge. Mit einer Harpune. Mitten durchs Herz. Die Ermittlungen von Straubinger haben ergeben, dass es einen Augenzeugen für die Tat gab, und der hat bei einer Gegenüberstellung den vermutlichen Täter identifiziert." Riemer hielt es echt nicht mehr aus: „Chef, bevor ich platze, könnten sie mir bitte sagen, was das Ganze mit mir zu tun hat?" Der Hauptkommissar blieb stehen: „Ich möchte dem jungen Kollegen Straubinger nicht auf die Füße treten, aber ich denke, dass der Angeklagte unschuldig ist. Deshalb bitte ich sie, hinter dem Rücken ihres Kollegen den Fall noch einmal zu prüfen. Natürlich darf das niemand erfahren. Kann ich mich da auf sie verlassen?" Auf Riemers Stirn traten ein paar kleine, ungläubige Falten zu tage: „Wieso sind sie der Überzeugung, dass dieser Kerl unschuldig ist?" Hohlbach setzte sich wieder, diesmal zwei Stühle von Riemers Sitz entfernt: „Weil ich ihn kenne. Es ist mein heißgeliebter Schwager. Und glauben sie mir, der ist zu doof einen Eimer Wasser umzukippen, lieber säuft er ihn aus. Der würde mit einer Harpune nicht mal einen Flugzeughangar treffen, selbst wenn er genau davor stünde. Von mir aus könnte der ruhig im Gefängnis verrotten, aber meine Schwester liegt mir seit Beginn der Verhandlung in den Ohren, dass ich unbedingt die Unschuld ihres Begatters zu beweisen hätte. Leider kann ich meiner Schwester nichts abschlagen. Aber aufgrund des Interessenkonfliktes von wegen Verwandtschaft und so, dachte ich, dass sie an meiner statt vielleicht einmal einen Blick auf die Hintergründe des Falles werfen könnten." Riemer zupfte sich, ohne es selbst zu bemerken, mehrmals an der Nase: „Und wie komme ich an die Unterlagen des Falles, ohne dass Straubinger etwas davon erfährt?" Der Chef deutete triumphierend zu seinem Schreibtisch: „Kopien. Alles da!"

Kommissar Riemer hatte es sich auf seinem Sofa bequem gemacht. Er liebte dieses, teilweise schon abgewetzte Möbelstück. Die Vorstellung, dass er es eines Tages wegen zu starker Abnutzung gegen ein neues austauschen müsste, war für ihn der blanke Horror. Er nahm die Kopie der Akte ‚Wendler' zur Hand und positionierte seinen stattlichen Körper so, dass ihm das Licht der Stehlampe gestattete, auch im Liegen zu lesen. Eine prall gefüllte Tüte Karamell-Popkorn sollte hierfür die Konzentration fördern. Zunächst lag sie aber noch ungeöffnet und verführerisch glänzend auf dem Kissen neben seinem Kopf. Um die Geschmacksnerven nach dem vielen Süßen rechtzeitig neutralisieren zu können, wartete außerdem geduldig eine Flasche ‚Cabernet Sauvignon' auf dem niedrigen Couchtisch. Der hinter ihm liegende Tag und die liegende Position befleißigten sich nach kurzer Zeit, den akribischen Leser zum Schlafen zu überreden. Dieser tat das auch alsbald, und zwar mit kräftigem Schnarchen. Allerdings war das Sofa in seiner Breite nicht für den adipösen Leib des Kommissars konstruiert worden. Als dieser sich im Schlaf drehte, fiel zuerst die Popkorntüte zu Boden und danach sofort Riemers schlafender Körper. Sein Gesicht benutzte dabei die glänzende Tüte als Airbag, welche daraufhin mit einem dumpfen Klagelaut aufplatzte und ihren Inhalt großmütig frei gab. Riemer rappelte sich schimpfend hoch und betastete vorsichtig sein Gesicht. Vor dem Spiegel im Bad pflückte er dann die einzelnen aufgepoppten Maiskörner von seinem Konterfei, um sie auf kurzem Wege dem Mund zuzuführen. Danach wusch er das klebrige Karamell von der Haut und grinste sein wassertriefendes Antlitz im Spiegel dümmlich an. Wieder auf dem Sofa, blätterte er die Akte langsam ein paar

Seiten zurück. Dann nickte er zufrieden und genehmigte sich ein Glas Wein.

„Also, Herr Hauptkommissar, ich benötige im Prinzip drei Dinge. Erstens die kriminaltechnische Untersuchung der Mordwaffe. Die wurde nämlich damals versäumt, weil angeblich bereits der Täter feststand. Zweitens den Einblick in die Kontounterlagen des Toten und auch in die ihres Schwagers. Drittens den Anwärter Mehlmann für einen Undercover-Einsatz." Hohlbach wackelte mit dem Kopf: „Die Mordwaffe hole ich heute noch persönlich aus der Asservaten-Kammer. Das mit Mehlmann geht auch klar. An das Konto meines Schwagers komme ich über meine Schwester. Aber für das Konto des Toten muss ich einen richterlichen Beschluss erwirken. Das kann dauern, falls es überhaupt klappt, denn der Fall liegt ja bereits schon bei Gericht." Riemer blockte ab: „Wir haben keine Zeit für so was. Ich glaube, ich muss da mal mit dem Hacker sprechen, den ich vor Jahren dingfest gemacht habe. Der ist seit ein paar Wochen wieder draußen." Hohlbach drehte sich zur Seite: „Ich weiß von nichts. Ich weiß von rein gar nichts."

Kommissar Riemer stand suchen an der Tür des Kriminallabors. Einer der Mitarbeiter winkte ihm lässig zu, ohne von seinem Monitor aufzusehen. Als Riemer bei ihm eintraf, fragte der Laborant leise: „Wie sind sie darauf gekommen?" Riemer setzte sich auf einen der leeren Stühle: „Reines Bauchgefühl." Der Techniker

zeigte auf seinen Bildschirm: „Eindeutig eine Seriennummer. Ich wusste gar nicht, dass so was auf Harpu-
nen eingeätzt wird. Ich kann ihnen dadurch auf Wunsch
den Hersteller ausdrucken, und auch den Laden, in dem
das Ding verkauft wurde."

Ein sogenannter singender Fisch begrüßte am Eingang
alle Kunden, welche die Ladentür öffneten. Der Kommissar konnte derartigen Kitsch nicht besonders gut
leiden. An der Kasse stand ein Mann mit einer Angelru-
te und beschwerte sich beim Ladeninhaber lautstark
über deren Qualität. Riemer blickte sich um. Von Kästen mit Ködern über Schlauchboote, Fischreusen und
Bissanzeigern bis hin zu Wathosen war alles vorhanden.
Seltsamerweise hing an der Wand auch ein Schrotge-
wehr. Riemer murmelte: „Welches Rindvieh schießt
denn auf Fische?" Nachdem der schimpfende Kunde
den Laden verlassen hatte, gab sich Riemer zu erkennen
und legte die Seriennummer der Harpune vor. Der La-
denbesitzer tippte sie eifrig in den Computer: „Da haben
sie Glück. Alle Käufer von potentiellen Schusswaffen
müssen beim Verkauf registriert werden." Kurz darauf
deutete er auf einen Namen: „Hier haben wir ihn
schon." Dem Kommissar fielen bald die Augen aus dem
Kopf: „Das ist doch nicht möglich! Scheiße, nun muss
ich schon wieder mit dem Hacker reden."

Von Neuem war der Gerichtssaal bis zum Bersten gefüllt. Der Verteidiger wandte sich an den Vorsitzenden:
„Mein Mandant hat eine Erklärung abzugeben." Die

Pressefotografen zückten wie auf Kommando ihre Kameras und drängelten sich gegenseitig zur Seite. Der Richter sagte knapp: „Bitte!" und der Angeklagte stand auf: „Ich konnte es bisher nicht beweisen, deshalb habe ich geschwiegen, wohl auch etwas aus Angst. Aber ich weiß, wer der Mörder ist, ich habe die Tat beobachtet. Der andere, angebliche Zeuge hat einen Meineid geleistet." Im Saal wurde ein vielstimmiges Raunen laut. Der Vorsitzende zog die Augenbrauen zusammen: „Sie stehen unter Eid. Überlegen sie gut, was sie sagen!" Dem Angeklagten versagte fast die Stimme: „Der Mörder steht dort. Es ist der Staatsanwalt." Die Zuschauer brachen in schallendes Gelächter aus. Der Richter schlug wie wild auf seinen Tisch und wütete: „Ich verbitte mir derartige Scherze in diesem Gericht!" Als wieder einigermaßen Ruhe eingetreten war, kam der Verteidiger hinter seinem Tisch hervor und rief: „Als ein Mann, dieser gewisse Zeuge, meinen Mandanten des Mordes beschuldigte, da haben sie ihm geglaubt. Nun wird der Staatsanwalt auch von einem Mann, einem Zeugen, beschuldigt. Das ist doch wohl die gleiche Konstellation, oder? Warum glauben sie das dann nicht? Wird in diesem Gericht mit zweierlei Maß gemessen? Aber keine Angst, ich kann das alles beweisen. Die Mordwaffe wurde nämlich nachweislich von dem Herrn Staatsanwalt erworben. Außerdem hat ein Undercover-Agent in der Rotlichtszene ermittelt, dass dieser Staatsanwalt männliche Liebhaber bevorzugt. Der Tote hat ihn über Jahre hinweg damit erpresst. Das beweisen die Kontobewegungen des Staatsanwaltes sowie die des Ermordeten. Immer, wenn der Herr Staatsanwalt eintausend Euro abgehoben hat, wurden sie am nächsten Tag auf das Konto des Toten eingezahlt. Monat für Monat. Einen Tag vor Prozessbeginn wurden dann fünftausend Euro vom Konto dieses Staatsanwalts auf das Konto des angeblichen aber meineidigen Zeugen transferiert. Brauchen sie noch mehr Beweise?" Das Antlitz des Staatsanwaltes wurde bei jedem Wort immer blasser. Dann sprang er plötzlich hinter seinem Tisch hervor und rannte mit wehendem Talar zum Ausgang. Er riss die Tür auf und prallte völlig ungebremst gegen Kommissar Riemers stabile Statur. Dieser unerwartete Umstand warf den armen Entrinnenden unvermittelt, rücklings und wohl auch sehr schmerzhaft auf den Parkettboden. Der Kommissar war trotz seiner Pfunde blitzschnell über ihm, drehte den Fassungslosen auf den Bauch und ließ die Handschellen einrasten. Das Ganze wurde noch am selben Abend den sensationslüsternen Augen der Menschen brühwarm im Fernsehen und im Internet präsentiert.

Als das Telefon klingelte, musste der Kommissar, wie immer, einige Aktenordner umschaufeln, damit er an den Hörer kam. Bevor er etwas sagen konnte, schrie Hohlbach am anderen Ende in Dampfhammerlautstärke: „Riemer, sind sie wahnsinnig geworden? Vier Kisten französischen Champagner? Wer soll denn das bezahlen?" Der Angebrüllte hielt kurz die Luft an, um nicht auf der Stelle losprusten zu müssen. Dann sagte er mit unterdrücktem Glucksen in der Stimme: „Sorry Chef!

Tut mir wirklich leid, aber unser Hacker trinkt ausschließlich Schampus. Und ohne diesen Internet-Fuchs wäre ihr Schwager wohl kaum frei gekommen. Vielleicht zahlt ja ihre Schwester die Rechnung." Danach war nur noch ein kurzes Klicken in Riemers Telefonhörer zu vernehmen. Hohlbach hatte mit aller Kraft seinen Hörer zurück auf das Telefon gefeuert. Leider konnte er deshalb nicht mehr erfahren, dass in Riemers Wohnung noch eine volle Kiste stand, die der Kommissar, natürlich rein aus Versehen, vergessen hatte, dem Hacker zu übergeben.

Axel

Dies hier ist wohl eine meiner kürzeren Erzählungen. Leider ist sie genauso traurig wie wahr. Ich habe lange überlegt, ob ich sie an dieser Stelle überhaupt veröffentlichen sollte. Mein Herz hat dann entschieden es doch zu tun. Es ist ein sehr, sehr später Nachruf auf einen guten Freund.

Er hieß eigentlich Kurt, aber alle, auch ich, nannten ihn nur bei seinem Spitznamen. Axel war fleißig, zuverlässig und freundlich, hatte eine anständige Frau und eine kluge, hübsche Tochter. Bereits um drei Uhr morgens stand er in der Backstube, damit andere Menschen rechtzeitig ihre Brötchen zum Frühstück bekamen. Den fehlenden Schlaf versuchte er nachmittags nachzuholen, was mir zu Anfang nicht ganz klar war. Denn wenn ich die Familie besuchte, ließ er sich sofort wecken und verzichtete auf den Rest seiner Erholung. Als ich das endlich mal begriffen hatte, ließ ich ihn nachmittags in Ruhe.

Axel war einer von mehreren Geschwistern, die einen fantastischen Partykeller besaßen. Es war der geilste Partykeller weit und breit. Natürlich wurde dort Alkohol getrunken, aber wunderbarerweise eben nicht nur das. Es gab spontane Playback-Shows oder wir sangen alle zur Gitarre. Auch ein Klavier war vorhanden, welches von Leuten bespielt wurde, die tatsächlich des Spielens mächtig waren. Zwischen Dixieland und Beatles-Songs war alles zu hören und manchmal blies einer dazu auf dem Kamm. Es wurden selbstgeschriebene Gedichte rezitiert und gelegentlich gab es eine Zauberdarbietung, an der ich nicht ganz schuldlos war. Bisweilen sang auch Axel mit mir gemeinsam in ein Mikrofon. Dann schienen wir seelenverwandt zu sein. Eine Etage weiter oben stand eine Tischtennisplatte. Hatte ich mal keine Lust zum Bechern, dann ging ich eben mit Axel Tischtennis spielen.

Die Nachricht von Axels Tot erreichte mich an einem sonnigen Tag. Ich zog mit zitternden Händen meine Sandalen an die nackten Füße und stürmte zum Haus seiner Familie. Meine damalige Frau war wie gelähmt und konnte sich nicht aufraffen mich zu begleiten.

Nach dem Klingeln öffnete Axels Tochter die Haustür. In diesem Moment schlug ein Windstoß die gegenüberliegende Flurtür mit lautem Knall zu. Das geriffelte Glas im oberen Teil der Tür zerbarst, und überall flogen Scherben herum. Eine davon muss sich in meine Sandalen verirrt haben, denn auf dem Heimweg bemerkte ich Blut an meinem rechten Fuß.

Axels Frau bot mir einen Stuhl an und setzte sich mir gegenüber. Wortlos fingen wir an zu weinen. Genauer gesagt, sie weinte und ich heulte Rotz und Wasser. Da geschah etwas Seltsames. Axels Tochter, deren Leid doch weit größer war als meins, begann mich zu streicheln und zu trösten. Dann erfuhr ich die näheren Umstände von Axels Ableben.

Die Familie wollte mit dem Auto in den Urlaub fahren. Axel saß wie so oft am Steuer. Bei einer Geschwindigkeit von etwa 140 km/h auf der Autobahn sagte er unvermittelt: „Ich hab euch lieb." Dann fiel er vornüber. Seine Frau zog geistesgegenwärtig den Zündschlüssel ab und der Wagen rollte aus. Später konnte man nur noch den Tod von Kurt feststellen.

Als ich bald danach in eine Lebenskrise kam, zürnte ich mit Gott und der Welt. Axel musste gehen, und ich sollte mein beschissenes Leben fortsetzen. Ich hätte mich damals gern freiwillig dem Sensemann zur Verfügung gestellt, wenn das meinen Freund zurück gebracht hätte. Leider ist das in diesem Leben nicht möglich.

Axel, wir sehen uns!

Der Baum

Wir Menschen verfügen über eine ganze Reihe von Sinnen, mit denen wir unsere Umwelt wahrnehmen. Wir sehen, wir riechen, wir hören, wir schmecken, wir fühlen und wir halten das Gleichgewicht. Allerdings sind die Leistungen unserer Sinne begrenzt, denn wir können nicht alles wahrnehmen, was auf dieser schönen Welt vor sich geht. Hunde können viel besser riechen als wir und Adler viel besser sehen. Fledermäuse hören viel höhere Töne als der Mensch und Elefanten nehmen viel tiefere Töne wahr. Und wie Pflanzen ihre Umwelt wahrnehmen, ist noch gar nicht so richtig erforscht. Bestimmt haben Sie schon davon gehört, dass Pflanzen besser wachsen, wenn man mit ihnen spricht oder ihnen Musik vorspielt. Aber umgekehrt geht das auch, denn Pflanzen können ebenfalls sprechen, natürlich nicht mit Worten, sondern mit Düften. Das zu erforschen und zu verstehen haben sich die Mitarbeiter vom Max-Planck-Institut für Chemische Ökologie in Jena auf die Fahne geschrieben. Als Beispiel nehmen wir mal die Phaseolus lunatus, deren Blätter bei Käfern, Heuschrecken und Raupen sehr beliebt sind. Diese Bohne begegnet ihren Fressfeinden mit mehreren Strategien. Beispielsweise, indem sie mit dem süßen Nektar ihrer Blüten Ameisen anlockt, welche dann die lästigen Angreifer von den Blättern werfen. Gegen die Raupen des Eulenfalters bringt diese Limabohne ganz andere Geschütze in Stellung. Sie kurbelt die Produktion von Signalstoffen an und gibt ganz bestimmte Duftstoffe ab, die sogenannte Schlupfwespen anlocken, welche dann Eier in die Raupen legen, aus denen später Larven schlüpfen, die dann den Raupenkörper von innen her auffressen.

Vielleicht kennen Sie auch das Buch „Das geheime Leben der Bäume" von Förster Peter Wohlleben. Dort schreibt er unter anderem:

Bäume kommunizieren nicht nur über Duftbotschaften,
sondern auch über Pilze, die wie eine Art Glasfasernetz
den ganzen Boden durchziehen..... So können Informa-
tionen von Baum zu Baum weitergeleitet werden. Und
das wird auch als „Wood-Wide-Web" bezeichnet.
Pflanzen haben also entweder ein minimales Bewusstsein oder eine kleine Seele. Schlechte Nachricht für
Vegetarier. Ich darf das sagen, denn ich esse höchst
selten Fleisch. Na gut, das nennt man eigentlich Flexita-
rier. Übrigens, am liebsten töte ich Kohlrabis. Aber
kommen wir auf die Bäume zurück. Vielleicht können
diese ja Dinge wahrnehmen, die uns verborgen bleiben
und deshalb in den Bereich der Mythen und Märchen
verortet werden. Die folgende Geschichte ist deshalb
wahrscheinlich nur ein Märchen. Ein Märchen von einem Baum und was aus ihm wurde.

Es gab eine Zeit, lang ist's her, da bekamen Bäume
noch Vornamen. Der Baum, von dem ich berichten
möchte, hieß ‚Baow'. Das ist bäumisch und bedeutet in
der Menschensprache ‚Der krumm wächst'. Er keimte
nämlich ein Stück entfernt eines sehr alten Baumes, der
seiner Müdigkeit erlegen war und sich zum Ausruhen
auf den Waldboden gebettet hatte. Seine Krone hinterließ somit eine Lücke im Blätterdach des Waldes. Um
nun genügend lebensnotwendige Sonne tanken zu können, musste unser junger Baum schräg dort hinüber
wachsen. Da er sich aber von Natur aus gerade strecken
wollte, brachte ihn dieser Widerstreit dazu, abwech-
selnd ein Stück gerade und danach wieder ein Stück

krumm zu wachsen. Das brachte ihm seinen Namen ein, aber es machte ihn auch traurig. Also teilte er seinen Kummer allen umstehenden Bäumen mit, denn Bäume kommunizieren nun einmal miteinander. Als Baow knapp vierzehn Meter hoch gewachsen war, kam zufälligerweise die Baumfee auf ihren grünen Schwingen durch den Wald geflogen. Menschen können diese Fee nicht wahrnehmen, Bäume und Sträucher hingegen schon. Trotzdem ist es eine Seltenheit, dass die Fee während des langen Lebens eines Baumes tatsächlich vorbei kommt, denn sie muss sich um alle Bäume unserer Erde kümmern, und das sind ziemlich viele. Also besucht sie die einzelnen Wälder nur stichprobenartig, so alle fünfhundert Jahre ungefähr. Dann hörte sie sich aber auch gewissenhaft die Sorgen ihrer Bäume an. Und so wiesen sie ein paar geschwätzige Nutzhölzer auf den Kummer von Baow hin. Viel Zeit hatte die Fee nicht mehr, aber sie flog schnell noch zu dem Traurigen und machte ihm zum Trost die Weissagung, dass aus ihm einmal etwas ganz Besonderes werden würde, nicht nur Bretter für einen Bootsanlegesteg oder gar für einen simplen Schrank, und dass er dereinst sehr, sehr glücklich werden würde. Dann flog sie davon und überließ es dem Lauf der Natur, dass unser junger Baum groß und stark wurde.

Es kam der Tag, an dem die Menschen eine Schneise durch den Wald schlugen, um dort eine Stromtrasse zu errichten. Viele Bäume fielen diesem Vorhaben zum Opfer, auch Baow. Das Sägewerk konnte aber, aufgrund seines seltsamen Wuchses, nichts mit ihm anfangen. Als

Brennholz war er wahrscheinlich doch zu wertvoll und deshalb verkaufte man ihn an einen Holzschnitzer. Der lagerte allerdings den Stamm erstmal zum Trocknen über Jahre hinweg in seiner Scheune. Als dann ein Karussellbesitzer ein neues Pferd für sein Geschäft bestellte, da das alte Pferd zusammengebrochen war, erwählte der Schnitzer den Stamm von Baow. Aufgrund seines Wuchses aber, hielt das fertige Pferd den Kopf schief. Der Schausteller wollte es zunächst nicht nehmen, sah dann aber ein, dass er der einzige ist, der ein Pferd mit schief gehaltenem Kopf sein Eigen nennen konnte. Und wirklich, fast alle Kinder wollten auf dem ‚schiefen Pferd' reiten. Baow machte das eine Riesenfreude, und die Prophezeiung, dass er etwas Besonderes sei, hatte sich damit erfüllt. Dann aber kam die Zeit, da Kinder lieber zu hause vor der Spiel-Konsole als auf einem Karussellpferd saßen. Das Karussell rentierte sich nicht mehr, wanderte in die Scheune des Besitzers und wurde Stück um Stück in den Ofen geschoben. Kurz bevor dieses Schicksal auch Baow erreichte, wurde bei dem Schausteller Fernheizung eingebaut, und so blieb Baow zunächst verschont. Aber er langweilte sich Tag um Tag. Er war enttäuscht, hatte ihm die Baumfee als Zweites doch auch noch Glück voraus gesagt. Aber es war ja noch nicht aller Tage Abend. An einem schönen Montagmorgen, holte der Schausteller das Holzpferd und brachte es zu einem Tischler. Der montierte zwei Kufen unter die Beine, reparierte hier und da einige Blessuren und brachte es zum Lackieren. Fortan diente Baow den beiden Enkelkindern des Schaustellers als

Schaukelpferd. Und darüber war er sehr, sehr glücklich. Es ist einfach schön, wenn man in hohem Alter noch eine Aufgabe hat.

Am Telefon

Sie werden mir sicher zustimmen, dass ich nicht wissen kann, wer bei Ihnen alles so anruft. Vielleicht stimmen Sie mir ja auch bei jener Behauptung zu, dass ich es trotzdem ahnen kann, denn viele Menschen, die ich kenne, bestätigen, dass es ihnen genauso geht wie mir. Die ungewollten Anrufe von irgendwelchen Institutionen werden immer und immer mehr. Zuerst war ich höflich und habe mir den Quatsch angehört. Die armen Leute in den Call-Centern wollen ja auch ihr Geld verdienen. Inzwischen nervt mich das total. Am schlimmsten sind die, welche gleich zu Anfang sagen, dass sie mir nichts verkaufen wollen. Am Schluss aber kommt die Fangfrage, ob ein Kollege in Zukunft noch einmal anrufen dürfe. Ich Dussel habe meistens ‚Ja' gesagt, und beim nächsten Anruf wurde dann massive Verkaufspolitik betrieben. Ich Arsch hatte ja damals selber zugestimmt. Inzwischen habe ich mir zum Spaß ein paar Sätze zurechtgelegt, die ich immer dann anwende, wenn ich die Rufnummer im Display meines Telefons nicht zuordnen kann. Eine Zeit lang habe ich mich so gemeldet: „Holzschuhgießerei, Vertrieb, Müller mein Name. Was kann ich für sie tun?" Die Reaktionen darauf waren unterschiedlich. Manche haben sofort oder nach einer kleinen Pause ohne ein Wort aufgelegt. Manche entschuldigten sich, weil sie sich offensichtlich verwählt hätten. Manchmal sagte aber auch der Teilnehmer am anderen Ende: „Kann ich bitte Herrn Brettschneider sprechen?" Meine Antwort war in diesem Fall stets: „Unser Chef ist für ein ganzes Jahr in China auf Verkaufstour." Manchmal verwechsele ich auch die Nummer oder ich denke rein gar nicht an mein Sprüchlein. Wenn dann am anderen Ende der Standardsatz kommt: „Ich habe nur ein paar kurze Fragen. Dauert auch nicht lange. Wären sie damit einverstanden?" Dann sage ich: „Kommt darauf an, was sie zahlen. Ein Interview kostet bei mir eintausend Euro." Meistens merkt mein Gegenüber, dass es ein Scherz ist, hat seinerseits Spaß daran und belästigt mich nicht weiter. Manche versuchen aber mir zu erklären, dass ich der Gesellschaft damit einen Dienst erweisen würde. Meine Antwort darauf lautet prompt: „Dann kostet es dreitausend." Meistens höre ich danach nur noch ein kurzes Klacken in der Leitung. Bis auf einen Fall. Da wurde ich freundlich „Spinner" genannt.

Vor Kurzem habe ich mir einen neuen Satz ausgedacht, welchen ich Unbekannten fröhlich entgegenschmettere: „Zentrale der vereinigten Messingbergwerke. Mit wem darf ich sie verbinden?" Die Reaktionen darauf sind ähnlich wie die bei der Holzschuhgießerei. Nur dass viel weniger Leute begreifen, dass ich sie soeben verarscht habe.

Es passierte an einem Sonntag im Januar. Draußen war es bitterkalt. Soweit ich meinem Thermometer trauen konnte, herrschten gegen Abend seltene minus zwanzig

Grad Celsius. Allerdings reichte dem Thermometer diese Anzeige nicht, es musste mir unbedingt auch noch mitteilen, dass diese Gradzahl genau minus vier Grad Fahrenheit entspricht. Als ob das in unserem Kulturkreis irgendeine Sau interessieren würde. Ich wollte mir einen Spionagefilm im Fernsehen anschauen, gönnte mir aber vorher zum Abendbrot Kartoffelbrei mit Kohlrabigemüse. Als ich aufgegessen und den Fernseher eingeschaltet hatte, klingelte das Telefon. In der Hoffnung, dass ich den Anrufer abwimmeln könnte bevor der Film begann, präsentierte ich meinen Satz vom Messingbergwerk. Die Reaktion darauf war etwas seltsam: „Gott sei Dank, ich dachte schon, ich erreiche niemanden, weil die Nummer angeblich seit acht Jahren kalt ist. Also mein Code lautet One-Delta-Echo-Seven. Das Prüfzeichen ist Alpha. Ist die Adresse plausibel zur Rufnummer?" Ich war so verdattert, dass ich nicht unterscheiden konnte, ob ich jetzt meinerseits verarscht wurde, oder ob sich der Teilnehmer verwählt hatte. Um zu sehen, was weiter so passieren würde, antwortete ich vorsichtig mit „Ja." Der Anrufer legte daraufhin auf. Kopfschüttelnd ließ ich mich in meinen Fernsehsessel fallen. Aller Wahrscheinlichkeit nach war mit einer Fortsetzung dieses Dramas nicht zu rechnen. Wäre mir Blödmann bewusst geworden, dass ich erst vor sieben Jahren in meine neue Wohnung eingezogen war und damit auch eine neue Telefonnummer erhalten hatte, dann wäre mir bestimmt die Vorfreude auf den Film vergangen.

Als es läutete, öffnete ich ohne Argwohn die Tür. Vor mir stand ein bärtiger Schrank. Etwa so breit wie ein Muldenkipper mit der gefühlten Höhe des Empire State Buildings. Er pfefferte einen kleinen Lederkoffer in mein Zimmer, hielt nach CIA-Manier den Ärmel an den Mund und sagte: „Paket übergeben." Noch bevor ich fragen konnte was das solle, drehte er sich um und verschwand. Was ich jedoch nicht bemerkt hatte, hinter ihm stand eine Person, die es aus Sicht eines Mannes gar nicht geben konnte, nämlich die schönste Frau der Welt. Sie hatte ein Gesicht zum Niederknien und eine absolut makellose Haut. An Hand ihrer Taille hätte man im Physikunterricht den begriff ‚konkav' erklären können, während meine Figurmitte eher konvex zu nennen war. Sie hielt einen Pelzmantel über dem Arm und hatte eine kleine Pelzkappe auf ihrem Kopf. Selbstsicher schloss sie die Tür hinter sich, legte Mantel und Kappe auf einen Stuhl, lächelte verführerisch und hielt mir die Hand zur Begrüßung hin. Ich hasse solche Frauen. Die können mich nämlich ganz langsam um den Finger wickeln, ohne dass ich das Geringste dagegen tun kann. Ich nahm ihre Hand und sie fragte honigsüß: „Wo schlafe ich heute Nacht?" Am liebsten hätte ich geschrien: „Bei mir!", aber es kam kein Laut aus meiner Kehle. Also deutete ich nur wortlos auf das Sofa. Sie nickte: „Und wo ist das Bad?" Während meine Linke immer noch auf die Couch zeigte hob sich meine Rechte und deren Zeigefinger deutete zitternd auf die Tür neben dem Eingang. Als sie im Badezimmer verschwunden war, wuselte ich los. Sofa aufklappen, Bettlaken herbeischaffen und auflegen, Bettbezug holen und eine Decke damit beziehen sowie alle vorhandenen Sofakissen gemütlich drapieren. Nachdem sie aus dem Bad zurück war, fand ich meine Stimme wieder und fragte, ob sie etwas essen wolle. Sie verneinte, meinte aber: „Etwas zu trinken wäre nicht schlecht." „Na ja", entgegnete ich leise, „Rotwein wäre da." Sie nickte und ich dackelte in die Küche um mit zwei Gläsern und einer Flasche zurück zu kommen. Als die Gläser gefüllt waren und wir gemütlich am Tisch saßen, fragte ich erstmal: „Wie heißen Sie?" Sie blickte mich erstaunt an: „Du meinst bestimmt, wie man mich nennt. Außerdem duzen sich doch Kollegen. Ich werde mit A701 angesprochen. Und du?" Nun muss man wissen, dass ich Tim Tristan Träpper heiße. Wieso meine Eltern auf den zweiten Vornamen gekommen sind, weiß wohl ganz allein der Wind. Mir fiel also nichts Besseres ein, als zu sagen: „Tristan." Über ihr Gesicht huschte ein Ausdruck von Bewunderung: „Wow! Ich arbeite mit einem Kollegen zusammen, der einen Vollnamen trägt. Respekt!" Dann zog sie einen Umschlag aus dem Mantel: „Hast du ein fest eingebautes oder ein mobiles Navi?" Ich grinste wie ein Honigkuchenpferd. Wenn es um Elektronik geht, dann bin ich ganz, aber ganz weit vorn. Mein Navi war das teuerste, das man erwerben konnte. In Gewinnerpose sagte ich: „Ich nenne ein ganz tolles mobiles Navi mein Eigen, soll ich's holen?" Sie nickte nur. Als ich mit dem Teil ankam, riss sie den Umschlag auf und entnahm ihm einen Zettel: „Kann man hier auch Längen- und Breitengrade eingeben?" „Natürlich. Man kann auch die Karte hin und her schieben und so ein Ziel aussuchen, das man dann nur noch antippen braucht." Ihre gepflegte Alabasterhand arbeitete auf meinem Navi herum, als hätte sie nie zuvor etwas anderes zu tun gehabt. „So", sagte sie dann, „morgen früh brechen wir auf und holen einen Koffer an Adresse eins ab, den wir danach zur Adresse zwei transportieren. Dort wird er Übermorgen abgeholt. Das wär's. Und jetzt gehe ich schlafen!" Sie kramte in ihrem Koffer und holte einen dicken Pyjama heraus: „Du solltest dir für morgen auch einen dicken Schlafanzug einpacken. Es könnte nachts ziemlich kalt sein. Und vergiss nicht dein Badetuch!" Sie verschwand im Bad, während ich den Tisch abräumte. Als ich aus der Küche zurückkam, lag sie bereits unter der Decke und hatte die Augen geschlossen. Ich ging nun meinerseits ins Bad, um mich bettfertig zu machen. Sie hatte inzwischen das Licht gelöscht und ich tappte vorsichtig in Richtung Schlafzimmer. Natürlich stieß ich mir den kleinen Zeh heftig an einem Stuhl an. Dann lag ich sinnierend auf meinem Bett und musterte die Schlafzimmerdecke, als würde ich sie das erste Mal sehen. Sollte ich den Irrtum aufklären? Was wäre dann? Käme vielleicht der Bärtige zurück, um mir das Lebenslicht auszublasen? Ich beschloss, nichts zu sagen. Dann könnte ich mich nämlich weiterhin an der Seite der begehrenswertesten Frau des Universums bewegen.

Sie war bereits angezogen und rüttelte mich aus dem Schlaf: „Wir müssen bald los. Gibt's Frühstück?" „Darf ich mich erst duschen?", fragte ich verschlafen. Sie lächelte: „Klar! Wenn's schnell geht!"

Es war immer noch sehr kalt, aber mein Auto sprang sofort an. Sie befestigte das Navi am Armaturenbrett, schaltete es ein und wählte die erste Adresse aus. Die Fahrt erschien mir schier endlos. Mit einem kurzem Seitenblick meinte sie: „Ich weiß ja, dass Männer nicht viel reden, aber du scheinst von allen der schweigsamste zu sein." Ich nickte bloß. Schließlich konnte ich ihr doch nicht sagen, dass meine Gedanken ständig darum kreisten, ihren anziehenden Mund zu küssen. Ich hasse hübsche Frauen. Sie verwirren einem Mann nur die Gedanken.

An Adresse eins musste ich im Wagen bleiben. Sie verschwand kurz und kam mit einem großen, roten Koffer zurück, welchen sie kaum tragen konnte. Ich half ihr das Monstrum im Kofferraum zu verstauen. Dann ging es wieder stundenlang durch die Pampa. Das Außenthermometer in meinem Wagen prahlte mit minus vierundzwanzig Grad. Natürlich Celsius und nicht Fahrenheit. Unvermittelt klackerte etwas im Motor. Wir schauten uns beide verstört an. Dann passierte das Unvermeidliche. Mit einem schrillen Klagelaut gab mein Motor seinen mechanischen Geist auf. Sie nahm das Navi vom Armaturenbrett und fingerte darauf herum: „Noch zwei Kilometer. Das schaffen wir in einer halben Stunde. Hast du eine Taschenlampe?" Ich nickte. „Also", fuhr sie fort, „ich gehe mit der Lampe, dem Navi und meinem Koffer voraus. Du nimmst deinen und den großen roten!" Ihr Ton ließ keine Widerrede zu. Also schlurfte ich ihr hinterher zwischen dick verschneiten Bäumen hindurch, während meine Finger langsam zu Eiszapfen erstarrten. Als die Kälte schon den Rücken hoch gekrochen war und das Genick zu Eis werden ließ, stand plötzlich eine kleine Hütte aus verwitterten Brettern vor uns. Sie holte einen Schlüssel aus der Manteltasche, schloss auf und winkte mich hinein. Dort zog sie einen Stuhl heran, stieg hinauf und brachte ein Benzinfeuerzeug aus dem Mantel zum Vorschein. Ich fragte mich langsam verwundert, was da wohl noch so alles drin sein würde. Mit dem Feuerzeug entfachte sie eine Gaslampe, die von der Decke herab baumelte. Ich schaute mich um. Es gab nur einen einzigen Raum. Gegenüber an der Wand standen vier rot lackierte Butangasflaschen, von denen Schläuche in alle möglichen Richtungen abgingen, beispielsweise zur Lampe an der Decke. Links war eine Art Arbeitsfläche mit einem einflammigen Gaskocher angebracht. Rechts stand eine alte, riesige Badewanne, die gut und gerne drei Personen gleichzeitig aufnehmen konnte. Darüber hing ein Durchlauferhitzer. Links hinter mir stand ein Küchenschrank, der garantiert die Zeiten von Kaiser Wilhelm noch erlebt hatte. Rechts dagegen stand ein Gitterbett. Es war zwar schön breit, aber es war eben nur ein einzelnes Bett und wir waren zu zweit. Während meine Gedanken Amok liefen, ließ sie Wasser in die Wanne. Dann Holte sie ihr Badetusch aus dem Koffer: „Es gibt hier keine Heizung. Wir werden uns im Wasser aufwärmen. Da ich nicht genau weiß, ob das Gas für eine zweite Wanne reicht, baden wir zusammen!" Sprach's und zog sich aus. Als sie merkte, dass ich zögerte, sagte sie lachend: „Falls du eine Erektion bekommst, schaue ich nicht hin." Dann ließ sie sich ins Wasser plumpsen und hielt sich die Augen zu. Nie, in meinem ganzen Leben, habe ich mich schneller ausgezogen, als in diesem Moment. In der Wanne sortierten wir unsere Beine, dann hielt ich die ganze Zeit die Augen geschlossen, um ihre Nacktheit aus meinen Gedanken zu verbannen. Als sie aber aus dem Wasser stieg, blickte ich verschämt doch hin. Was hat sich die Natur nur dabei gedacht, als sie so etwas Schönes zu Wege gebracht hat. Da sie mit dem Rücken zu mir stand, stieg ich ebenfalls aus der Wanne, ging an ihr vorbei und riss förmlich mein Badetuch aus dem Koffer, um mich zu verhüllen. Sie war wenigstens so fair, nicht zu lachen: „Das Wasser lassen wir drin. Das wird noch zum Saubermachen gebraucht." Als wir bettfertig waren, stieg sie wieder auf den Stuhl, um das Licht zu drosseln. Dann im Bett fühlte ich deutlich ihre Rundungen an meiner Seite. So heiß war mir noch nie in einem kalten Zimmer gewesen. Ganz ruhig und sachlich sagte sie: „Ich weiß was Männer fühlen, wenn sie neben mir liegen. Wenn du erlaubst, verschaffe ich dir etwas Erleichterung." Ich krächzte mit trockenem Hals: „Wie?" Obwohl ich sie nicht ansah, wusste ich genau, dass sie lächelte: „Zieh die Pyjamahose aus!" Mit zittrigen Fingern legte ich den unteren Teil meines Körpers frei. Sie tat das Gleiche. Was dann folgte, schoss mich mit Lichtgeschwindigkeit in den Himmel. Anschließen stieg sie über mich hinweg aus dem Bett, kramte einen Waschlappen aus ihrem Koffer und ging an die Wanne, um sich zu säubern. Dann wusch sie den Lappen aus und reichte ihn mir, damit ich mich ebenfalls reinigen konnte. Wieder im Bett, legte sie ihren Kopf auf meine Schulter, als wären wir ein Ehepaar. Ich erwachte, als sie aufstand: „Komm, wir reiben uns mit Schnee ab. Das fördert die Durchblutung. Da wird uns ordentlich warm." Sie entledigte sich des Pyjamas und rannte hinaus. Ich folgte ihr ebenfalls nackt. Unter Lachen rieben wir uns gegenseitig mit der weißen Pracht ein, wobei ich möglichst die erogenen Zonen ausließ. Sie schüttelte tadelnd den Kopf: „Du kannst meine Brust ruhig anfassen. Dafür ist sie da."

Als wir wieder angezogen waren, zauberte sie eine Blechkanne, etwas Brot, Butter und Marmelade aus dem alten Küchenschrank. Sie reichte mir die Kanne: „Das Wasser in der Leitung ist kein Trinkwasser. Hol Schnee für das Kaffeewasser und zum Zähneputzen, aber keinen gelben!" Zurück in der Hütte sah ich, wie sie einen Zettel an den Schrank pinnte: „Das ist für die Aufräumbrigade. Damit sie wissen, was verbraucht wurde und nachbestellt werden muss." Nach dem Zähneputzen setzten wir uns zum Frühstücken an den Tisch, als urplötzlich ein Mann im Zimmer stand und mit einer Pistole auf meine Partnerin zielte. Sie sagte gelassen: „One-Delta-Echo-Seven. Prüfzeichen Alpha." Der Mann steckte die Pistole weg: „Wo?" Sie zeigte auf den großen, roten Koffer: „Kannst du meinen Kollegen mitnehmen? Sein Auto hat abgekackt." Der Mann sah mich an: „So ein grüner? Knapp zwei Kilometer von hier?" Ich nickte. Die schönste Frau der Welt kam auf mich zu, küsste mich und sagte: „Das ist jetzt wohl der Abschied. Pass auf dich auf und zieh dich immer warm an." Dann wandte sie sich ab und würdigte mich keines Blickes mehr. Ich packte meine sieben Sachen zusammen und folgte dem Fremden nach draußen. Vor der Tür zog er erneut seine Waffe und richtete das Ding fatalerweise auf mich: „Tut mir leid Kumpel. Du weißt einfach zuviel. Das kann ich leider nicht durchgehen lassen. Dann sah ich das Mündungsfeuer. Der Knall und der Schrei aus der Hütte schienen gleichzeitig zu ertönen. Wie in Zeitlupe kam die Kugel unaufhaltsam auf mich zu geflogen. Als sie meinen Brustkorb durchbohrte, spürte ich keinerlei Schmerz. Die Gegend verschwamm vor meinen Augen. Erst wurde alles ganz hell, dann tiefdunkel. Ganz langsam kam ich zu mir und erkannte mein Wohnzimmer. Ich Schnarchnase war wieder einmal vor dem Fernseher eingeschlafen und das Klingeln des Telefons hatte mich aus meinem Traum gerissen. Ich glaube, ich werde jetzt den Satz vom Messingbergwerk lieber nicht in den Hörer sprechen.

Onkels seltsame Kugel

Andreas war ein Einzelkind, genau wie sein Vater. Seine Mutter jedoch hatte drei Brüder. Ergo hatte Andreas auch drei Onkel. Einer von denen war bereits vor Jahren nach Neuseeland ausgewandert und hatte sich dort mit einer Schlange angelegt, ohne dass man rechtzeitig das passende Gegengift dafür hätte auftreiben können. Der zweite Onkel erlitt, als Andreas gerade mal ein Jahr alt war, einen tödlichen Herzinfarkt, über dessen nähere Umstände stets der Mantel des Schweigens ausgebreitet wurde. Nur die Nachbarn tuschelten hinter vorgehaltener Hand so etwas wie ‚Rotlicht'. Der dritte Onkel galt als absolut schwarzes Schaf in der Familie, mit dem keiner etwas zu tun haben wollte. Doch gerade er war es, der Andreas im Alter von dreizehn Jahren aufnahm, als dessen Eltern einen tödlichen Autounfall hatten. Die Dame vom Jugendamt fuhr Andreas an einem Samstag mit ihrem Dienstwagen zum Anwesen dieses Onkels. Die Straße endete kurz vor einem äußert geräumigen Blockhaus, an dessen Frontseite ein kleiner, ruhiger See lag. Die Ufer wiesen dichten Schilfbewuchs auf und gaben damit einer Reihe Teichrohrsängern eine sichere Heimatstatt. Onkel Walther war ein großer und starker Mann im Rentenalter, von dessen Gesicht nicht viel zu sehen war, denn es wurde umrandet von dichten Augenbrauen, einem wilden Bart und schulterlangen Haaren. Zunächst wies er dem Neffen wortkarg ein Zimmer im oberen Stock zu. Nicht sehr groß, aber mit allem, was man als Dreizehnjähriger so braucht, mal abgesehen von seinem geliebten Handy: Ein breites Bett, ein glatt gehobelter Tisch, ein großer Bauernschrank und vor allem ein modernes Fernsehgerät. Andreas stapelte seine Habseligkeiten in den grob gezimmerten Schrank und wollte eben den Fernseher einschalten, als sein Onkel zum Abendessen rief. Spiegeleier, gebratener Speck und dunkles Brot wurde durch eine Schüssel Gurkensalat abgerundet. Als sich Andreas gesetzt hatte, zeigte sein Onkel auf eine Tür am anderen Ende des Raumes:

„Händewaschen!" Im Badezimmer fand man alles, was ein einfaches Herz begehrt. Ein kleines Waschbecken, ein WC und eine altertümliche, mintgrün emaillierte Badewanne mit Messingfüßen, die durch einen Duschvorhang und ein an der Decke montierten Duschkopf komplettiert wurde. Das Abendbrot verlief sehr schweigsam. Andreas wusste nicht, was er sagen sollte und sein Oheim hatte wohl keine Lust, etwas zu sagen. Nach dem Essen räumte Onkel Walther ebenso wortlos den wackligen Tisch ab. Als Andreas gehen wollte, sagte sein Onkel ganz nebenbei: „Morgen zeige ich dir mein Land und den Weg zur Schule, in die ich dich angemeldet habe. Gute Nacht!" Andreas war schon im Gehen begriffen, da rief ihm sein Onkel noch hinterher: „Morgen früh Haferbrei oder Müsli?" Andreas sagte ohne sich umzudrehen: „Müsli." Die nächsten Stunden ärgerte er sich, dass es hier keinen Kabelanschluss gab. Der Fernseher bewilligte nämlich nur sechs Sender. Als ihm langweilig wurde, ging Andreas in das geräumige, wider Erwarten sehr bequeme Bett. Mitten in der Nacht erwachte er von einem dumpfen Poltern, welches zirka eine Minute anhielt. Aber nachdem wieder Ruhe eingetreten war, schlief er erneut ein und träumte von seiner alten Schule und den zurück gelassenen Klassenkameraden.

Am nächsten Morgen weckte ihn sein Onkel gegen neun Uhr mit den Worten: „Du hast gestern keine Zähne geputzt. Das kommt nie wieder vor!" Andreas hätte liebend gern noch weiter geschlafen, traute sich aber nicht, dies zu sagen. Nachdem er geduscht und Zähne geputzt hatte, verdrückte er eine große Schale Müsli. Dann forderte ihn sein Onkel auf, sich warm anzuziehen. Gleich darauf ging es auch schon nach draußen. Der Bärtige zeigte auf eine verborgene Stelle im Schilf: „Hier habe ich einen Steg angelegt. Da kannst du ins Wasser springen und auch wieder heraus klettern. Die anderen Uferbereiche sind dafür zu schlammig." Hinter dem See erstreckte sich eine ausgiebige Graslandschaft mit angrenzendem Wäldchen. „In diesem Wald holen wir vielleicht mal Holz für ein Lagerfeuer, falls es dir Spaß macht. Geheizt wird bei uns aber mit Strom." Dann ging es hinter die Hütte. Dort stand ein großer, mit Dachpappe verkleideter Schuppen. Er beherbergte den Stromkasten, einen Wasserhahn, eine Schubkarre, eine Kreissäge sowie eine Waschmaschine und einen Wäschetrockner. Aus Platzgründen standen die letzteren beiden übereinander. Am Ende des Schuppens war ein Vordach aus Wellblech angebracht, unter dem ein kleines, altes, italienisches Auto stand. Daneben befand sich ein zugedeckter Brunnen. „Selber gebohrt. Nachts wird mit einer elektrischen Pumpe das Wasser in einen Vorratsbehälter unter dem Dach gepumpt. Zum Duschen und so. Rumpelt manchmal ein bisschen. Musst du einfach überhören." Hinter dem Schuppen drängte sich ein mittelgroßer Hügel in die Landschaft, auf dessen Kamm ein unbefestigter Weg zu erspähen war. „Dort entlang geht es ins Dorf. Da steht deine Schule, in die ich dich angemeldet habe. Gleich daneben gibt es eine Kneipe und da gehen wir jetzt hin. Mittagessen. Das machen wir jeden Sonntag. Unter der Woche bekommst du eine Schulspeisung. Hab ich schon für einen Monat bezahlt. Das Schulessen findet übrigens auch in der Kneipe statt, sonst könnte der Wirt hier nicht überleben. Falls es dir nicht schmeckt, kannst du in der großen Pause bei Paul einkaufen. Der hat einen sogenannten Tante-Emma-Laden. Dort kaufen wir übrigens auch die meisten unserer Lebensmittel ein. Ich kann dir nicht viel Taschengeld geben, aber zum Essen wird's reichen." Dann stapften beide über den Hügel in Richtung Dorf. Nach einer Stunde hatten sie es erreicht. Andreas würde also zukünftig jeden Tag mindestens zwei Stunden zu Fuß unterwegs sein.

Als er am Montag das winzig wirkende Schulgebäude betrat, musste Andreas feststellen, dass es sich um eine Mehrklassenschule handelte. Es gab nur zwei Räume. In einem unterrichtete eine verhältnismäßig junge Lehrerin die Klassen eins bis sechs, in dem anderen war ein schnauzbärtiger Lehrer für die Klassen sieben bis zehn verantwortlich. Unerwarteter Weise wurde Andreas von den anderen Schülern sofort akzeptiert. An die Unterrichtsform musste er sich allerdings erst gewöhnen. Auch sein sonstiges, neues Leben wurde langsam zur Gewohnheit. Er schwamm oft in dem kleinen Teich und fand großes Vergnügen an den riesigen Lagerfeuern, die er mit seinem Onkel an den Wochenenden abbrannte. Inzwischen hatte er auch einen gleichaltrigen Freund gefunden. Und als die Untersuchungen zum Tode seiner Eltern endlich abgeschlossen waren, erbte Andreas ein wenig Geld, von dem er sich ein Fahrrad kaufen konnte. Fortan sparte er massig Zeit, denn er musste nicht mehr zu Fuß ins Dorf gehen. Auch gelegentliche Abstecher in die fünfzehn Kilometer entfernte Stadt waren jetzt möglich, ohne dass er von seinem Onkel und dessen asthmatischem Auto abhängig war. Nach erfolgreichem Abschluss der zehnten Klasse, sah er sich mit seinem Onkel in der Stadt nach einer Lehrstelle um. Viele Möglichkeiten gab es da nicht. Die Schlosserwerkstatt hatte schon Lehrlinge unter Vertrag und in den Einzelhandel wollte Andreas nicht. Es blieb nur noch die ortsansässige Käserei. Die Personalabteilung war erfreut endlich einen Lehrling zu bekommen, und so lernte Andreas den Beruf des Käsers. Nebenher interessierte er sich fürs Kochen, und so kam es, dass er in seinem neuen Zuhause bald für alle Mahlzeiten zuständig war. Man kann sich denken, dass dabei oft ein Stück Käse eine Rolle spielte. In der Stadt hatte er ein Mädchen kennengelernt und war endlich der festen Meinung, dass nun sein Leben ungebremst voran gehen würde. Doch als er neunzehn Jahre alt wurde, verließ ihn seine Angebetete wegen eines anderen. Andreas glaubte, dass dies wohl sein schlimmster Schicksalsschlag gewesen sei und es nicht schlimmer kommen könnte. Doch es kam schlimmer. Viel schlimmer. Als er eines Morgens in die Stube trat, lag sein Onkel bewegungslos am Boden. Andreas versuchte mit Herzmassage den Reglosen zu reanimieren. Erfolglos. Nachdem er die Notrufnummer ins Handy eingetippt hatte, vergingen quälende zwanzig Minuten, dann erst traf der Krankenwagen ein. Noch auf der

Fahrt ins Krankenhaus verließen den Onkel endgültig alle Lebensgeister. Für die Beerdigung musste Andreas sein letztes Geld zusammenkratzen. Dafür erbte er aber alles, was dem Onkel je gehört hatte, vor allem das wunderbare Land. Als Andreas den Nachlass durchsah, fand er einen Brief, der seinen Namen auf dem Umschlag trug. Der Inhalt lautete:

‚Lieber Neffe. Wenn du diesen Brief in den Händen hältst, bin ich sehr wahrscheinlich tot. Deshalb übermittle ich dir auf diesem Wege eine wichtige Information. Ich war stets das schwarze Schaf der Familie. Das lag daran, dass ich mich zu Lebzeiten mit Okkultismus und dunkler Magie beschäftigt habe. Im Keller findest du meinen Vermächtnis, mein Heiligtum, eine kleine Kugel aus blauem Kristall. Ich habe sie für dich aufgehoben. Wenn du diese Kugel mit beiden Zeigefingern berührst, darfst du einen Wunsch aussprechen, der dann umgehend erfüllt wird. Aber denke daran, das kann nur ein einziges Mal geschehen. Also wähle den Wunsch und auch dessen Zeitpunkt gewissenhaft aus. Dein Onkel Walther.'

Also war sein Onkel doch ein Spinner gewesen. Andreas konnte es kaum glauben. Das Blockhaus hatte nie einen Keller besessen. Oder hatte der Onkel das vor ihm verheimlicht? Also machte sich Andreas auf die Suche. Nichts. Nirgends. Nach drei Tagen gab er auf und der Alltag holte ihn wieder ein. Dann passierte der Waschmaschine das, was allen Haushaltsgeräten irgendwann einmal passiert. Sie hauchte ihr Leben aus. Als Andreas den Trockner herunter gehoben hatte und die defekte

Maschine nach draußen bugsierte, kam eine Falltür zu Tage. Neugierig stieg Andreas die bisher verborgene Treppe hinunter. Er fand zum Glück einen Lichtschalter und eine ungeschützte Glühbirne beleuchtete schwach den kleinen Raum am Ende der Stufen. Dort stand ein alter Tisch und auf diesem ein Glasbehälter, in welchem eine kleine, blaue Kugel funkelte. Sollte sein Onkel doch kein Spinner gewesen sein? Da könnte er sich vielleicht gleich eine neue Waschmaschine wünschen. Aber nein, das wäre ein viel zu profaner Wunsch. Er verwahrte die Kugel für schlechtere Zeiten in seinem Portmonee. Und dort lagerte sie für lange, lange Zeit. Immer dann, wenn Andreas etwas begehrte und an die blaue Kugel dachte, versuchte er sich zunächst den Wunsch aus eigener Kraft zu erfüllen. Und da das immer klappte, konnte er sich die Kugel für einen noch größeren Wunsch aufsparen. Er fand eine Frau, die bereit war, mit ihm in dem Blockhaus zu leben. Sie bekamen eine Tochter, kauften sich ein familientaugliches Auto und legten hinter dem Teich einen Garten an, um sich selbst versorgen zu können. Die Tochter war leider sehr schwierig zu erziehen. Als sie siebzehn war, zog sie aus. Das Verhältnis zu ihr wurde immer beschwerlicher. Sie beschimpfte ihre Eltern, weil sie ihr angeblich keine ausreichend finanziellen Mittel zur Verfügung stellen würden. Später brach dann der Kontakt komplett ab. Ein Jahr darauf starb auch noch zu allem Übel die Frau. Andreas wollte nun endlich seinen Wunsch einlösen und sie ins Leben zurückholen, aber die blaue Kugel war nicht an der gewohnten Stelle. Er durchsuchte noch

Jahre sein Anwesen, jedoch die Kugel blieb verschwunden. Als er dann ebenfalls zu Grabe getragen wurde, verzichtete seine Tochter auf ihr Erbe. Das ‚blöde' Blockhaus mache doch nur unnötige Arbeit. Außerdem habe sie Geld in Hülle und Fülle. Allerdings wusste niemand zu sagen, woher urplötzlich und auf welche wundersame Weise die vielen Scheinchen gekommen waren. Nur die Nachbarn tuschelten hinter vorgehaltener Hand so etwas wie ‚Rotlicht'.

Togo-Fälschung

Es scheint eine unbestrittene Tatsache zu sein, dass die meisten Kleinkinder genau das Spielzeug haben wollen, mit welchem sich gerade ein anderer Sprössling beschäftigt. Unzählige Tränen sind schon weltweit in Sandkästen geweint worden, weil einer dem anderen das Eimerchen weggenommen hat. So etwas Ähnliches kann man auch gelegentlich bei Teenagern beobachten. Viele wollen genau die Markenklamotten haben, welche bei anderen im Moment gerade angesagt sind. Für derartige Konflikte gibt es erwiesenermaßen nur vier Lösungen. Erstens, man wird mit einem goldenen Löffel im Mund geboren, und die Eltern kaufen alles, was man sich einbildet. Zweitens, man lernt verzichten, ist dafür aber oft frustriert. Drittens, man nimmt sich einfach, was man begehrt, und läuft damit Gefahr, als Dieb im Knast zu landen. Viertens, man baut, schneidert oder erstellt irgendwie anders eine Kopie des ersehnten Objektes. Bei Torsten Gossland kam die vierte Variante zum Tragen. Als er mit seinem Freund und dessen professionellen Kite einen windigen aber warmen Herbsttag verbracht hatte, wollte er hinterher wahnsinnig gern auch so einen wunderschönen Drachen sein Eigen nennen. Da seine Eltern etwas gegen den Kauf hatten, warum auch immer, bastelte er im Keller solange herum, bis sein Papierdrachen wenigstens von fern genauso aussah, wie der seines Freundes. Das war das Schlüsselerlebnis, welches sein weiteres Leben bestimmen sollte. Torsten erwies sich später als handwerklich äußerst geschickt und er konnte auch dermaßen gut schneidern, dass den meisten Menschen in seiner näheren Umgebung vor Neid das Gesicht gelb anlief. Seine selbst geschneiderte Garderobe war von teurer Markenkleidung nicht zu unterscheiden. Als er dreißig wurde und immer noch Single war, interessierte er sich auf einmal für die Malerei. Bald beherrschte er diese Kunst mindestens genau so gut, wie die alten Meister. Was lag also näher, als Rembrand, van Gogh, Tizian, Caravaggio und weiß der Kuckuck wen noch, einfach zu kopieren. Allerdings setzte er immer die Unterschrift ‚TOGO' darunter, damit das Bild jederzeit als Kopie erkannt werden konnte. Diese Signatur war einfach bloß ein Konglomerat aus den Anfangsbuchstaben seines Vor- und Familiennamens. Außerdem verwendete er moderne Farben und trimmte seine Bilder niemals auf alt. Schließlich war er kein Fälscher. Bald waren die Wände seiner Wohnung fast vollständig mit den verschiedensten Kunstwerken zugepflastert. Um etwas Platz zu schaffen, versuchte er einige Bilder auf dem Flohmarkt zu verkaufen, aber die

Kunden störten sich massiv an dem ‚TOGO' Schriftzug. Also übermalte er die Schrift und die Bilder hatten fortan überhaupt keine Signatur mehr. Und siehe da, die Werke gingen weg wie warme Semmeln, zumal Torsten den Preis nur um die hundert Euro festgesetzt hatte. Er überlegte sogar, die Preise zu erhöhen, um von der Malerei leben zu können. Doch dann trat etwas ein, dass seine Gedanken in eine ganz andere Richtung lenkte. Das Schicksal spülte ihm eine Frau vor die Füße. Und das kam so:

Er hatte keine Lust, nur immer für sich alleine zu kochen, und so speiste er mittags ab und an in einer nahegelegenen Gaststätte. An jenem denkwürdigen Tage schlängelte er sich durch den Gastraum, mit dem Ziel, die Toilette zu besuchen. Plötzlich rutschte vor ihm eine Frau vom Stuhl und lag quasi auf allen Vieren in seinem Weg. Sie rief aufgeregt: „Vorsicht, nicht weiter, meine Kontaktlinse!" Torsten konnte seinen Lauf nicht mehr bremsen, fiel über die Krabbelnde hinweg und landete mit der Nase auf dem Boden. Kurz danach stand er vor dem Toilettenspiegel und wartete, mit dem Taschentuch an seiner Nase, auf das Ende des Blutflusses. Als er zurück kam, saß die Frau wartend an seinem Tisch. Sie entschuldigte sich wortreich, bestellte zur Wiedergutmachung eine Flasche Sekt und fing an zu plappern. So erfuhr Torsten, dass sie Alexandra hieß, von der Malerei begeistert war, und auch schon den Louvre in Paris und die Eremitage in Sankt Petersburg gesehen hatte. Seltsamerweise war es ihr aber noch nie vergönnt gewesen, die Gemäldegalerie in Dresden zu besuchen. Nach der zweiten Flasche Sekt verabredeten sie sich, am kommenden Wochenende zusammen nach Dresden zu fahren. Torsten sollte dafür in einem dortigen Hotel zwei Zimmer buchen. Er brachte die leicht Beschwipste in der Hoffnung nach hause, einen Abschiedskuss zu ergattern, bekam aber nur ein angedeutetes Küsschen auf die Wange gehaucht.

Am nächsten Tag fragte er sich, ob ihn seine neue Bekannte nicht einfach ausnutzen wollte. Ach, was soll's! Bisher hatte er nie mehr als einen Drink für eine Frau ausgegeben, da kann man doch getrost auch mal zwei Hotelzimmer bezahlen.

Den folgenden Samstag empfanden beide als wirklich wunderschön. Er begann mit einem gemeinsamen Frühstück und einer entspannten Bahnfahrt nach Dresden. Dort wurde er logischerweise mit dem geplanten Besuch der Gemäldegalerie fortgesetzt. Als sie vor Rafaels Sixtinischer Madonna standen, konnte sich Torsten nicht verkneifen, den Namen des Werkes absichtlich falsch auszusprechen. Er nannte das Bild ‚Sechs Tonnige Matina' und Alexandra lachte sich darüber fast kaputt. Leute, es gibt nichts Schöneres für einen Mann, als wenn eine Frau über seine Witze lacht. Nachdem beide ihre Füße müde gelaufen hatten, verließen sie die Galerie und landeten irgendwie im Pulverturm. Alexandra bestand darauf, das Abendessen zu begleichen. Sie bezahlte natürlich auch den fast obligatorischen Sekt. Und obwohl Torsten zwei Einzelzimmer bestellt hatte, nutzen sie nur eins davon.

Einige Treffen später lud Torsten seine Alexandra zu sich nach hause ein. Sie staunte nicht schlecht über die Bilder an seinen Wänden. Dann fragte sie ihn, ob er nur kopieren würde, oder vielleicht dann und wann auch ein eigenes Bild malen könnte. Als Motiv schlug sie sich selbst vor, und der Stil sollte genau so sein, wie das Selbstporträt von van Gogh. Torsten machte sich an die Arbeit, und das Ergebnis war mehr als hervorragend. Alexandra bat ihn, das Bild zu signieren. Er sollte es mit ‚Vincent' unterschreiben. Spätestens jetzt hätte Torsten hellhörig werden müssen. Aber was im Gehirn eines verliebten Mannes vorgeht, ist für normale Menschen einfach nicht nachvollziehbar.

Als es klingelte, dachte Torsten, dass Alexandra käme. Es war aber die Polizei mit einem Gerichtsbeschluss. Alle Gemälde wurden beschlagnahmt und Torsten vorläufig festgenommen. Zwar bestätigten die Gutachter, dass keins der konfiszierten Bilder eine Fälschung sei, da sie weder eine Signatur hatten, noch alte Farbe verwendet worden war und außerdem beim Durchleuchten die Schrift ‚TOGO' deutlich sichtbar hervortrat. Aber ein anderes Bild war dann doch signiert und zwar mit ‚Vincent', der Signatur von van Gogh. Und so wurde der angebliche Fälscher vor Gericht gezerrt. Dort stellte sich heraus, dass Alexandra eine verdeckte Ermittlerin war, die Kunstfälscher entlarven sollte. Aus diesem Grund hatte sie sich auch in Torstens Leben geschlichen. Aber im Zeugenstand versicherte sie unter Eid, dass sie den Angeklagten angestiftet habe, und dass das Bild nie in die Öffentlichkeit gelangt sei. Torsten wusste nicht, was er nun von ihr halten sollte. Er wurde freigesprochen und brach enttäuscht den Kontakt zu seiner Vergötterten ab.

Einige Wochen später läutete es wieder einmal an Torstens Wohnung. Bevor er öffnen konnte, wurde ein Brief unter der Tür hindurch geschoben. Neugierig riss er den Umschlag auf. Es war eine Kündigung. Im ersten Moment glaubte Torsten, sein Arbeitgeber hätte ihn entlassen. Auf den zweiten Blick bemerkte er jedoch, dass es eine Kopie von Alexandras Kündigung war. Was wollte sie ihm damit sagen? Er öffnete argwöhnisch die Tür und sah eine ziemlich verheulte Frau vor sich. Zögerlich ging er auf sie zu und nahm sie vorsichtig in den Arm, als wäre sie zerbrechlich. Viel mehr gibt es über die beiden nicht zu erzählen. Natürlich heirateten sie, und Alexandra bekam mit fünfunddreißig ihr erstes Kind. Und Torsten? Torsten malte bis zu seinem Lebensende immer nur ein einziges Motiv: Alexandra!

Das neue Auto

Wie manch andere Wörter auch, kann man das Wort ‚Kneipe', je nach Kontext, unterschiedlich beurteilen. Es ist durchaus möglich, eine kleine, schnuckelige Gaststätte im positiven Sinne als Stammkneipe zu bezeichnen. Allerdings kann man damit auch durchaus eine üble und verruchte Kaschemme meinen. Der sogenannte ‚Goldene Hahn' war Letzteres. In der Luft befand sich mehr Zigarettenqualm als Sauerstoff, aus der Küche roch es nach uraltem Frittierfett, die Tischdecken hatten Brandlöcher und die Fenster waren das letzte mal geputzt worden, als die Berliner Mauer noch stand. Trotzdem war hier quasi das Wohnzimmer von Harald Scheibner. Dieser Mann hatte es geschafft, einen nicht unbeträchtlichen Lotto-Gewinn zum größten Teil zu versaufen. Hätte seine Frau nicht einen gewissen Betrag auf die Seite gebracht, wäre wahrscheinlich alles die Gurgel hinunter gegangen. Zurzeit trank er etwas weniger, weil er inzwischen einiges an Schulden angehäuft hatte und der Wirt nicht mehr allzu gern anschreiben wollte. Am Monatsanfang beglich zwar Harald immer großspurig seinen Deckel, aber danach verschuldete er sich prompt erneut. An einem Donnerstag im Juni hatte er wieder einmal den angestrebten Pegel erreicht und sah seinen Schwager mit recht glasigen Augen an: „Mensch Kurt, du bist ein Glücks … ein Glückspilz. Diese sanften Kurven. Das wäre tatsächlich auch was für meinen Vater seinen Sohn. Kann … kannste glauben." Der Angesprochene schlug mit der flachen Hand auf den schmuddeligen Tresen: „Dazu müsstest du erstmal aufhören zu saufen. Und jetzt komm!" Er zog den Betrunkenen aus der Tür und stopfte ihn in sein nagelneues Auto: „Und lass deine Fettfinger von meinem Armaturenbrett!" Der Angetrunkene strich mit seiner zitternden Rechten zärtlich über die Türverkleidung: „Diese sanften Kurven." Dann schlief er ein. Bei der Wohnung seines Schwagers angekommen, setzte ihn Seewald auf die kleine Treppe vor der Haustür, klingelt und fuhr davon, ohne darauf zu warten, dass seine Schwester öffnen würde. Er hatte es so satt mit diesem

Säufer. Das ganze, schöne, neue Auto roch jetzt eklig nach Kneipe. Kurt Seewald ließ das Beifahrerfenster herunter und fuhr ein paar Mal um den Block, bis sich der Geruch vollständig verflüchtigt hatte.

Endlich Sonntag. Nach dem Frühstück bestieg Kurt in euphorischer Stimmung seinen Wagen. Die erste Spritztour! Er hatte sich eine wenig befahrene Straße durch ein langes Waldstück ausgesucht. Dort konnte er auch mal das Gaspedal durchdrücken, ohne Gefahr zu laufen, an einem Blitzer vorbei zu kommen. Die erste Kurve nahm er noch etwas ängstlich, aber schon die zweite bezwang er, ohne dass der Wagen ausbrach. In der dritten quietschten eindringlich die gequälten Reifen und in der vierten stand plötzlich ein Hirsch auf der Fahrbahn. Der Fahrzeuglenker machte den dümmsten Fehler, den man in so einer Situation machen konnte. Er versuchte dem Tier, trotz hoher Geschwindigkeit, auszuweichen. Der Geweihträger schaute dem Auto nur äußerst verwundert nach, als dieses durch den Straßengraben sprang und an einem Kiefernstamm abrupt zum Stehen kam. Die Knautschzonen hatten ihr Bestes gegeben, um die Aufprallenergie zu absorbieren, aber das reichte leider nicht ganz. Und so verzog sich auch noch die übrige Karosse, was zur Folge hatte, dass sich alle Türen unlösbar verklemmten. Der Sicherheitsgurt zog den Fahrer gewaltsam in seinen Sitz und der Airbag knallte ihm ohne Erbarmen in sein verkrampftes Gesicht. Als er wieder denken konnte, stellte er fest, dass er sein Handy zu hause vergessen hatte. Hilfe herbeirufen: Fehlanzeige. Nach dem Abschnallen und einer ganzen Reihe von nutzlosen Schlägen gegen das Seitenfenster, stieg langsam eine immer stärker werdende Verzweiflung in ihm hoch. Hätte er doch bloß das Modell mit dem Dachfenster genommen, dann wäre wenigstens der Weg nach oben noch eine Option gewesen. Dann versuchte er, die Frontscheibe heraus zu treten. Doch auch dieser Versuch scheiterte mehrmals kläglich. Er war also auf Gedeih und Verderb dem Umstand ausgeliefert, dass irgendwann ein anderer Verkehrsteilnehmer vorbei käme und ihn dann hoffentlich bemerken würde. Nachdem er nochmals mit all seinen Kräften gegen die Fenster getrommelt hatte, dämmerte er erschöpft ein. Ein leises Klopfen ließ ihn hochschrecken. Neben seinem Auto stand ein kleiner, ziemlich dicker Mann mit Glatze und großen Ohren, der permanent an das Wagenfenster klopfte. Als der Dicke sah, dass Kurt bei Bewusstsein war, hob er einen großen, spitzen Stein auf und schlug damit das Seitenfenster ein. Mit seiner Hilfe konnte der Eingeschlossene dann das Wrack durch dieses Fenster verlassen. Als Erstes fragte der Befreite erleichterte: „Haben sie ihr Handy hier?" Sein Retter schüttelte mit dem Kopf und sagte langsam: „Na ja, also, nein. Wozu?" Kurt war verwundert: „Na, um die Polizei zu rufen." Der Glatzkopf sinnierte: „Polizei? So so, nun ja, äh, hab kein Handy. Nie eins gehabt." Die Gedanken in Kurts Kopf begannen seltsam zu summen: „Können sie mir wenigstens sagen, wie weit es bis zum nächsten Ort ist?" Die zögerliche Antwort war: „Wie weit? Na ja, weit, also, ich hoffe sie sind mir nicht böse, aber ich habe keine Ahnung." Kurt sah langsam schwarz: „Man

muss doch irgendetwas tun können, verflixt noch mal!"
Die Antwort kam erst nach einer kurzen Pause: „Tun?
Na ja gut, also wie wär's, wenn sie mit zu mir kommen?
Ich wohne gleich in der Nähe." In der Hoffnung auf ein
Telefon trabte Kurt geduldig hinter seinem Retter her.
Sie erreichten nach etwa zehn Minuten eine Hütte, und
der Moppel bat seinen Gast ohne Umschweife hinein.
Kurt schaute sich ausgiebig in dem spärlich ausgestatte-
ten Raum um, entdeckte jedoch keinen Telefonapparat.
„Und wo haben sie ihr Telefon?" Der Hausherr blickte
ihn treuherzig an: „Telefon, na ja, also, sozusagen, ich
hab keins. Hab ja nicht mal Strom. Aber Wasser. Am
Brunnen draußen." Kurts Stimmung sank auf Fußbo-
denniveau: „Dann geh ich eben zurück und stell mich
an die Straße. Irgendwann wird schon einer vorbei kommen." Der Dicke blickte zu Boden: „Vorbei kommen?
Na ja, mal so gesagt, da kommt keiner. Jedenfalls nicht
in den nächsten Jahren." „Aha", dachte Kurt, „ein Be-
kloppter." Sein Gegenüber tippte ihn mit dem ausge-
streckten Zeigefinger seiner rechten Hand gegen die
Brust: „Ich bin nicht bekloppt!" Kurt erschrak. Hatte er
das etwa laut gesagt? „Nein, du hast das nur gedacht",
sagte völlig ernsthaft der Dicke, „aber ich kann bis zu
einem gewissen Grad erraten, was Menschen so denken.
Ich bin Wissenschaftler und eine Koryphäe auf diesem
Gebiet. Und glaub mir, da kommt wirklich keiner mehr
die Straße lang." Verdattert fragte Seewald: „Und wieso
nicht?" „Das erkläre ich dir morgen. Jetzt gibt's erstmal
Kaffee und Kuchen."

Den Rest des Tages erlebte Kurt fast wie in Trance. Auch am Abend wurde er von seinem Gastgeber bewirtet, als wäre er in einem teuren Hotel und nicht in einer heruntergekommenen Hütte. Der Platz zum Schlafen bestand zwar nur aus einer Matratze und zwei Decken, war aber beileibe nicht unbequem. Nach dem Frühstück holte der Haarlose eine Flasche Kognak und zwei Gläser aus einem kleinen Schränkchen, goss ein und begann zu erklären: „Also, du wirst es zunächst bestimmt nicht glauben. Die Kiefer, die du gerammt hast, ist gar keine Kiefer. Das ist nämlich eine getarnte Schnittstelle zwischen zwei Universen. Glotz nicht so blöd! Genau an dieser Stelle berührt dein Universum mein Universum. Durch deinen starken Aufprall wurdest du ungewollt samt deiner kaputten Karre in mein verehrtes Universum hinüber geschleudert. Allerdings ist das hier kein Paralleluniversum, wie sich das deine Mitbürger in ihrer Fantasie zusammenreimen. Kaum etwas ist hier so, wie bei dir zu hause. Alles klar?" Kurt stand auf: „Und wenn ich ihnen glaube, sagen sie mir dann auch, wie ich zurückkomme?" „Setz dich! Die Sache ist ganz einfach. Wir müssen dir auf der hiesigen Seite ebenfalls ein Auto besorgen, und du rumpelst dann genauso schnell wie beim ersten Mal gegen diese Schnittstelle. Willst du noch einen Schnaps?" Kurt lehnte ab: „Nein danke! Ich will kein Säufer werden." Sein Gastgeber lächelte und kramte ein kleines Fläschchen aus einer Schublade: „Hier! Zwei Schlucke heilen dich von jeder noch so schweren Alkoholsucht. Und zwei Kognaks machen aus dir bestimmt keinen Säufer. Also noch einen?"

Das Auto musste noch ein wenig umgebaut werden, damit es genauso aussah, wie Kurts ehemaliger Wagen. Der Glatzkopf erwies sich dabei als fabelhafter Kfz-Mechaniker. Nach einem kurzen Händedruck bestieg Kurt das Gefährt und raste, am ganzen Körper schlotternd, mit geschlossenen Augen gegen die besagte Kiefer. Durch den Aufprall verlor er das Bewusstsein. Er kam erst wieder zu sich, als ein Feuerwehrmann mit einem Seil die Fahrertür aus den Angeln gerissen hatte. Man legte den Verunfallten auf eine Trage und fuhr ihn zum nächstgelegenen Krankenhaus. Dort teilte man ihm mit, dass er zwei Tage lang ohnmächtig in dem Autowrack gesessen hätte, aber ansonsten kerngesund sei. Kurt war sich nicht sicher, ob er das Ganze wirklich erlebt hatte, oder ob das nicht viel wahrscheinlicher eine Ohnmachtsfantasie gewesen war. Noch bevor er aus dem Krankenhaus entlassen wurde, präsentierte man ihm die Rechnung für den Rettungseinsatz. Au weh! Sein letztes Erspartes hatte er für das Auto verbraten. Und dessen Schrottwert tendierte gegen Null. Vielleicht bewilligte ihm ja die Bank einen kurzzeitigen Kredit. Seine Schwester holte ihn mit ihrem Wagen aus dem Krankenhaus ab. Als er ganz nebenbei in die Tasche seiner Hose griff, bemerkte er dort, zu seiner großen Verwunderung, ein kleines Fläschchen. Kurts Gedanken überschlugen sich. Er bat seine Schwester, ihn nicht bei ihm zu hause abzusetzen, sondern mit in ihre Wohnung zu nehmen. Verwundert gab sie seinem Wunsch nach.

Dort angekommen, trank er mit seinem Schwager scheinbar willfährig ein Begrüßungsbier. Es kam Kurt wie eine Ewigkeit vor, bis Harald endlich einmal vom Schimpfen seiner Frau abgelenkt war. Das Ende der Geschichte gestaltete sich durch und durch positiv. Harald hatte urplötzlich keine Freude mehr am Alkohol, und seine Frau beglich aus Dankbarkeit dafür die Rechnung ihres Bruders. Viel später, als sich Kurt ein neues Auto zusammengespart hatte, fuhr er wieder zu jener geheimnisvollen Stelle. Aber er musste ernüchtert feststellen, dass es sich bei dem Baum wirklich nur um ein Gewächs aus der Kategorie der Pinaceae handelte. Es war und blieb halt eine stinknormale Bergkiefer.

Gut geschminkt

Evas alleinerziehende Mutter arbeitete in der Kosmetikabteilung eines großen Kaufhauses. Verständlicherweise verlangte ihr Chef, dass sie täglich korrekt geschminkt zur Arbeit erscheinen musste. Somit schaute Eva an sechs Tagen in der Woche zu, wie sich ihre Mama morgens schminkte. Nun, man weiß ja, dass Kinder durch Nachahmen lernen. Im Alter von vier Jahren verlangte Eva bereits energisch, dass man ihr die Nägel lackieren solle. Mit fünf Jahren verwendete sie selbständig Lippenstift und mit zwölf schminkte sie sich genauso professionell wie ihre Mutter. In der Schule war sie jedoch nicht besonders beliebt. Sie hatte, im Gegensatz zu ihren Mitschülerinnen, keinen Freund.

Das änderte sich auch nicht, als sie erwachsen wurde. Zwar gab es hin und wieder Bekanntschaften, aber die hielten nie besonders lange. Eva träumte nämlich davon, durch die Welt zu reisen, erwischte aber immer nur irgendwelche Reisemuffel. Einmal hätte es beinahe geklappt. Ein gut aussehender, junger Mann fuhr mit ihr nach Frankreich, aber nur, um sie dort sitzen zu lassen und mit einer jungen Französin zu verduften. So blieb ihr größter Wunsch, mit dem Rucksack durch Kanadas Wälder zu wandern, stets unerfüllt. Eva hatte irgendwann die Nase voll von Männern und schminkte sich auch nicht mehr so oft. Zum dreiundzwanzigsten Geburtstag schenkte ihr deshalb ihre Mutter ein süßes, kleines Reise-Schminkkästchen. Es war aus eloxiertem Aluminium und besaß an der Vorderseite einen Strassstein. Wenn man darauf drückte, öffnete sich der Deckel und man blickte in einen kleinen Spiegel, der an der Innenseite angebracht war. Im Unterteil lagen ein Fläschchen mit Nagellack, eine kleine Puderquaste und ein winziger Augenbrauenstift. Eva bedankte sich brav, hätte aber in Wirklichkeit lieber einen Mann gehabt, der mit ihr fremde Länder besuchte. Allein reisen mochte sie nicht, und eine Freundin hatte sie nicht. Als kurz darauf ihre Mutter starb, nahm sie das Schminkkästchen überall hin mit ohne es ein einziges Mal zu benutzen, eben nur zum Andenken. Ob sie zur Arbeit ging, zum Einkaufen oder gelegentlich ins Theater, das Kästchen war stets dabei.

Im dreißigsten Lebensjahr fand sich Eva damit ab, als alte Jungfer zu sterben. Auf Arbeit hatte sie momentan auch nur Ärger. Ihr Leben schien zu Ende zu sein, bevor es überhaupt angefangen hatte. Doch an einem kühlen Morgen im Mai veränderte sich alles schlagartig. Sie war zum Bäcker gegangen, um sich Brötchen für das Frühstück zu holen. Geschminkt hatte sie sich an diesem Tag noch nicht. Als sie aus der Ladentür trat, stieß sie unvermittelt mit einem sportlich gekleideten Herrn zusammen. Evas prall gefüllte Papiertüte riss auf und der Inhalt kullerte über den Gehweg. Nach gegenseitigen Entschuldigungen, half ihr der Mann, die Brötchen wieder aufzulesen. Beim Aufstehen trafen sich dann ihre Augen, und zwar etwas länger als normal. Eva war auf der Stelle verliebt, und Pedro, so hieß ihr Gegenüber, schien auch nicht abgeneigt zu sein. Er hatte lange, tiefschwarze Haare und sein Gesicht war von Wind und Wetter gebräunt. Und tatsächlich, er lud sie zum Abendessen ein. Neunzehn Uhr wollten sie sich am Markt vor dem griechischen Restaurant treffen. Eva konnte es kaum erwarten. Sie schminkte sich nach allen Regeln der Kunst und war mit ihrer Erscheinung schlussendlich sehr zu frieden. Als sie aus dem Haus ging, winkte sie im Vorbeigehen ihrem Spiegelbild gut gelaunt zu.

Pedro wartete schon. Er hatte eine langstielige, rote Rose in der Hand. Eva flog förmlich auf ihn zu. Als sie dann vor ihm stand, ließ er entsetzt die Rose sinken: „Was soll das? Was hast du dir da ins Gesicht geschmiert? Mädel, du bist doch kein Clown." Eva fuhr es eiskalt in den Magen. Zuerst wollte sie sich einfach umdrehen und diesen Hammel schlichtweg stehen lassen.

Dann überwog jedoch die Angst vor der Einsamkeit. Außerdem verdient doch wohl jeder eine zweite Change. Also zog sie Pedro in die Gaststätte, ging auf die Toilette und rubbelte mit allem was sie hatte oder finden konnte ihr Gesicht ab. Mit etwas geröteter Haut setzte sie sich dann zu Pedro an den Tisch. Dank zweier Flaschen Wein wurde der Abend doch noch angenehm. Und als Pedro sie nach hause brachte, landeten die beiden in Evas Bett. Es folgten weitere Verabredungen, Kino, Theater, Eisdiele, Tanzen. Immer klang der Abend auf die gleiche Art aus. Eva wusste inzwischen, dass Pedro eine deutsche Mutter, aber einen brasilianischen Vater hatte. Von Beruf war er Reiseschriftsteller, und genau aus diesem Grund beabsichtigte er, in einem halben Jahr wieder auf Tour zu gehen. Natürlich würde er Eva mitnehmen. Aber vorher wollte er sie noch heiraten. Eva war im siebten Himmel, obwohl Pedro starrsinnig auf einem Ehevertrag bestand.

Nach der Hochzeit zog Eva in Pedros Haus ein, welches von einem entzückenden Apfelgarten umringt war. Das Innere des Hauses wirkte außerordentlich luxuriös. Von antiken Möbeln bis hin zum Kamin aus Marmor war alles vorhanden. Pedro bekam für seine Bücher reichlich Tantiemen und schwamm förmlich im Geld. Somit konnte Eva endlich ihre ungeliebte Arbeit aufgeben und fristlos kündigen. Doch bald darauf veränderte sich Pedros Charakter. Er erwies sich als äußerst eifersüchtig und meist übellaunisch. In so einem Zustand betrank er sich regelmäßig und beschimpfte dann Eva als Hure und Miststück. Zwar reisten sie zusammen, aber Pedro ließ

Eva einfach links liegen, während er allen anderen Leuten große Aufmerksamkeit schenkte. Irgendwann kam es dann zum Äußersten. Sowie sich Eva schminkte, auch wenn sie nur einen Hauch von Rouge auflegte, wurde sie von Pedro verprügelt. Sie dachte zwar daran, diesen Berserker zu verlassen, hätte dann aber laut Ehevertrag auf der Straße gestanden, ohne Wohnung, ohne Arbeit und ohne Geld. Somit kam sie fast zwangsläufig zu dem Schluss, dass ihr Gemahl das Zeitliche segnen müsse. Auf einem Tischchen neben dem Kamin stand immer eine Flasche Kognak, das bevorzugte Getränk von Pedro. Also kaufte sie in einem Gartencenter etwas Rattengift, und als Pedro zu einem seiner Herrenabende gegangen war, krümelte Eva eine gehörige Portion davon in die Kognakflasche. Gegen Mitternacht kam der Verhasste nach hause und schwankte schnurstracks auf den Kognak zu, während er lallte: „Jetzttrinkichnocheinen." Er entkorkte sein Lieblingsgetränk, wollte zum Tisch hinüber gehen, blieb aber an der Teppichkante hängen, ruderte mit den Armen und hämmerte die Flasche ungewollt gegen eine Ecke des Kamins. Man hörte einen satten Knall und die Flüssigkeit sowie unzählige Glassplitter spritzten durch die Gegend. Pedro hingegen landete unsanft auf dem Teppich. Nachdem er sich mühsam hoch gerappelt hatte, stammelte er: „Dannebennicht" und verschwand im Schlafzimmer. Die Zurückgelassene musste nun, zu ihrem Leidwesen, mit Besen, Schaufel und Wischmopp die Sauerei beseitigen. Einerseits war Eva enttäuscht, dass ihr Plan fehlgeschlagen war, aber andererseits war sie froh, den Tod ihres Mannes nicht erklären zu müssen. Trotzdem wartete sie auf eine andere Gelegenheit, bei der sie ihren Peiniger los werden konnte. Möglicherweise ergab sich das schon am nächsten Tag. Es war inzwischen Herbst geworden und die Äpfel im Garten erstrahlten rotbäckig und reif. Unerwartet schlug Pedro vor, dass man gemeinsam zur Ernte schreiten solle, und zwar schon am folgenden Samstag. Da kam Eva blitzartig eine geniale Idee. Sie sagte schnippisch: „Ich habe aber Höhenangst und steige auf keinen Fall auf eine Leiter." „Gut", entgegnete Pedro, „dann pflückst du eben alle Äpfel, die vom Boden aus zu erreichen sind, während ich auf die Leiter klettere." Bei der nächsten Gelegenheit schlich sich Eva heimlich in den Schuppen und sägte an der Leiter eine der oberen Sprossen an. Mit Spucke und ein wenig Schmutz überdeckte sie anschließend ihr hinterhältiges Werk. Am Samstag machte jedoch Pedro keinerlei Anstalten, in den Garten zu gehen. Gegen Mittag fragte Eva scheinheilig: „Wollten wir nicht heute eigentlich Äpfel ernten?" Pedro blickte auf: „Tut mir Leid, aber mein Verleger hat gestern Abend noch angerufen. Ich fahre jetzt gleich zu ihm wegen einer Besprechung für mein nächstes Buch. Außerdem hat sich unser Nachbar die Leiter geborgt." Der Sünderin rieselte es kalt über den Rücken. Aber bevor sie etwas unternehmen konnte, rollte ein Leichenwagen auf das Nachbargrundstück. Genickbruch.

Eva wollte sich nun doch von ihrem Gatten trennen. Zumal ihre Aktivitäten für sie selbst gefährlich ausgehen konnten. Die Polizei ermittelte nämlich intensiv in der Sache ‚präparierte Leiter'. Im Moment hielt man noch die Ehefrau des Nachbarn für verdächtig, aber das konnte sich jederzeit ändern. Eva hoffte, einen anderen, ebenfalls gut betuchten Mann kennenlernen zu können, um mit ihm klammheimlich aus der Gegend zu verschwinden. Aber dann schien sich auf einmal ihr Kindheitstraum doch noch zu erfüllen. Ihr Mann sollte ein Buch über Kanada schreiben, und zwar unter dem Titel: ‚Mit dem Rucksack durch Kanadas Wildnis'. Zu diesem Zweck wollte er zwei Wochen durch Nordamerika streifen, um für das Buch zu recherchieren. So kam es, dass Eva neben ihm im Flugzeug saß, welches dahin flog, wo sie ihr Leben lang schon immer hin wollte. Sie freute sich auf lange Wanderungen, Nächte im Zelt und Nahrung aus Dosen. Alles Dinge, die anderen Menschen einfach nur einen Gräuel bedeuteten.

Etwa eine Woche ging alles gut, doch eines Tages tauchte ungefähr zwanzig Meter vor ihnen ein Grizzlybär auf. Eva dachte nur: „Jetzt hat mein letztes Stündlein geschlagen. Aber bevor ich abtrete, werde ich wenigstens ein einziges Mal das Schminkkästchen meiner Mutter benutzen." Zu Pedros Entsetzen nahm sie vorsichtig ihren Rucksack ab, holte langsam den kleinen Kasten heraus und begann sich mit zitternder Hand zu schminken. Der Bär schnüffelte verwundert. Make-up hatte er wahrscheinlich noch nie gerochen. Neugierig machte er einen Schritt auf Eva zu. Das war das Signal für Pedro, seine Frau zu opfern und sofort zu verschwinden. Also ließ er seinen Rucksack fallen und rannte davon, so schnell er konnte. Aber Bären können halt schneller. Eva war plötzlich für den Grizzly uninteressant geworden, denn weiter hinten rannte ja eine potentielle Beute. Während ihr Mann wimmernd im Unterholz verschwand, verdrückte sich Eva bewusst langsam in die Gegenrichtung. Gleich darauf hörte sie noch kurz ein paar Knochen knacken, dann trat Stille ein. Sie lief die ganze Nacht, ohne anzuhalten, wobei sie laut vor sich her sang. Einerseits, um die Angst zu besiegen, andererseits um Tiere abzuschrecken, denn Wildtiere gehen Menschen eigentlich lieber aus dem Weg, besonders, wenn sie solche seltsamen Geräusche machten. Am Morgen traf sie dann völlig erschöpft auf einen rotorange gekleideten Ranger. Unter Stocken erzählte sie ihm in gebrochenem Englisch die Geschichte des Bärenangriffs. Man fuhr sie in die nächste Stadt, wo sie in ein Hotelzimmer eingewiesen wurde. Die Ranger durchkämmten die Gegend und fanden dann auch ein paar Teile von Pedros Körper. Nach mehreren Befragungen durch die ‚Royal Canadian Mounted Police‘ durfte Eva endlich nach Deutschland zurück, im Schlepptau einen Zinksarg mit einigen wenigen der sterblichen Überreste ihres ehemaligen Gemahls. Als dann dieser unter der Erde lag und außerdem feststand, dass keine weiteren Verwandten Anspruch auf das Erbe hatten, verkaufte Eva das Haus samt Garten und nahm sich eine kleine Mietwohnung in der Mitte ihrer Heimatstadt. Der Verleger ihres verstorbenen Mannes nahm Kontakt zu ihr auf und überredete sie, ihr Abenteuer zu Papier bringen. Der Titel des Buches sollte lauten: „Gut geschminkt durch Kanada.“

Mein Flokati

Privatdetektive sollten keine Idioten sein. Ich bin einer. Also ein Idiot. Ich erkläre auch gleich warum. Mögen Sie Flokatis? Alle Welt liebt Flokatis. Nur ich nicht. Natürlich habe ich das bisher niemandem gesagt. Warum auch. Wenn einer keine schwarze Unterwäsche mag, sagt er ja auch nicht ständig: „Ich mag keine schwarze Unterwäsche." Und da bisher eben niemand wusste, dass ich keine Flokatis mochte, schenkte mir eine Verehrerin vor drei Jahren zum Geburtstag so einen moppartigen Bodenschoner, natürlich in weiß. Ich hasse weiße Teppiche. Die Dame wollte sich wahrscheinlich bei mir einschmeicheln, nachdem ich von Monika geschieden worden war. Eigentlich hätte ich Moni gar nicht heiraten sollen. Wir waren damals knapp drei Monate verlobt, als sie das erste Mal fremd ging. Allerdings hatte sie sich dann aufopferungsvoll um mich gekümmert, als ich angeschossen wurde. Aber nach einem Jahr Ehe hat sie mich eiskalt erneut betrogen. Und nun hatte ich also diese Verehrerin und deren Flokati am Hals. Zuerst wollte ich das verhasste Präsent gleich in die Tonne kloppen, aber das Ding erschien mir dafür etwas zu teuer. Dann erinnerte ich mich daran, dass ich morgens immer kalte Füße bekam, wenn ich barfuss in meiner Küche das Frühstück zubereitete. Ich gehe nun mal sehr gerne barfuss und mein Küchenfußboden ist gekachelt. Also was lag näher, als den Teppich in meine Küche zu legen. Aber nur ein völliger Idiot legt einen Flokati in eine Küche. Und ich bin so ein ausgewachsener Idiot. Sie glauben gar nicht, wie oft ich auf Knien mit Schwamm und Reiniger versucht habe, die Überreste von Unachtsamkeiten zu entfernen. Aber nun liegt das Ding einmal da, und dann bleibt das Ding auch künftig da liegen. Basta! Vielleicht ist aber auch der Grund für das Verharren dieses fusseligen Lappens, dass mich jene Verehrerin nicht mehr anschaut, seit sie erfahren hat, wo ich ihr Geschenk bei mir geparkt habe.

Es war wieder einmal einer dieser ungemütlichen Wintertage, an denen die Temperatur Schneeflocken in Regentropfen verwandelte. Die ganze Welt war ein einziger Matsch und einen Fall hatte ich zurzeit auch nicht zu bearbeiten. Schon beim Wachwerden zeichnete sich ab, wie mein Schicksal diesen Tag zu gestalten gedachte. Bis dahin besaß ich nämlichen einen altertümlichen Wecker, den ich in Ehren hielt, da er mir von meinem Vater vor Urzeiten geschenkt worden war. Seit heute bin ich nun ohne Wecker, denn ich habe dieses Wunderwerk der Technik im Halbschlaf anstatt Auszustellen vom Nachttisch gefegt. Man glaubt gar nicht, wie viele Zahnräder damals in so einem Wecker verbaut wurden. Beim Zähneputzen musste ich dann auch noch erkennen, dass ich Außergewöhnliches zu leisten vermag. Denn kein Mensch, außer meiner Wenigkeit, hatte es meines Wissens bisher geschafft, seine Zahnbürste beim Putzvorgang abzubrechen. Das einsetzende Zahnfleischbluten war aber kaum der Rede wert. Mit dem Morgenkaffee verbrühte ich mir die Zunge und die Marmelade kleckerte auf den Flokati. Also ein ganz normaler Tag. Nach dem Frühstück fuhr ich, wie gewöhnlich, zu meiner Arbeitsstelle. Eigentlich hatte ich seit Langem meinen Bürobeginn auf zehn Uhr festgelegt, erschien dort aber immer schon um neun. Das war eine Tradition, die mein verstorbener Freund Max Behr eingeführt hatte, und die ich bis in alle Ewigkeit beibehalten wollte. Es war ein morgendliches Ritual, bei dem wir jeweils zwei Zentimeter Bourbon in unsere Whiskygläser füllten, um diese dann langsam leer zunippen. Das dauerte ungefähr eine Stunde, in der wir angeregt über Gott und die Welt philosophierten. Übrigens steht der eingestaubte Schreibtisch von Max immer noch im Büro. Kurz bevor ich ihn wegräumen wollte, wurde ich, wie bereits erwähnt, angeschossen und lag danach längere Zeit im Krankenhaus. Im Fieberwahn erschien mir damals der Geist meines Freundes. Danach konnte und wollte ich seine Sachen einfach nicht mehr anrühren. Auch die Aufschrift „BAER & BEHR" wird wohl für immer meine Bürotür zieren, selbst wenn ich mir irgendwann einen neuen Partner oder eine neue Partnerin auswählen sollte. Aber bei der jetzigen Auftragslage würde ich, wohl oder übel, weiterhin alleine die Detektei betreiben müssen.

Wie immer warf ich beim Betreten des Büros die Autoschlüssel schwungvoll auf meinen Schreibtisch. Dann zog ich aus dem Bücherregal einen ganz bestimmten, dicken Wälzer heraus, weil dahinter die viereckige Flasche mit goldgelbem Bourbon wartete. Ich kam aber leider nicht mehr dazu, die Flasche ans Tageslicht zu befördern, denn die Bürotür hinter mir wurde weit aufgerissen und ein Mann stürmte schnellzugartig in mein

Kontor. Er klatschte ein A4-Blatt auf den Schreibtisch und begann ununterbrochen mit dem Zeigefinger auf das Ding zu klopfen: „Ausgelacht haben die mich. Dabei ist das Häkchen hier deutlich zu sehen. Aber nein, diese doofen Bullen haben nur gelacht. Ich bin doch nicht bescheuert. Der Hacken ist da, da muss man doch nicht lachen. Diese Arschgeigen haben überhaupt nicht begriffen, worum es geht." Der Mensch drehte sich zu mir um und hörte endlich auf, ständig mit seinem Finger auf das Papier zu stupsen. „Sie müssen ihn finden!" Ich stellte genervt mein Buch zurück ins Regal: „Bitte setzen sie sich doch erstmal! Und dann erzählen sie alles schön der Reihe nach!" Der Mann ließ sich schnaufend auf den Besucherstuhl plumpsen, während ich mich gemächlich an meiner angestammten Seite des Schreibtisches niederließ. „Also", begann der Unbekannte, „es geht um meinen Bruder. Meinen älteren Bruder. Und der hat an die Unterschrift ein Häkchen gemacht. Sehen sie?" Er reichte mir das Blatt. Es war mit ‚Henning' unterschrieben und hinten am ‚g' befand sich tatsächlich ein kleines Häkchen. Der Inhalt des Schreibens besagte, dass jener Henning es zu hause nicht mehr ausgehalten hätte, und er deshalb nach Italien oder Frankreich auswandern würde. Ich gab dem Aufgeregten das Schreiben zurück: „Und? Warum sollte das nicht stimmen? Viele wollen ihr Heim verlassen und einige von denen wandern auch aus. Ich sehe darin nichts Ungewöhnliches." Der Kerl pochte wiederum unablässig auf das Papier: „Aber das Häkchen. Verstehen sie nicht?" „Nein", musste ich gestehen, „aber mal was Anderes.

Finden sie nicht auch, dass die Luft hier sehr trocken ist? Wie wäre es denn mit einem Bourbon?" Er hörte auf zu klopfen und nickte. Also zog ich das Buch wieder aus dem Regal und nahm diesmal die Flasche tatsächlich heraus. Hinter der rechten Tür meines Schreibtisches fanden sich folgerichtig auch zwei Gläser. Während ich nur nippte, goss sich der Kerl alles mit einem Schlag in den Rachen. „Entschuldigen sie" sagte er danach mit etwas kratziger Stimme, „ich habe mich noch gar nicht vorgestellt. Mein Name ist Eick. Friedrich Eick. Allerdings erst seit Kurzem. Unsere Familie hat nämlich ihren Nachnamen ändern lassen. Früher begann er mit einem ‚F' statt mit einem ‚E'. Sie verstehen?" Diesmal verstand ich sehr gut: „Aber erklären sie mir doch endlich, was es mit diesem ominösen Haken auf sich hat!" Herr Eick holte tief Luft. Wahrscheinlich würde es eine ganz besonders lange Erklärung werden. „ Mein Bruder und ich haben schon immer etwas herum gesponnen. Als wir in der achten beziehungsweise in der neunten Klasse waren, haben wir zum Beispiel eine eigene Geheimschrift entwickelt. Bei dieser wurde bestimmten Silben oder Buchstabenkombinationen nur ein einziges Zeichen zugeordnet. Beispielsweise stand das ‚T' für ‚ng' und das ‚K' für ‚er'. ‚Pf' wurde nur als ‚F' geschrieben und das einzelne ‚F' war für uns das Dollarzeichen. Dann ersetzten wir das ‚T' mit einem Hashtag und das ‚K' durch das Zeichen für Paragraph. Also schrieben wir an Stelle von ‚Verlängerung' das Wort ‚Vklätkut'. Klar? ‚Topf' hieß dann ‚#of' und ‚Kopf' wurde zu ‚§of'. Verstanden? " Ziemlich verwirrt schüttelte ich mein überfordertes Hirnkästchen: „Und was hat das alles mit dem Haken zu tun?" Mein Gegenüber stutzte einen kurzen Moment, dann schlug er sich an die Stirn: „Ach so ja, also, wir haben mal einen alten Film gesehen, in dem noch mit so einem urzeitlichen Kolbenfüller geschrieben wurde. In diesem Film hatten sich Leute ausgedacht, dass man neben die Unterschrift einen kleinen Tintenklecks machen sollte, wenn der Inhalt des Briefes nicht der Wahrheit entsprach. Wir beide, also mein Bruder und ich, haben das sinngemäß übernommen. Bei uns war es eben nur dieses spezielle Häkchen an der Unterschrift. Aber die Bullen haben mich deswegen als Spinner bezeichnet." Ich sträubte mich noch ein bisschen ihm zu glauben und gab zu bedenken: „Was wenn ihr Herr Bruder tatsächlich von zu hause weg wollte? So ein kleiner Haken kann doch mal aus Versehen passieren." Der Kerl wurde direkt wütend: „Warum sollte er weg wollen? Wir haben nach dem Tod unserer Eltern zusammen das Haus komplett modernisiert und jeder von uns hat darin seine eigene Wohnung. Mit eigenem Zugang." Ich überlegte kurz: „Also, wenn ich den Fall annehmen soll, dann brauche ich möglichst viele persönliche Sachen ihres Bruder. Fotos, Hobbygegenstände, Kosmetik- und Hygieneartikel und so weiter und so weiter. Ich muss mir ein genaues Bild vom Leben dieses Menschen machen können. Außerdem wird das nicht billig. Zweihundert Euro am Tag zuzüglich Spesen. Und wie viel Tage ich insgesamt brauchen werde, ist noch völlig unklar. Bleiben sie trotzdem dabei, dass ich ihren Bruder finden soll?" Er stand auf: „Geld spielt Gott sei Dank keine Rolle. Ich übergebe ihnen spätestens Morgen die Sachen meines Bruders." Wir schüttelten uns die Hände und er verschwand ohne ein weiteres Wort. Ich räumte die Flasche weg, verließ mein Büro und schloss die Tür hinter mir zweimal ab. Noch einen Fall wollte ich nebenher lieber nicht übernehmen. Ich musste mir stattdessen vorrangig die Strategie für den eben erhaltenen Auftrag zurechtlegen. Um besser nachdenken zu können, nahm ich die Treppe zu der Gaststätte im Erdgeschoss. Denn auf einem gepolsterten Barhocker mit einem schönen Glas Bourbon vor sich, lässt es sich allemal besser überlegen, als in einem kahlen Büro.

Friedrich Eick wartete am nächsten Morgen bereits mit einem verdammt großen Karton vor meinem Büro. Wir hatten Mühe, das überdimensionale Behältnis unbeschadet durch die Öffnung meiner Bürotür zu lotsen. Als mein Auftraggeber wieder gehen wollte, fragte ich nebenbei: „Wo hat denn ihr Bruder eigentlich gearbeitet?" Die Antwort haute mich fast aus den Socken. „Bei der Drogenfahndung. Aber er wollte nie darüber sprechen. Und während ich ihn gestern als vermisst gemeldet habe, hat man mir übrigens auf der Polizei brühwarm erzählt, dass er angeblich gekündigt hätte." Grübelnd entließ ich Herrn Eick, um mich anschließend sofort ans Telefon zu hängen: „Grüß dich Hartmut! Du musst mir mal wieder einen Gefallen tun!" Die Stimme am anderen Ende sagte etwas von Erpressung und Zerfall von langen Freundschaften. Zugegeben, ich hatte ein paar ganz kleine Gewissensbisse. Trotzdem erinnerte ich ihn erneut an die Tatsache, dass er mich während meiner Ehe mit Monika betrogen hatte. Dann schilderte ich meinen Fall. Hartmut versprach mir, so schnell wie möglich ein paar Informationen zu liefern.

Der Karton erwies sich als nicht besonders ergiebig. Zum größten Teil enthielt er irgendwelche Klamotten. Aber auch ein altes Klapphandy, eine Zahnbürste, ein Feuerzeug und ein Zigarettenetui. Ich fragte mich nachdenklich, welcher Raucher denn beim Auswandern sein Zigarettenfutteral zurücklassen würde. Seltsam, seltsam. Am Boden des Pappkartons lagen dann noch einige Farbfotos. Meistens zeigten sie den Vermissten neben seinem Bruder. Auf einem war er aber auch solo zu sehen. Ich steckte es ein. Möglicherweise kam mir ja das Glück zu Hilfe und ich würde dem Mann zufällig begegnen. Vielleicht hatte aber auch dieses gewisse Häkchen rein gar nichts zu sagen, und der Kerl war längst im Ausland. Wartens wir ab! Nach dem Mittagessen wühlte ich noch ein wenig in dem Karton herum, fand aber nichts, was irgendwie Licht in die Sache bringen konnte. Also machte ich mich auf den Heimweg.

An der Kreuzung, die unmittelbar vor meiner Wohnung liegt, überfuhr ein Geländewagen die rote Ampel und knallte brutal in die Seite meines unschuldigen Autos. Ich wurde eingeklemmt und schrie blutend um Hilfe. Der andere Wagen beging augenscheinlich mit voller Absicht Unfallflucht. Unter Schmerzen drehte ich den Kopf zur Seite, um eventuell das Nummernschild des Unfallverursachers erkennen zu können. Aber die Stelle, an der es hätte angebracht sein müssen, war leer.

Inzwischen hatte sich eine Menschentraube um mein Auto gebildet. Einer versuchte mich zu trösten: „Halten sie durch! Ich habe den Notruf gewählt." Kurz darauf erschien auch ein Krankenwagen. Der Sanitäter legte mir wegen des starken Blutverlustes eine Infusion. Dann kam die Feuerwehr. Während mich zwei von den Feuerwehrleuten mit schwerem Werkzeug aus dem Auto herausschnitten, wurde ich ohnmächtig. Mein Schleudertrauma, der längs aufgeschlitzter Arm und die neunzehn Stiche, um die Wunde zu schließen, waren nicht halb so schlimm wie die drei Tage Krankenhausaufenthalt. So eine Kacke! Ich grübelte, ob mein Auftraggeber dennoch die Pflicht hatte, mich für diese Zeit zu bezahlen. Die Rechtslage war mir hier nicht so ganz klar. Ach was, ich würde es ihm trotzdem in Rechnung stellen. Schließlich brauchte ich doch Geld für ein neues Auto. Zwar hatte ich Anzeige gegen Unbekannt erstattet, aber viel Hoffnung auf Entschädigung machte ich mir unter den gegebenen Umständen nicht. Als ich wieder zu hause war, entwickelte ich meinen Schlachtplan. Er hatte bis dahin lediglich einen einzigen Punkt: Ein anderes Auto. Ich musste auf jeden Fall mobil bleiben. Der bandagierte Arm und die Halskrause behinderten mich freilich etwas, hielten mich aber logischerweise nicht davon ab, ein Taxi zu bestellen. Ich fragte den Fahrer nach einem preiswerten Gebrauchtwagenhändler. Taxifahrer kennen sich nämlich in vielen Dingen aus, das habe ich glücklicherweise schon häufiger erfahren dürfen. Das Taxi setzte mich vor einem großen, bunten Schild ab, auf dem ein grinsendes Auto um Käufer warb. Ich betrat den Kundenbereich und wurde zunächst mit einem Stativ konfrontiert, welches einige Hochglanz-Prospekte offerierte. Neugierig zog ich eins heraus, doch bevor ich es mir anschauen konnte, kam auch schon einer der Verkäufer auf mich zu. Mich hätte fast der Schlag getroffen. Mit schweißnassen Händen fingerte ich das Foto aus meiner Tasche. Er war es! Aufgeregt, wie ein Teenager vorm ersten Kuss, steckte ich das Bild wieder zurück, wobei ich es natürlich zerknickte. Ich bin und bleibe halt ein ewiger Tollpatsch. Der Verkäufer sonderte den typischen Standardsatz ab: „Womit kann ich ihnen helfen?" Ich hörte mich wie von Ferne sagen: „Ich benötige einen kleinen Gebrauchten." Danach entwickelte sich das allgemeine Verkäufer-Kunde-Gespräch, an dessen Ende ich Besitzer eines kleinen, roten Flitzers war. Gleichzeitig schloss ich auch noch die Kfz-Versicherung für dieses Auto mit ab, da die hauseigene Versicherungsgesellschaft angeblich die allerpreiswerteste innerhalb eines weiten Umkreises wäre. Zulassung, TÜV und eine kleine Aufbereitung würde der Händler zu allem Überfluss auch noch für mich übernehmen. In zwei Tagen könne ich dann den Wagen fahrbereit abholen. Ich verließ einigermaßen zufrieden das Händlergelände, als mich plötzlich ein Riese mit seinen Armen von hinten umschlang. Mein ungelesener Prospekt flog in hohem Bogen in die Gosse. Der Kerl hob mich unsanft in einen Lieferwagen und knallte mich grob auf eine ziemlich harte Sitzbank. Da tut einem doch, im wahrsten Sinne des Wortes, der Arsch weh! Vor mir saß ein Mann mit schwarzem Anzug und dunkelblauer Krawatte. Angepisst fragte ich: „Was soll das? Wer sind sie?" Mein Gegenüber zückte seinen Ausweis: „Bundespolizei. Was wollten sie bei dem Autohändler?" „Na was wohl", sagte ich patzig, „ich habe fünf Pfund Rindfleisch gekauft." Mein Gegenüber lächelte: „Und dafür mussten sie den Verkäufer vorher mit einem Foto vergleichen? Machen sie das bei allen Einkäufen so?" Ich versuchte abzulenken: „Bin ich verhaftet?" „Nein. Sie können jederzeit gehen, falls sie unsere Fragen beantworten. Jeder Bürger ist verpflichtet, die Polizei zu unterstützen. Fangen wir mal mit ihren Papieren an!" Ich reichte ihm meine Brieftasche. Er räusperte sich auffällig: „So, so. Levin Baer, Privatdetektiv. Na dann, Herr Baer, fangen sie freundlicherweise mal an zu singen!" Ich nahm meine Papiere zurück: „Schweigepflicht, tut mir leid!" Der Typ runzelte die Stirn: „Gut, dann werde ich mal ausnahmsweise etwas zum Besten geben. Der Verkäufer da drin ist einer von uns. Wir können aber keinen Kontakt zu ihm aufnehmen, damit er nicht auffliegt, denn er ermittelt verdeckt. Hier kommen sie nun ins Spiel. Diese kleine Speicherkarte werden sie ihm übergeben. Spätestens wenn sie ihr neues Auto abholen. Klar? Sie brauchen übrigens gar nicht erst versuchen, das Ding auszulesen. Die Daten sind hervorragend verschlüsselt." Er drückte mir den Speicherchip in die Hand und zog die Schiebetür auf: „Wiedersehen!"

Nachdem einige Schlucke Bourbon durch meine Kehle gerieselt waren, stand für mich unerschütterlich fest, dass hier etwas faul war. Sogar oberfaul. Wieso ließ

mein Klient seinen Bruder suchen, wenn dieser in aller Öffentlichkeit Autos verkaufte? Nach einiger Zeit beschloss ich jedoch, mein Gehirn nicht weiter zu foltern. Ich wollte mir lieber eine meiner alten DVDs anschauen. Am besten entspanne ich mich nämlich bei Komödien. Also legte ich den Film ‚Eins und eins macht vier‘ ein. Mit Kirstie Alleye, in die ich früher einmal ein klein wenig verliebt war. Aber nur, bis ich erfuhr, dass sich ihr Vermögen um die vierzig Millionen US-Dollar bewegte. Von da an zerfraß mich nur noch der Neid. Während der Vorspann lief, nahm ich genüsslich noch einen Schluck aus meinem Glas. Doch dann knallte es in meinem Kopf, als wäre ein Kilo C4 hochgegangen. Natürlich! Ich Rindvieh! Der Verkäufer war gar nicht der Bruder meines Mandanten, der sah nur so aus. Und die Bullen hatten das ohne Zweifel bisher noch nicht geschnallt. Aber dann würde dieser Mensch doch bestimmt auch nichts mit der Speicherkarte anfangen können? Na und wenn schon. Was kümmerte mich das Leid der Polizei. Ich angelte mir das Telefon vom Tisch und rief sofort meinen Auftraggeber an: „Haben sie das Klapphandy ihres Bruders gemeinsam benutzt, oder ausnahmslos nur er?" Die Antwort kam erwartungsgemäß: „Nur er allein, wieso?"
Als ich zwei Tage später wieder beim Autohändler meines Vertrauens eintraf, bemerkte ich, dass der Lieferwagen immer noch an der gleichen Stelle stand. Wie unauffällig. Ich zog vorsorglich meine dünnen, braunen Lederhandschuhe an. Warum auch nicht? Schließlich hatten wir ja immer noch Winter. Im Kundenbereich

nestelte ich mir wieder eines der Prospekte aus dem Ständer, allerdings von weiter hinten, um einigermaßen sicher zu sein, dass kein anderer Kunde das Ding begrabscht haben würde. Mein Verkäufer kam freudig auf mich zugestürmt: „Hier sind ihre Schlüssel, die Zulassung und die Versicherungspapiere. Allzeit gute Fahrt!" Ich hielt ihm freundlich lächelnd den Hochglanz-Flyer entgegen: „Entschuldigung, ich bin sehr abergläubisch. Immer wenn ich einen Wagen kaufe, muss mir der Verkäufer ein Autogramm geben. Wäre das möglich?" Stolz gab er mir seine Unterschrift. Dafür schenkte ich dem Verdutzten den Speicherchip. Ich stieg in mein schönes, blitzblankes Auto und rollte vom Gelände. Auf Höhe des Lieferwagens hielt ich die Hand aus dem Seitenfenster und streckte den Daumen nach oben.

Im Büro angekommen, holte ich meine Ausrüstung und begann das Handy des Vermissten sowie den Flyer mit Bi-Chromat-Pulver zu bestäuben. Dann baute ich meine beleuchtete Standlupe auf und verglich die klar zu erkennenden Fingerabdrücke miteinander. Das dauerte zwar alles seine Zeit, brachte mir aber den erwarteten Erfolg. Die Abdrücke waren völlig unterschiedlich. Ich hatte Recht! Frohlockend griff ich zum Telefon und wählte die Nummer, welche unten auf dem Prospekt zu erkennen war. Der darauf gekritzelte Name wies meinen Verkäufer als Herrn Franke aus. Also verlangte ich folglich denselben. Als er sich meldete, sagte ich möglichst ruhig: „Sie kennen mich. Ich habe heute bei ihnen dieses kleine, rote Auto gekauft. Leider habe ich Moment keine Zeit für Erklärungen, aber wäre es möglich mit ihrem Vater zu sprechen?" Nach einer längeren Pause kam die Antwort: „Welchen, meinen Adoptivvater oder meinen leiblichen?" Ich sprang vor Freude fast an die Decke. Genau so hatte ich mir das gedacht. „Wenn möglich, ihren leiblichen." Wieder eine Pause, dann: „Tut mir leid, aber den kenne ich nicht. Ich weiß nur, dass ich als Säugling adoptiert wurde." Ich legte auf und ließ den Ahnungslosen zu seinem Erstaunen in der Leitung hängen. Dann rief ich Friedrich Eick an: „Lebt ihr Vater noch? Ich möchte ihn nämlich ebenfalls zu dem Verschwinden ihres Bruders befragen." Widerwillig nannte mir mein Klient die Adresse seines Erzeugers: „Wissen sie, wir haben so ein paar Differenzen und sprechen nicht mehr miteinander."

Die Straße lag am anderen Ende der Stadt. Gerade als ich aufbrechen wollte, klingelte das Telefon. Es war Hartmut: „Alter, ich hab für dich die brandneuen News. Hat mich allerdings tausend Euro gekostet. Solltest du mir umgehend ersetzen!" Ich beruhigte ihn: „Keine Angst, wenn der Fall abgeschlossen ist, kommt der Zaster mit auf die Rechnung. Als Spesen, verstehst du? Aber nun leg endlich los!" Ich spürte förmlich, wie sich mein Freund am anderen Ende in seinem Wissen sonnte: „Also pass auf. Dieser Henning Eick hat tatsächlich gekündigt. Allerdings hat er eine Klausel unterschrieben, dass er innerhalb einer Woche wieder reaktiviert werden kann. Erst danach müssen die ihn in Ruhe lassen. Nun ist aber etwas Größeres vorgefallen, und die wollten ihn deshalb wieder rekrutieren. Da der Mensch aber zuletzt undercover gearbeitet hat und er vielleicht von der Gegenseite beobachtet werden könnte, trauten die sich nicht, ihn direkt zu kontaktieren. Er hat schon sechs Tage hinter sich gebracht und muss nur noch einen einzigen Tag überstehen. Und nun kommt's! Die haben irgendeinen Trottel aufgetrieben, der ihm den Rekrutierungsbefehl auf einer Speicherkarte übergeben hat. Und der Blödmann hat das auch noch unentgeltlich getan. Somit dürfte dein Fall geplatzt sein. Übrigens, noch ein guter Rat von mir. Du solltest diesem komischen Agenten nicht in die Quere kommen. Bei der speziellen Ausbildung, die jener Henning absolviert hat, schneidet dir der Bursche glatt die Kehle durch, nur wenn du ihn mal aus Versehen anhustest." Ich war annäherungsweise beleidigt, von wegen Trottel und Blödmann, sagte aber trotzdem höflich: „Danke! ich schulde dir was." Die Antwort war: „Ja, einen Tausender!"

Ich konnte mich schon immer auf meine Intuition verlassen. Und diesmal sagte mein Bauchgefühl, das der Fall so gut wie gelöst war. Henning Eick wollte in Wirklichkeit nie ins Ausland. Er beabsichtigte lediglich, eine Woche von der Bildfläche zu verschwinden. In einem Hotel hätte er sich garantiert ausweisen müssen. Wäre er bei einem Freund oder Bekannten untergekrochen, hätte sich derjenige möglicherweise verplappern können. Und zu hause wollte er auf keinen Fall gesehen werden. Was blieb also übrig? Der liebe Papa! Schon als ich in die besagte Straße einbog, konnte ich den vermaledeiten Geländewagen sehen, der mich so hinterhältig gerammt hatte. Diesmal hatte er ein Nummernschild. Na warte! An der Haustür angekommen, drückte ich meinen Zeigefinger siegesgewiss auf den Klingelknopf. Ein älterer Herr öffnete. Honigsüß sagte ich: „Wie ich annehme, sind sie Herr Eik." Er konterte: „Wer will das wissen?" Ich blickte mich besonders auffällig nach rechts und links um: „Soll das wirklich die ganze Straße hören?" Nach einigem Zögern, bat er mich dann doch in das Wohnzimmer: „Also, was wollen sie?" Ich setzte mich unaufgefordert in einen Sessel: „Zunächst hätte ich eine Frage. Stimmt es, dass ihre Frau damals Zwillinge geboren hat, und dass einer der beiden Jungs zur Adoption freigegeben wurde?" Er blickte mich an wie ein Pferd mit Kolik: „Wer, zum Teufel, sind sie?" „Ich bin ein Privatdetektiv, der den Auftrag hat, ihren Sohn zu finden. Und ich vermute, dass er sich hier versteckt." Im Gleichen Moment öffnete sich die Tür, und ein Kerl mit einem Messer in der Hand kam auf mich zu: „Und sie haben gefunden, was sie gesucht haben. Leider werden sie das niemanden mehr sagen können." Der Alte wurde kreidebleich. Nun, Hartmut hatte mich ja vorgewarnt. Ich glaube, es war bestimmt eine Rekordzeit, in der ich meinen Revolver aus dem Holster gezogen hatte: „Messer weg, sonst krachts!" Er legte betont ruhig das Messer auf den Boden: „Diesmal hast du gewonnen, aber ich kriege dich schon noch." „Ach", erwiderte ich, „wollen sie mich vielleicht ein zweites Mal mit ihrem Geländewagen überfahren?" Das brachte Papa Eik auf den Plan: „Was hast du gemacht? Spinnst du? Ich hau dir gleich paar hinter die Löffel." Henning Eick musste lachen: „Das glaube ich kaum. Aus dem Alter dürfte ich inzwischen raus sein." Ich machte mir sofort den momentanen Gemütszustand meines Widersachers zu nutze: „Folgender Vorschlag: Ich werde jetzt meine Waffe wegstecken, sie rufen ihren Bruder an und lassen ihn herkommen. Damit ist bewiesen, dass ich sie gefunden habe und ich bekomme meine Gage. Sie können mich danach hier im Haus für vierundzwanzig Stunden gefangen halten. Dann ist nämlich die angestrebte Woche um und sie können nie wieder rekrutiert werden. Übrigens hält sich die Bundespolizei inzwischen an ihren ahnungslosen Zwillingsbruder. Und noch eins: Wenn sie wieder einmal verhindern wollen, dass sie jemand aufspürt, dann nehmen sie dazu nicht ihren eigenen Geländewagen." Bis dahin hatte ich noch nie so ein dummes Gesicht gesehen. Henning setzte sich: „Junge, du weißt entschieden zuviel. Aber die Idee ist nicht schlecht." So kam es, dass ich mit den Brüdern einen ganzen Tag lang Skat spielte, während ihr Vater freundlicherweise das Bier heranschaffte. Ich bekam mein Geld und überwies Hartmut den Tausender. Damit wäre eigentlich alles vorbei gewesen, aber ich wollte, rührselig wie ich bin, einem bestimmten Adoptierten mitteilen, wo er seinen leiblichen Vater und seine Brüder auffinden konnte. Als ich bei dem Autohändler eintraf, bemerkte ich eine Frau, die völlig aufgelöst auf einem der Stühle saß und zum Steinerweichen heulte. Ein Verkäufer kam auf mich zu: „Kann ich helfen?" „Ja", sagte ich, „ich würde gern mit Herrn Franke reden." Kaum hatte ich das ausgesprochen, sprang die Frau auf und hastete auf mich zu: „Wer sind sie? Kennen sie meinen Mann?" Erschrocken antwortete ich: „Ich bin Levin Baer. Privatdetektiv." „Dann müssen sie mir helfen, koste es, was es wolle. Mein Mann ist eben entführt worden und die Polizei kommt und kommt nicht. In einen Lieferwagen haben die ihn gezerrt, stellen sie sich das vor. Finden sie ihn bitte, ich beschwöre sie, finden sie ihn!" Zugegeben, mir fehlt ab und zu die Nächstenliebe. Ich wusste ja, dass sich das Missverständnis irgendwann aufklären würde. Deshalb wollte ich meinen Standardsatz zuerst auch gar nicht sagen, aber mein permanenter Geldmangel zwang mir den Spruch dann doch noch auf die Lippen: „Zweihundert pro Tag." Und schon hatte ich den nächsten Fall an Land gezogen. Wenn's läuft, dann läuft's.

Dennis

Kennen Sie Dennis? Ich meine den Dennis, der von sich selber sagt, er sei ein Pseudophilosoph. Der Mann nervt, und zwar gewaltig. Was der am Tag so plappert, geht sprichwörtlich auf keine Kuhhaut. Wenn der mal gestorben ist, muss man seine Klappe nicht nur zusätzlich totschlagen, sondern auch noch an der tiefsten Stelle im Meer versenken. Die Wörter, die Dennis an einem einzigen Tag von sich gibt, übertreffen bei Weitem die Anzahl der Menschen unserer schönen Erde. Besonders schlimm wird es, wenn er Alkohol getrunken hat. Dann knattern die Worte nahezu mit Lichtgeschwindigkeit aus seinem Mund. Sofern ein Maschinengewehr Ohren hätte und Dennis damit hören könnte, würde es aus Neid geradewegs ins Wasser gehen.

Das absolute Lieblingsthema von Dennis sind Frauen. Neulich, in unserer Stammkneipe, fing er wieder davon an: „Weiber. Hast du das gehört von der Frauenquote? Natürlich picken sich die holden Damen wieder einmal nur die Rosinen aus dem Kuchen. Diese bekackte Frauenquote gibt es nämlich nur in Vorständen von Konzernen. Wo bleibt denn da der Gleichheitsgrundsatz laut unserer Verfassung? Wenn Frauenquote, dann doch bitteschön auf allen Gebieten. Also auch bei der Müllabfuhr, unter Tage, bei Dachdeckern, bei Metzgern, im Steinbruch, im Schmiedehandwerk, in der Abdeckerei…" Ich unterbrach ihn: „Aber auf der anderen Seite verdienen doch Frauen bei gleicher Arbeit immer noch weniger als ihre männlichen Kollegen." Dennis überging meinen Einwand: „Weißt du, warum Frauen seit tausenden von Jahren unterdrückt worden sind?" Er wartete meine Antwort erst gar nicht ab: „Weil es sich bewährt hat. Im Laufe der Zeit wurden dann aber nach und nach Vergünstigungen für diese Weiber eingeführt. Und was machen die mit ihrer angeblich erkämpften Gleichberechtigung? Sie saufen und schauen sich in Striptease-Shows nackte Männer an." Ich versuchte mit Ironie zu kontern, um ihn aus seinem Redefluss zu holen: „Und man baut für diese Weiber auch noch Frauenhäuser. Danken die uns das? Nein, man muss sie förmlich hinein prügeln." Dennis stutzte: „Willst du mich etwa verarschen? Weißt du, warum es diese Frauenquote überhaupt gibt? Diese Weibsen brauchen die

Quote, weil sie zu doof sind aus eigener Kraft mit ehrlicher Arbeit nach oben zu kommen." Ich protestierte: „Nun mal langsam! Frauen sind schließlich von Geburt an anders als wir." Dennis entrüstete sich: „Was hat denn die Geburt damit zu tun? Ich bin seit Geburt auch anders als die meisten Menschen. Müsste es da nicht ebenfalls eine Dennis-Quote geben? Und was ist mit Rothaarigen? Und mit Übergewichtigen? Und warum gibt es keine Rollstuhlfahrer-Quote? Vielleicht möchten die auch mal das große Geld als Vorstand abfassen." Ich gab auf und schwieg. Dennis nahm das zum Anlass, um seine letzten Argumente in den Ring zu werfen: „Warum gibt es Frauenparkplätze und keine Männerparkplätze, die uns vor den quer einparkenden Frauen schützen? Wieso leben Frauen im Durchschnitt zwei Jahre länger als wir, bekommen aber im gleichen Alter oder sogar früher Rente? Und wieso darf sich eine Frau Weltmeister oder Olympiasieger nennen, obwohl ihre männlichen Kollegen fast alle schneller oder besser sind?" Schweigend trank ich mein Bier aus, zahlte und stand auf. Dennis grinste: „Und woran erkennt man, dass eine Frau lügt? Sie bewegt ihren Mund." Ich tat so, als hätte ich das nicht gehört. Im Hinausgehen schrie er mir dann noch nach: „Es wird Zeit, dass Männer lernen Kinder zu kriegen. Dann brauchen wir diese Bagage nicht mehr."

Sie werden es kaum glauben, aber seit einer Woche zieht Dennis nicht mehr über Frauen her. Er hat nämlich jetzt eine Freundin. Da kommt er einfach kaum noch zu Wort.

Die Erfindung „Egül-Ekaf"

Es war ein Wetter zum Heldenzeugen. Die großen, vergoldeten Buchstaben der Worte ‚Berrath Organisation' an der Frontseite des Gebäudes reflektierten stolz die warmen Sonnenstrahlen und ließen die Pflastersteine vor dem Eingangstor gelblich schimmern. Dieter Berrath fasste die braune Tasche mit den Folien und dem gläsernen Datenspeicher noch ein klein wenig fester. Das Tor öffnete sich von selbst, aber die Tür zum Sicherheitsbereich wurde erst beiseite gezogen, als er die Hand mit dem implantierten Chip direkt an eines der Lesegeräte hielt. Sein Team hatte bei der Ausgestaltung des Firmengebäudes nur das Beste vom Besten installiert. Hoffentlich würden auch jetzt alle Teammitglieder spuren. Ein falsches Wort, und die Investoren könnten abspringen. Nicht auszudenken! Im Vorzimmer wurde er bereits erwartet. Seine Technikerin nahm den Datenspeicher entgegen und händigte ihm dafür ein kleines Steuergerät aus, mit dem er später bei seiner Präsentation Bild für Bild zum richtigen Zeitpunkt abrufen konnte. Nervös wartete er auf seinem Stuhl darauf, dass es endlich losgehen würde. Zirka sechs Minuten später öffnete sich die entscheidende Tür, und seine Sekretärin, mit rotem Kostüm und weißer Bluse, wies in den großen Besprechungsraum: „Herr Berrath, die Damen und Herren sind jetzt vollzählig." Der Beginn seines Vortrags war noch von etwas Unsicherheit geprägt, aber je länger er referierte, desto fester wurde seine Stimme: „ … Und wenn sie schon einmal einen Science-Fiction-Film gesehen haben, in welchem die sogenannten Schilde um einen Raumkreuzer aufgebaut wurden, dann konnten sie aufgrund der Konstruktion so eines Raumschiffes feststellen, dass nicht alle Bauteile gleichweit von der Peripherie des Kraftfeldes entfernt sind. Ausladende Teile sind näher an der äußeren Begrenzung und damit weniger geschützt. Hingegen wölbt sich über den restlichen Teilen eine viel dickere Hülle als benötigt, was augenfällig eine Energieverschwendung mit sich bringt. Unser Ansatz hingegen ist ein kugelförmiges Schiff, was einen gleichmäßigen und stabilen Abstand des Feldes um die Außenhülle garantiert. An einer Stelle lässt sich jedoch das Kraftfeld durch Ausfahren eines großen Zylinders unterbrechen. Dort befinden sich dann die Antriebsdüsen, respektive der Zu- und Ausgang. Jetzt zur Außenhülle selbst. Sie besteht aus schachbrettartig angeordneten Platten in drei Schichten. Die obersten zwei Platten lassen sich nach links, oben, rechts oder unten verschieben. Falls eine Nachbarzelle beschädigt wird, schiebt sich also automatisch eine der verfügbaren Platten über das Leck. Übrigens werden die Platten aus speziell gefertigten ‚carbon nanotubes' bestehen. Wir haben dafür ein eigenes Verfahren entwickelt. Und somit kommen wir jetzt zur eigentlichen Innovation, um die es heute hier gehen soll. Unter der Schachbretthülle befindet sich eine zehn Zentimeter dicke Masse, die wir nach ihrem türkischen Erfinder, Murat Tayyip Egül, benannt haben, die sogenannte ‚Egül-Ekaf'. Hierbei setzt sich das Wort ‚Ekaf' zusammen aus ‚Energiestoß / Kollisions Abwehr-Flüssigkeit'. Das Wort Flüssigkeit ist allerdings nicht hundertprozentig korrekt. Genauer gesagt ist es nämlich ein nichtnewtonsches Fluid. Sie kennen vielleicht den Versuch mit Maisstärke und Wasser. Stellt man sich darauf, dann sinkt man ein. Läuft man schnell darüber, wird die Mischung hart. Bei ‚Egül-Ekaf' ist das ähnlich. Wenn sie sich darauf stellen würden, hätten sie das Gefühl, als ständen sie auf einem Wasserbett. Würden sie aber darauf schießen, dann wird die Masse steinhart und jegliches Geschoss würde unverrichteter Dinge davon abprallen. Je höher die Energie das Einschlages, desto härter die Masse. Nach ungefähr fünf Sekunden wird dann das Ganze wieder flüssig. Somit ist das Fluid nach heutigem Kenntnisstand unbegrenzt einsetzbar. Sie werden verstehen, dass wir die Zusammensetzung zurzeit noch nicht bekannt geben werden. Am zwölften August, also in zwei Tagen, startet um genau zehn Uhr vormittags eine Auktion auf unserer Website. Das Anfangsgebot beläuft sich auf dreiunddreißig Millionen Dollar. Nach Auktionsschluss um vierzehn Uhr, bekommt der Meistbietende den Zuschlag. Und nach Überweisung der Summe auf unser Konto, kann derjenige hier in unserer Firmenzentrale die chemische Zusammensetzung samt dem darauf angemeldeten Patent in Empfang nehmen. So, und nun dürfen sie ihre Fragen an mich richten!"

In einem kleinen, angeblich abhörsicheren Büro auf der Chefetage eines Chemiekonzerns, saßen drei Herren angespannt um einen runden Mahagoni-Tisch. Alle drei hatten schwarze Anzüge an, alle drei hatten eine dunkelrote Krawatte umgebunden, alle drei hatten graumelierte Haare und alle drei hatten keine Ahnung, dass sich in der Deckenleuchte zwei elektronische Wanzen unterschiedlicher Bauart befanden. Der Direktor eröffnete das Gespräch: „Diese nicht-newtonsche Flüssigkeit bietet weit mehr Möglichkeiten, als ein Raumschiff zu schützen. Wenn dazu schon zehn Zentimeter ausreichen, dann dürfte ein Millimeter in einer schusssicheren Weste durchaus genügen." Der zweite Herr fühlte sich angesprochen und meinte: „Und zwei bis drei Millimeter in einer Autokarosserie würden dann zukünftig wirkungsvoll das Verbeulen eines Kotflügels für immer verhindern." Der dritte wollte, um zu zeigen, dass er ebenfalls wichtig war, auch etwas zu dem Gespräch beitragen und sagte: „Wenn diese Masse beim Aufprall verhärtet, dann könnte man sie doch zur Formgebung auf Metallbleche schießen." Nachdem alle drei einhellig genickt hatten, sagte der Chef: „ Die Frage ist jedoch, bis zu welcher Summe wir steigern sollten. Ich meine eine Milliarde müsste genügen, um die Konkurrenz auf Abstand zu halten. Stimmen wir ab!"

In einem Bunker unter der Erde saßen drei Herren von einer privaten Raumfahrteinrichtung, mit schwarzen Anzügen und offenem Hemd, an einem Konferenztisch und warteten auf ihren Informanten. Die Tür öffnete sich und ein Kopf wurde hereingesteckt: „Eine Milliarde", sagte der Kopf und verschwand wieder. Der Verantwortliche für die Finanzen nickte: „Dann eben eine Milliarde plus eine Million."

Die Fenster des Büros im zehnten Stock waren riesig und boten einen herrlichen Rundum-Blick über die Stadt. Der Vorstandsvorsitzende der Bank thronte in einem weißen Anzug majestätisch hinter seinem modernen Schreibtisch. Davor hockten auf der Vorderkante der klobigen Ledersessel eine Frau in einem schwarzen Kostüm und ein Mann mit einem nachtblauen Anzug. Alle warteten mehr oder weniger geduldig auf einen bestimmten Anruf. Als das Telefon endlich klingelte, nahm der Weißgekleidete ab, nickte mehrmals und legte wieder auf: „Also, die Chemie geht bis zu einer Milliarde. Das Patent ist aber mindestens das Dreifache wert. Ich schlage vor, wir halten bist zwei Milliarden mit."

Punkt vierzehn Uhr knallten am zwölften August die Sektkorken in der Chefetage der Bank. Ein Mitarbeiter überwies mit schweißnasser Stirn eins Komma vier Milliarden auf ein Schweizer Konto. Dann stiegen drei wichtige Personen in einen Dienstwagen und rollten zur Firmenzentrale der Berrath Organisation. Schon am Tor wunderten sie sich, dass das Firmenlogo verschwunden war. Die Verwunderung wandelte sich in grenzenlose Wut, nachdem sie die total leeren Räume des Gebäudes betreten hatten.

Ein gewisser Mason Brown verbrannte einen Pass, der auf einen Deutschen namens Dieter Berrath ausgestellt worden war. Dann ließ er sich schnell noch den Chip aus seiner Hand herausoperieren. Gleich danach erhielt

jedes Mitglied seines ehemaligen Teams die verspro-
chenen drei Millionen. Anschließen bestieg er fröhlich
pfeifend seinen Privatjet.

Das Betrugsdezernat konnte nur noch feststellen, dass
die Website eigentlich der Post gehört hatte und für
reichlich vier Stunden von Hackern umgeleitet worden
war. Wie sich außerdem herausstellte, stand das angebliche Firmengebäude seit längerer Zeit ungenutzt zum
Verkauf. Selbst nach einem halben Jahr konnte man
immer noch nicht feststellen, welche Personen hinter
dem Schwindel die Strippen gezogen hatten. Allerdings
ist selbst das Schlimmste immer noch für etwas gut.
Nämlich für ein schallendes Gelächter. Und zwar,
nachdem einer der Ermittler herausgefunden hatte, wie
die Wörter ‚ekaf' und ‚egül' lauten, wenn man sie rückwärts liest.

Nahrung

Sonntag. Die Sonne schummelte ein paar dünne Strahlen durch den schmalen Spalt zwischen Jalousie und
Fensterrahmen, um auf der gegenüber liegenden Zim-
merwand den verwaschenen Schatten von Zweigen und
Blättern zu zaubern. Ben hob träge die Augenlieder,
schaute auf die Digitalanzeige des schwarzen Radiowe-
ckers und warf sich schwungvoll auf die andere Seite.
Vor einem Jahr war er noch verzweifelt gewesen, dass
ihn Elena verlassen hatte. Bloß weil er ihr Auto kurz-
schließen wollte. Jetzt hatte er aber Gott sei Dank alles

überwunden. Selig lächelnd, wie ein frisch gestillter Säugling, schlief er wieder ein. Hätte er gewusst, was an diesem Tag auf ihn zu kommen würde, wäre sein Gesichtsausdruck sicherlich weiniger froh ausgefallen.

Während sich die Finger ihrer linken Hand um das Lenkrad krampften, wischte sich Eva mit dem Handrücken der rechten Hand die Tränen aus den Augen. Dann kramte sie in der schwarzen Handtasche, die auf dem Beifahrersitz hin und her rutschte, wobei ihre Augen starr auf die Straße gerichtet waren. Schließlich bekam sie die kleine Flasche zu fassen. Mit den Zähnen schraubte sie den ziemlich fest sitzenden Verschluss ab und spuckte ihn seitlich in das Wageninnere. Dann leerte sie die 0,2 Liter Wodka in einem Zug, öffnete das Fahrerfenster und warf die Flasche hinaus. Ihr Fuß drückte das Gaspedal noch weiter durch, und die Bäume der schnurgeraden Allee schienen förmlich links und rechts an dem Auto vorbei zu fliegen. Der Fahrtwind malte verspielt mit einigen Tränen feuchte Spuren über ihre Wangen. Schluchzend schloss sie das Fenster. Plötzlich zerrte sie der Sicherheitsgurt hart nach hinten und im gleichen Moment schlug der Airbag mit voller Gewalt in ihr verheultes Gesicht. Sie verlor das Bewusstsein, noch bevor ihre Ohren in der Lage waren, den trockenen Knall an das Gehirn weiterzuleiten.

Die Kommandora sprang genervt auf: „Was soll das heißen?" Ihr Gegenüber, der als Obersenatori im Rang weit unter ihr stand, zeigte keinerlei Unterwürfigkeit:

„Das soll genau das heißen, was ich gesagt habe. Diese Gattung verfügt über mehrere Sprachen. Sie sind also intelligent." Langsam und wütend kam seine Vorgesetzte auf ihn zu: „Natürlich verfügen sie über etwas Intelligenz. Aber sie fressen auch andere intelligente Lebewesen, die nicht ganz so schlau sind wie sie selbst. Und sie töten sich mit Vergnügen gegenseitig. Eine derartig primitive Spezies kann gar keine Sprache besitzen. So etwas hat es noch nie im ganzen Universum gegeben. Willst du vielleicht behaupten, dass unsere Inspektriese nicht richtig recherchiert hat?" Unbeeindruckt entgegnete der Angeschriene: „Ich habe selbst mehrere von ihnen sprechen gehört. Und wer sprechen kann, der verfügt auch über moralische Grundsätze." Die Kommandora schäumte: „Dann zeichne diese Sprachen gefälligst auf und übergib sie den Übersetzungsmaschinen! Sollte allerdings nichts Vernünftiges dabei herauskommen, dann bist du die längste Zeit Obersenatori gewesen. Selbst Untersenatori wäre dann für dich noch zu gut!" „Und wenn sich herausstellt, dass ich Recht habe und diese Lebewesen doch nicht geeignet sind?" Die Kommandora verfärbte sich und wurde sehr, sehr laut: „Dann hast du darüber zu schweigen! Sonst lernst du meine ganz spezielle Bestrafung kennen! Hast du mich verstanden?" Der Gescholtene drehte sich provokativ langsam um und schritt gemächlich auf die geöffnete Luke zu: „Ewiges Leben, Kommandora!"

Wie die meisten in der Szene hatte auch Ralf seinen speziellen Spitznamen. Jeder, der ihn kannte, nannte ihn nur „Redy." Eine Wortschöpfung, die einerseits darauf gründete, dass er rote Haare hatte und andererseits auf der Tatsache fußte, dass er sehr oft sagte: „Ich wäre jetzt dafür ready etwas Alkohol zu vernichten!" Er lebte nun seit knapp neununddreißig Jahren auf der Straße, nachdem er mit Fünfzehn von zu hause weggelaufen war. Im Winter, bei sehr niedrigen Temperaturen, hielt er sich gelegentlich im nahen Obdachlosenasyl auf, was ihm aber nicht besonders gefiel, da dort ein paar Regeln galten. Ansonsten hatte er sein Hauptquartier in einer Höhlung unterhalb der Betontreppe eines schäbigen Abrisshauses. Das Gebäude sollte wohl schon vor zwei Jahren der Abrissbirne an heim fallen, stand aber aus irgendwelchen Gründen immer noch. Gern hätte sich Redy im Inneren des Domizils breit gemacht, aber die Fenster waren sehr stabil mit Balken vernagelt oder verschraubt, und die abgeschabte, hellblaue Haustür war mittels dicker, leicht angeroster Stahlanker gesichert. Da er seit fast zwei Tagen nichts mehr getrunken hatte, beschloss Redy zur Hauptstraße zu pilgern, um ein wenig Geld zu erbetteln. Er war keiner dieser aggressiven Bittsteller, welche die Leute ansprachen oder gar bedrängten, nein, er saß still und bescheiden auf dem Gehweg mit einer alten, verbeulten Gurkenbüchse als Auffangbehälter für die milden Gaben jener Fußgänger, die ihn eben nicht ignorierten. Der Boden der Büchse hatte erst vier oder fünf Mal geklappert, als Redy plötzlich einen unwiderstehlichen Harndrang verspürte. Verdammte Prostata! Er schnappte sich die spärlichen Tageseinnahmen und trollte sich eilig in Richtung seines mietfreien Quartiers. Direkt vor seiner Bleibe war ein auffällig braungelb lackierter Wagen geparkt. Redy kannte sich nicht besonders mit Autos aus, meinte aber zu wissen, dass dieses auf Hochglanz polierte Schmuckstück ein nicht ganz wertloser Oldtimer war. Als er sich auf gleicher Höhe mit dem Auto befand, löste sich dieses unbegreiflicherweise in Luft auf. Erst konnte man halb hindurch schauen, dann war es vollständig verschwunden. Nachdem sich Redy zitternd an der hinteren Hausecke erleichtert hatte, war er sich sicher, dass diese Halluzination höchstwahrscheinlich dem Umstand geschuldet war, dass er seine Hochleistungsleber nun schon seit einigen Stunden einer ungewollten Abstinenz ausgesetzt hatte.

Es knackte und aus dem kleinen Lautsprecher klang die sonore Stimme ihres Vaters: „Melina, das Essen ist fertig. Kommst du?" Die Sechzehnjährige legte den Schraubendreher aus der Hand und betätigte die rote Sprechtaste an der selbstgebastelten Gegensprechanlage: „Danke Robert, ich komme gleich!" Sie wusste genau, was jetzt folgen würde. Ihr Mund sprach synchron die Worte mit, welche nun aus der Anlage tönten: „Du sollst mich nicht immer Robert nennen! Als alleinerziehender Vater habe ich doch wohl etwas Respekt verdient." Melina ergriff grinsend den Schraubendreher und befestigte mit der letzten Schraube die Leiterplatte in dem Modellflugzeug. Heute Nachmittag würde sie das Computerprogramm für die Steuerung schreiben und morgen könnte dann theoretisch ihr Flugzeug völlig autark den vorprogrammierten Kurs absolvieren. Sie löschte das Kellerlicht und trabte die steile Treppe nach oben. Als sie die Küche betrat, stieg ihr ein wohlbekannter Duft in die Nase. Mit glänzenden Augen fragte sie freudig: „Du hast extra für mich Schnitzel gemacht?" Ihr Vater nickte: „Das Lieblingsessen meiner einzigen Lieblingstochter, dieser hübschen, fleischfressenden Pflanze." Melina fiel ihm um den Hals und schmatzte lautstark einen Kuss auf seine Wange: „Danke, Herr Vegetarier!"

Die weißen Wände, das schmucklose Bettgestell und vor allem der durchsichtige Schlauch in ihrem rechten Arm riefen Eva buchstäblich das Wort ‚Krankenhaus' zu. Allerdings die Person, die in der Zimmerecke saß, hatte so gar nichts von einem Arzt an sich. Knapp vierzig Jahre alt, zerknautschter Anzug, schief sitzende Krawatte, krumme Nase, abstehende Ohren und leicht zerzaustes Haar. Als der Mann bemerkte, dass Eva wach war, stand er auf und zog geräuschvoll den Stuhl hinter sich her, bis an ihr Bett: „Aha, sie sind wach. Das ist schön. Ich muss ihnen nämlich ein paar Fragen stellen." Eva versuchte sich aufzurichten, aber ihr Oberkörper war ein einziger Schmerz. Ein leises Stöhnen kam über ihre Lippen. „Um Gottes willen, bleiben sie liegen!" Der Mann zog einen Ausweis aus der Innentasche seiner Jacke und hielt ihn so flüchtig vor Evas Augen, dass es unmöglich war, auch nur eine einzige Zeile zu lesen. Es hätte genauso gut ein Bibliotheksausweis oder eine Wäschereiquittung sein können. „Kommissar Santeros, wenn ich mich vorstellen darf. Genau gesagt Kriminalkommissar Marco Santeros Junior. Es geht um ihren seltsamen Unfall." Eva drehte vorsichtig den Kopf zu ihm hin: „Ich habe keine Ahnung was passiert ist. Ich erinnere mich nur an einen mächtigen Ruck. Mehr weiß ich davon wirklich nicht. Dann bin ich hier aufgewacht." Der Kommissar erhob sich halb aus dem Stuhl, fingerte ein Smartfon aus seiner rechten Hosentasche und ließ sich wieder zurück plumpsen. „Wir haben da ein Problem. Na ja, eigentliche mehrere. Ihr Unfall passierte mitten auf einer schnurgeraden Landstraße. Trotzdem sieht ihr Auto aus, als wären sie damit gegen einen Baum oder einen Betonpfeiler geknallt. Dummerweise gibt es aber keinen Hinweis, dass ihr Wagen irgendwann die Straße verlassen hätte. Kilometerweit nicht. Und auf dem Asphalt fanden wir auch keine Anzeichen, dass dort eventuell etwas gestanden oder gelegen hat oder sonst wie angebracht worden wäre. Wenn sie mich fragen, ich persönlich glaube nicht, dass nur die laue Sommerluft ihren Kühler eingebeult hat. Können sie mir diese Ungereimtheiten erklären?" Evas Antwort kam etwas stockend: „Nein, das kann ich beim besten Willen nicht." „Na gut, aber da wäre noch ein kleines Problemchen." Santeros zögerte ein wenig. „Wir fanden leider eine Menge Alkohol in ihrem Blut. Können sie mir das wenigstens erklären?" Eva schloss die Augen und schwieg demonstrativ. Nach einer scheinbar endlosen Pause meinte der Kommissar: „Keine Antwort ist auch eine. Dann nehmen wir eben jetzt erstmal unser Protokoll auf." Er tippte mit beiden Daumen ziemlich rasant auf seinem Handy herum: „Ihren vollständigern Namen bitte!"

Fröhlich pfeifend sprang Ben aus dem dunklen Hausflur hinaus auf den sonnenüberfluteten Gehweg. Was für ein wunderschöner Tag! Fast tänzerisch legte er die Strecke bis zur Hausecke zurück. Als er jedoch um die Ecke bog, blieb er wie angewurzelt stehen. Sein Oldtimer war weg. Und nun traten bei ihm genau die drei Fasen ein, die scheinbar bei allen Menschen in so einer Situation eintreten. Erstens Ungläubigkeit, zweitens Hoffnung und drittens Verzweiflung. Zunächst glaubte er also daran, dass er gestern den Wagen nicht auf seinem Stammplatz abgestellt hätte. Folglich begann er hastig die umliegenden Nebenstraßen abzusuchen. Nichts. Dann hoffte er, natürlich unbegründet, dass sein Auto abgeschleppt worden sein könnte und er es bloß auszulösen bräuchte. Aber nach einem Telefonat mit der Polizei setzte dann folgerichtig die Verzweiflung bei ihm ein. Sein Juwel war wohl eindeutig das Opfer eines Diebstahls geworden. Was für ein beschissener Tag!

„Nein, Generalo, nein. Das ist keine Symbiose. Das sind auch keine Lebewesen, mit denen sie sich da vereinen. Wir haben es genau untersucht. Zuerst mit einem Testkeil. Diese, ich nenne sie Fahrlinge, sind zum größten Teil aus Metallen und verformen sich beim Aufprall. Dann haben wir uns so ein braungelbes Ding geholt. Es funktioniert rein mechanisch und das bringt mich zu einer einzigen Schlussfolgerung: Die untersuchte Spezies verfügt nicht über die fundamentale Fähigkeit des Quantenbeamens und kann sich auch ansonsten nur sehr langsam fortbewegen. Wegen dieser Mängel waren sie wahrscheinlich gezwungen, sich derartige Bewegungshilfen zu erschaffen. Außerdem haben wir weitere Konstruktionen entdeckt, welche nicht natürlichen Ursprungs sind. Deren Funktionen sind uns aber, nebenbei gesagt, noch nicht ganz klar. Also ist diese Gattung ziemlich intelligent und sprechen habe ich sie ja auch schon gehört. Das bedeutet doch wohl im Endeffekt, sie kommen auf gar keinen Fall für uns in Frage. Aber die Kommandora will davon nichts wissen." Der Obersenatori holte nach diesem Satz erst einmal tief Luft. Der Generalo hingegen atmete beunruhigt langsam: „Soll ich mich etwa gegen die Kommandora stellen? Die lässt mir doch kaltschnäuzig die Fortpflanzungsknollen abschneiden. Zudem brauchen wir dringend verwertbare Zweibeiner. Und weiß ich denn, ob deine Untersuchungen richtig sind? Sie widersprechen doch in allen Punkten den Ergebnissen unserer Inspektriese." Fast schon böse entgegnete der Obersenatori: „Willst du dich dann vielleicht gegen mich stellen?" Der Generalo sackte zusammen: „Mit anderen Worten: Ich bin eigentlich schon tot." „Langsam, langsam!", grinste versöhnlich der Obersenatori und wandte sich zur Eingangsluke, „Lass uns doch erstmal diese Inspektriese zu einer Befragung holen."

„Und ich bin der Kaiser von China!", sagte lachend Hauptkommissar Bruckner. „Die hatte einfach nur Liebeskummer und ist besoffen Auto gefahren. Wer weiß wo die überall gegen geknallt ist. Und selbst wenn es ein Eisblock gewesen sein sollte, so frag ich mich doch, wo kriegt man so ein großes Ding her? Und hätten unsere Kollegen nicht wenigstens ein paar Wasserflecken am Unfallort finden müssen? Hier, auf dem Foto, nichts zu sehen. Kein Eisblock, keine Eissplitter, keine Wasserlache, nix." Santeros zog seine zerknautschte Jacke aus, legte sie auf Bruckners Schreibtisch und wiegelte beschwichtigend ab: „War doch auch nur so eine Idee von mir, weil sonst überhaupt nichts zu finden gewesen ist." Bruckner schüttelte den Kopf: „Vielleicht ist sie ja schon gestern oder vorgestern mit ihrem Auto an einem Baum gelandet." Jetzt war es an Santeros zu lachen: „Und erst heute geht der Airbag auf, die Dame wird ohnmächtig und fährt dann schnell noch das Auto fünf Kilometer über die Landstraße. Na sicher!" Bruckner erwiderte ungehalten: „Na und? Wie es aussieht, bekommt die Frau auf jeden Fall einen Monat Fahrverbot. Schließlich hatte sie genügend Alkohol im Blut." Der Hauptkommissar drehte sich mit seinem Bürostuhl ein wenig hin und her und schaute den vor ihm stehenden Santeros schief an. Dieser zog nachdenklich die Stirn in Falten: „Und der Unfall bleibt bis in alle Ewigkeit ungeklärt? Find ich nicht gut. Man sollte wirklich erst alles aufklären, bevor man jemanden bestraft." Bruckner winkte gelangweilt ab: „Nach Aussage der Ärzte wird die Dame morgen aus dem Krankenhaus entlassen und findet dann bestimmt schon ihren Strafbescheid im Briefkasten. Ergo wird sie demnächst ihren Führerschein abgeben und die Sache hat sich ein für alle Mal erledigt. Punkt!" Santeros nahm seine Jacke vom Tisch, drehte sich nachdenklich zur Seite, brummte etwas in seinen nicht vorhandenen Bart und ging langsam zu seinem Schreibtisch zurück.

Melina legte den Lippenstift zur Seite und betrachtete lange ihr Werk im Spiegel. Dann nahm sie wortlos zwei Kosmetiktücher aus der bunten Schachtel und wischte sich die Farbe wieder aus dem Gesicht. Sie war innerlich irgendwie zerrissen. Einerseits wollte sie sein wie die anderen Mädchen in ihrer Klasse und einfach nicht mehr als Außenseiterin gelten, andererseits konnte sie jedwede Schminke prinzipiell nicht leiden. Vielleicht lag es daran, dass ihre Mutter bei ihrer Geburt gestorben war und ihr Vater keine andere Frau mehr wollte. So hatte er seiner Tochter halt nur das beigebracht, was er selbst konnte: Bohren, Fräsen, Schmieden, Schweißen, aber auch Hobeln, Sägen und Leimen. Ja sogar Kochen. Das konnte er nämlich auch ganz gut. Melina stand auf und nahm ihr Flugmodell unter den Arm. Nachdem sie das Haus verlassen hatte, legte sie das Flugzeug in den Fahrradanhänger, um zu der großen Wiese am Fluss zu fahren. Dort sollte das Modell zum ersten Mal seine Flugtauglichkeit unter Beweis stellen. Aber urplötzlich wurde ihr flau im Magen. Sie merkte noch, wie ihre Muskeln nachgaben und den Körper nicht mehr aufrecht halten konnten, dann setzte das Bewusstsein aus. Ein dunkler Raum. Die Kommandora lehnte unbeweglich an der hinteren Wand, als wäre sie geistig abwesend. Neben ihr stand missmutig der ranghöchste Berater. Das Stehen bekam ihm in seinem Alter nicht gerade gut, aber solange seine Vorgesetzte ihre Körperhaltung nicht änderte, traute er sich nicht irgendeine Bewegung auszuführen. Die Luke öffnete sich mit einem schmatzenden Geräusch und der Obersenatori betrat zusammen mit dem Generalo zögernd und mit gesenktem Kopf den Raum. Die Kommandora drückte sich von der Wand ab und stakste ihnen langsam ein paar Schritte entgegen: „Ihr zwei denkt wohl, dass eure oberste Chefin volltrottelig ist, was? Glaubt ihr denn wirklich, ich wüsste nicht, dass diese Lebewesen für uns tabu sein sollten? Ich habe der Inspektriese den ausdrücklichen Befehl gegeben, das geheim zu halten. Aber nein, ihr Blödkasper musstet ihr ja unbedingt die Wahrheit entlocken. Damit hat sie gegen meinen speziellen Befehl verstoßen. Und weil sie nun mal den unteren Rängen angehörte, blieb mir nichts weiter übrig, als sie zu töten. Meine beste Inspektriese. Und ihr seid schuld. Nur euer hoher Rang schützt euch noch vor einer Bestrafung. Noch, betone ich, noch!" Der Obersenatori hob den Kopf: „Aber…" „Nichts aber!", schnitt ihm seine Chefin das Wort ab, „Was soll ich denn machen? Auf dem vierten Mond des fünften Planeten warten zwanzigtausend unserer besten Soldatos, deren Nahrung nur noch für ganz kurze Zeit reicht. Soll ich die etwa alle verhungern lassen? Mit dreitausend der hier ansässigen Zweibeinern hätten wir das Problem für mehrere Perioden gelöst. Und es gibt auf diesem komischen Planeten einige Milliarden von ihnen. Da fallen doch wohl dreitausend nicht besonders auf, oder?" Jetzt mischte sich unerwartet und sichtlich erregt der Berater ein: „Und wenn wir mal ausnahmsweise, ich betone ausnahmsweise, Vierbeiner schlachten und das Fleisch zu unseren Soldatos beamen? Das merkt doch bestimmt keiner von denen!" Der Obersenatori und der Generalo wurden schlagartig kreideweiß, während die Kommandora langsam puterrot anlief: „ Das ist Blasphemie! Die Vorfahren unsere Vorfahren und auch deren Vorfahren haben stets nur Zweibeiner gegessen. So wie es die große Kladde für alle Zeiten und für ausnahmslos jeden vorschreibt. Diese deine Worte, du Abschaum, sind Hochverrat und ekelerregende Häresie! Wächter! Wächter!" Zwei, mit Lanzen bewaffnete Soldatos stürmten herein. Wutschnaubend und immer noch rot am ganzen Körper, zeigte die Kommandora auf den, in sich zusammen gesunkenen, Berater. „Schafft mir diesen ruchlosen Ketzer aus dem Blickfeld! Ich lege als Strafe fest, dass man ihn verhungern lassen soll!" Während die Wächter den Ärmsten brutal nach draußen zerrten, dirigierte die schnaubende Kommandora ihre zwei zitternden Untergebenen mit einer kaum wahrnehmbaren Geste ebenfalls zur Luke, worauf die beiden erleichtert und so schnell wie möglich das Weite suchten.

Aufgebracht riefen die Senatori durcheinander. Keiner konnte auch nur ein einziges Wort verstehen. Da öffnete sich die Luke, und der oberste Chefermittler trat ein. Augenblicklich wurde es still im Raum. Der Ermittler rief mit zitternder Stimme: „Sie hat angefangen. Die

Komandora hat einfach anfangen lassen. Und die ersten Individuen sind nun auch schon im Container. Was sollen wir bloß tun?" Der ausbrechende Tumult war noch zwei Decks weiter oben zuhören.

„Kommen sie, Santeros. Wie es scheint, sind heute ein paar Menschen verschwunden. Und das nicht nur in unserem Land." Santeros blockte ab: „Wir sind doch nicht für Vermisste verantwortlich." „Aber", dozierte Bruckner, „für außergewöhnliche Fälle. Und die verschwundenen Damen und Herren haben sich vor den Augen ihrer Mitbürger langsam in Luft aufgelöst. Übrigens auch diese Alkoholisierte aus dem Krankenhaus." Santeros lachte: „Und ich bin der Kaiser von China." Er zog mit einer Hand seine Jacke von der Stuhllehne, zog sie umständlich an und drehte sich um. Aber Bruckner war nicht mehr da.

Die Kommandora sagte eisern: „Hör zu, du Obersenatori! Wir haben nur eine Notration hochgebeamt. Morgen verschwinden wir von hier und lassen diese angeblich intelligente Rasse in Ruhe. Vorher beamen wir aber noch einige technische Spielereien an Bord. Ich will unbedingt eine dieser sogenannten Atombomben haben, sowie einen dieser seltsamen Toaster. Ich hoffe, du bist mit diesem Kompromiss einverstanden, sonst müsste ich dir leider den Kopf abbeißen."

Die Zeitungen der Welt übertrumpften sich gegenseitig mit riesigen Schlagzeilen. Noch schlimmer wurde es, als plötzlich keine Menschen mehr verschwanden. In TV-Sondersendungen spekulierten lautstark irgendwelche selbsternannten Experten, was es mit dem Verschwinden wohl auf sich gehabt haben könnte. Die einen glaubten an göttliche Mächte, welche die Leute wegen ihrer begangenen Sünden bestraft hätten. Die anderen hielten dagegen, dass die Wissenschaftler in naher Zukunft alles aufklären würden. Bisher wäre ja wohl fast alles aufgeklärt worden. Als jedoch einer von Aliens sprach, wurde er von den anderen niedergeschrien. Schließlich wusste man doch, dass Aliens ausschließlich Experimente mit Menschen machten und diese Testobjekte dann unbeschadet wieder zurück brächten. Da die Leute aber immer noch verschollen waren, konnten auf keinen Fall Aliens involviert sein. Nie und nimmer.

Der Scherzkeks

Es gibt Leute, die glauben, dass der Zodiak, auch genannt Tierkreis oder Lebewesenkreis, mit seinen zwölf Zeichen von Widder bis Fische, das Wesen oder das Schicksal eines Menschen bestimmen würde. Und wenn schon, von mir aus kann jeder glauben, was er mag. Es gibt Leute, die glauben, dass man Bäume in einer Vollmondnacht fällen muss, weil dann die Holzqualität angeblich besser ist. Wenn das stimmt, dann ist es eine gute Sache. Wenn nicht, dann schadet es auch niemanden. Es gibt Leute, die glauben an einen Gott und ziehen aus diesem Glauben Lebenskraft und Zuversicht. Es sei ihnen gegönnt, denn sie bezahlen ja dafür mit Kirchensteuern. Dirk Fiedler hingegen glaubte, dass er als Spaßmacher auf diese Welt gekommen sei und allen möglichen Leuten Streiche spielen müsse. Er zog diesen Glauben aus der Tatsache, dass er genau elf Uhr elf am Elften Elften geboren wurde. Allerdings war er eher nervig als lustig. Schon als Grundschüler zog er durch die Straßen und drückte jeden Klingelknopf, den er erreichen konnte. Selbst nachdem eindeutig feststand, dass er der Übertäter war, konnte er trotzdem keinem Klingelknopf widerstehen. Das bescherte ihm zwar vierzehn Tage Stubenarrest, brachte ihn aber in keiner Weise von seinem Weg ab. Als er etwas älter wurde, verlegte er sich auf Scherzanrufe. Er rief beispielsweise fast alle Bewohner einer bestimmten Straße an und gab sich als Mitarbeiterin des städtischen Wasserwerks aus. Seine helle Knabenstimme klang ja auch ähnlich wie die einer Frau. Er forderte in vollem Ernst die Menschen auf, sich einen großen Wasservorrat anzulegen, weil am nächsten Tag wegen einer Havarie angeblich für eine Woche das Wasser abgestellt werden müsste. Oder er rief verheiratete Frauen an und behauptete die Geliebte ihre Männer zu sein.

Nachdem er die Schule beendet hatte, nahm er eine Lehre als Tischler an. Er besorgte sich über das Internet einen Balken aus außergewöhnlich leichtem Balsaholz und tat so, als könne er das Stück kaum tragen. Dann bat er einen Kollegen, ihm zu helfen. Der packte logischerweise kräftig zu, da er ja ein Schwergewicht erwartete. Das Holz flog ihm daraufhin fast an die Nase und der Schreck ließ ihn auf den Hinter fallen. Dieser Scherz kam bei den anderen Kollegen, aber nur bei den anderen, recht gut an. Als er allerdings in einem unbeobachteten Moment den Kaffe aus der Thermosflasche seines Lehrmeisters gegen Weinessig austauschte, legte man ihm nahe, die Lehre abzubrechen. Zufälligerweise war zu der Zeit gerade ein Volksfest in seiner Stadt, und die Geisterbahn suchte einen Erschrecker zum Mitreisen. Er bekam die Stelle und war darin so brillant, dass eine ältere Dame einem Herzinfarkt erlag. Die allgemeinen Geschäftsbedingungen, welche besagten, dass die Fahrt auf eigenes Risiko geschieht, retteten ihn vor einer Strafverfolgung. Aber der Betreiber der Geisterbahn wollte von da an nichts mehr mit ihm zu tun haben. Kurz darauf bekam er eine Anstellung als Verkäufer in einem Erotikshop. Aber auch hier frönte er seinem Hobby. Er besorgte sich aus einem Spielzeugladen eine sprechende Babypuppe, entnahm den Lautsprecher, den elektronischen Chip und das Batteriefach, ging zum Tontechniker des ansässigen Theaters und ließ den Chip umprogrammieren. Dann baute er das Ganze in eine Sexpuppe ein. Wenn man nun die Puppe bewegte, ertönte eine Stimme mit den Worten: „Lass mich in Ruhe! Ich habe heute keine Lust!" Das gefiel dem Kunden weniger, und Dirk saß wieder einmal auf der Straße. In der Folgezeit hielt er sich mit Gelegenheitsarbeiten über Wasser, damit er wenigstens sein Essen und die Miete für seine kleine Einzimmerwohnung bezahlen konnte. Er füllte Regale in einem Supermarkt auf, machte Telefondienst in einem Callcenter oder stopfte Werbeflyer in alle möglichen Briefkästen. In seiner Freizeit widmete er sich erfolgreich dem Basteln. Besonders die Elektronik hatte es ihm angetan. Durch Kataloge und Internetwerbung wusste er, dass man auch komplette Baugruppen kaufen kann und nicht alles explizit selber machen muss, und so entstanden ein paar nützliche Dinge unter seinen Fingern, soweit er sich die Bauteile leisten konnte. Beispielsweise ein Annäherungsschalter, welcher bewirkte, dass beim Betreten seiner Wohnung das Licht anging. Allerdings war das noch nicht sein Meisterstück, denn wenn er das Licht ausschaltete und die Wohnung verließ, registrierte das Gerät sein Hinausgehen als typische Bewegung und schaltete das Licht einfach wieder ein. Zwei Tage lang ging Dirk deswegen erst aus dem Raum, um sich danach von außen mit gestrecktem Arm an den Lichtschalter heranzutasten. So konnte er seine Deckenleuchte löschen, ohne von dem Sensor erfasst zu werden. Eine kleine, zusätzliche, selbstentwickelte Verzögerungsschaltung behob dann etwas später das Problem.

Gelegentlich besuchte Dirk auch Foto-Ausstellungen, da er sich ein wenig für das Fotografieren interessierte. In der aktuellen Foto-Sammlung im städtischen Museum war er aber so gut wie allein, da kein Schwein in seiner Heimatstadt den Künstler kannte. Das brachte ihn auf seine nächste Idee. In seiner Jacke schmuggelte er eine Flasche mit Wasser, eine kleine Pumpe und einen Annäherungsschalter in den Ausstellungsraum und platzierte alles über der Tür. Wenn jetzt jemand den Raum betrat, wurde er von oben gnadenlos nass gespritzt. Da man erst dachte, dass wäre eine Installation des Künstler und gehöre zu der Ausstellung, hing die Maschinerie ganze drei Tage, bevor ein Angestellter das Zeug abriss und in den Müll beförderte. In der Fußgängerzone vertauschte er oft und gern die Werbe-Aufsteller vor den Geschäften. So kam es schon mal vor, dass in einem Kurzwarenladen nach verbilligten Turnschuhen gefragt wurde. Oder er bestellte sich in einem Straßenkaffee zwei Cappuccino und unterhielt sich so lange mit dem leeren Nachbarstuhl, bis es der Kellner bemerkte. Dann stand er auf und sagte bestimmend: „Mein Freund zahlt heute." Allerdings stellte sich dann zur Freude des Kellners heraus, dass unter der anderen Tasse ein Geldschein lag. Oder er holte sich im Kostümverleih eine Polizeimütze, ging durchs Hallenbad und verlangte die Eintrittskarten von den Halbnackten.

Dann kam der Tag, an dem Johanna in die Wohnung unter ihm einzog. Dirk begegnete ihr ab und zu im Treppenhaus. Sie war bestimmt einige Jahre älter als er, sah aber verdammt gut aus. In seinen Gedanken benutzte Dirk das Wort ‚rattenscharf'. Das Schicksal oder der Zufall wollte es, dass sie beide am gleichen Tag hintereinander an der Kinokasse standen und auch im Kinosaal nebeneinander saßen. Da sie sich ja schon von zufälligen Begegnungen auf der Treppe her kannten, kamen sie ins Gespräch. So erfuhr er, dass sie bereits beim Heer als Munitionsfachfrau gedient hatte und jetzt seit einem Jahr beim Kampfmittelräumdienst angestellt war. Munitionsfunde beräumen gehörte genauso zu ihrem Berufsbild wie Bomben entschärfen. Dirk war beeindruckt. Am Ende des Films half er ihr in die Jacke. Da sie im gleichen Haus wohnten, war es nur logisch, dass er sie nach hause begleitete. Sie hakte sich bei ihm unter, als wäre es das Selbstverständlichste auf der Welt. Vor ihrer Wohnungstür angekommen, zog sie ihn zu sich heran, gab ihm einen kurzen Kuss auf den Mund und verschwand hinter der Tür. Obwohl sie nur flüchtig seine Lippen berührt hatte, konnte Dirk die halbe Nacht nicht schlafen. Hormone sind schon wirklich etwas Seltsames.

Am nächsten Tag suchte er verschiedene Geschäfte auf, bis er einen digitalen Reisewecker fand, der neben dem Anzeigen der Uhrzeit oder des Datums, beziehungsweise der üblichen Weck-Funktion, auch noch anderen Schnickschnack vorzuweisen hatte. Beispielsweise eine Stoppuhr und eine Countdown-Funktion, damit man das Ding auch als Eieruhr benutzen konnte. Dann kaufte er eine kleine Schachtel Pralinen und wickelte diese in graues Wachspapier ein. Mit einem Permanent-Marker schrieb er ganz groß ‚C14' darauf und leimte den Wecker an der Vorderseite fest. Anschließend befestigte er einige Streifen doppelseitiges Klebeband auf der Rückseite, haftete das Ganze an Johannas Tür, startete den Countdown, klingelte und versteckte sich im Treppenhaus. Als Johanna nach dem Öffnen die Konstruktion bemerkte, brach sie in schallendes Gelächter aus. Nachdem sie sich wieder beruhigt hatte, sagte sie immer noch lächelnd: „Komm raus. Du bist umzingelt. Ich habe dich durchschaut!" Als Dirk langsam die Treppe herauf kam, zeigte sie mit beiden Zeigefingern gleichzeitig auf das Päckchen: „Der Sprengstoff heißt C4. Aber ein instabiles Isotop von Kohlenstoff heißt C14. Du warst bestimmt nicht gut in Chemie, oder?" Dirk nickte. Dann zog er sein Machwerk von der Tür ab und wickelte es aus: „Für dich!" Johanna winkte ihn galant in ihre Wohnung: „Danke schön. Komm rein, wie trinken zusammen Kaffee!" Was sonst noch in der Wohnung passierte, weiß keiner. Jedenfalls kam Dirk drei Stunden später sehr vergnügt wieder heraus. Als er am nächsten Tag bei ihr klingelte, öffnete sie nicht. Er war also nur ein kurzes Abenteuer für eine ältere Frau gewesen. Am Abend erfuhr er dann aus den Nachrichten, dass Johanna bei der Entschärfung einer alten Fliegerbombe aus dem zweiten Weltkrieg ums Leben gekommen war. Dirk betrank sich noch am selben Abend so hemmungslos, wie er es noch nie zuvor getan hatte. Zwei Tage später kündigte er seine Wohnung und zog in eine andere Stadt. Bis zu seinem Lebensende spielte er nie wieder einem anderen irgendeinen Streich.

Es spukt

Es war ziemlich genau neun Uhr morgens, als ich die Tür mit der Aufschrift ‚BAER & BEHR' aufschloss. Ich heiße Levin Baer. Mein Partner war Max Behr. Sein Schreibtisch steht immer noch in meinem Büro, obwohl Max schon vor Jahren verstorben ist. Er hatte es auch eingeführt, dass wir uns bereits eine Stunde vor der Öffnung des Büros trafen, um bei einem Glas Bourbon über Gott und die Welt zu quatschen. Seit er tot ist, trinke ich allein und rede mit einem leeren Schreibtisch oder mit mir selbst. Ich glaube, das ist nicht besonders gesund. Diesmal aber kam ich gar nicht zum Trinken. Gleich hinter mir betrat eine hagere Frau mittleren Alters das Büro. Ihre Haare waren schlecht gekämmt, die Strickjacke hatte bestimmt auch schon bessere Zeiten gesehen und ihr Rock wirkte schmuddelig. Am linken Arm baumelte eine braune Damenhandtasche. Ohne mich anzusehen oder zu fragen, rückte sie den Besucherstuhl zurecht und setzte sich vorsichtig auf die vorderste Kante. Ich wollte sie daraufhin weisen, dass meine Bürozeit erst um zehn beginnt, sah dann aber, wie stark ihre Hände zitterten. Behutsam setzte ich mich hinter meinen Schreibtisch und fragte leise: „Was kann ich tun?" Sie hatte bisher nach unten geblickt, jetzt schaute sie mich mit großen Augen an: „Ich bin Erna Wohlfahrt, und sie sind meine letzte Hoffnung." Das machte mich neugierig. Es konnte bedeuten, dass meine Konkurrenz möglicherweise an ihrem Fall kläglich gescheitert war. Würde ich den Fall lösen, dann hätte ich in Privatdetektivkreisen wieder mal die Nase ganz vorn. Also lehnte ich mich etwas zurück und versuchte so vertraut wie möglich zu klingen: „Nun erzählen sie mal!" Sie wischte sich linkisch mit dem Ärmel eine Träne aus dem Gesicht: „Alle halten mich für verrückt. Alle. Oder mindestens für dement. Wenn ich zur Polizei gehe, lachen schon alle Polizisten, bevor ich das Gebäude betreten habe. Zwei ihrer Kollegen waren auch nicht besser. Das geht nun bald seit drei Jahren so. Ich habe schon einen Selbstmordversuch hinter mir. Mit dem Auto gegen einen Baum. Jetzt habe ich kein Auto mehr und muss die Einkäufe mit der Hand schleppen." Erneut kullerte ihr eine Träne über das Gesicht. Ich griff in meinen Schreibtisch und reichte ihr eine Packung Papiertaschentücher: „Was geht nun schon drei Jahre so?" Sie schnäuzte sich: „In meiner Wohnung spukt es und keiner will mir glauben. Ich kann kaum eine Nacht mehr schlafen. Dauernd klopft etwas. Und am Tage verschwinden immer Gegenstände, wenn ich außer Haus bin." Ich sagte ungläubig: „Aber das ist doch Diebstahl. Da hat die Polizei gefälligst zu reagieren." Sie wischte sich wieder über die Augen: „Die Gegenstände kommen aber auf unerklärliche Weise ein, zwei Tage später wieder zurück." Ich muss ein ziemlich skeptisches Gesicht gezogen haben, denn sie deutete mit dem Zeigefinger direkt auf meine Nase: „Genauso haben die Anderen auch geguckt. Aber ich bin nicht verrückt." Sie kramte umständlich ein Notizbuch aus ihrer Tasche: „Hier! Ich habe eine kleine und überschaubare Wohnung. Und seit einem Monat dokumentiere ich mit Datum und Uhrzeit, was an wichtigen Dingen in der Wohnung zu sehen ist, bevor ich weg gehe. Nachdem ich wieder zu hause bin, mache ich das auch noch mal. Damit habe ich den Beweis, was wann weg oder wieder da ist." Ich blätterte in dem Büchlein: „Und was sagt die Polizei dazu?" „Die erkennt das nicht an. Sie müssen wissen, dass ich vor Jahren einmal für sechs Monate in der geschlossenen Psychiatrie untergebracht war. Das fällt mir jetzt immer wieder auf die Füße. Bitte helfen sie mir!" Ich wiegte zweifelnd den Kopf hin und her. Sie wurde etwas energischer: „Ich habe schon zweimal die Schlösser austauschen lassen. Außerdem ist an jedem Fenster eine Einbruchssicherung und ich habe auch eine Alarmanlage." Ich lächelte: „Kein Grund zu Aufregung. Vielleicht klopft es ja von oben oder von den Nachbarn nebenan." Jetzt wurde sie richtig böse: „Glauben sie, ich höre nicht mehr richtig? So alt bin ich nun auch noch nicht. Und verschwinden meine Sachen, ihrer Meinung nach, auch durch das Klopfen?" „Nein, nein", sagte ich, „Sie müssen nur wissen, dass ich gerade einen anderen Fall bearbeite. Ich muss tagsüber eine angeblich untreue Ehefrau beschatten." Sie legte beide Hände auf die Schreibtischplatte: „Dann kommen sie bitte wenigstens für eine Nacht zu mir, damit ich einen Zeugen für das Geklopfe habe. Lassen sie sich von meinem Äußeren nicht täuschen. Ich habe von meiner verstorbenen Mutter eine große Summe geerbt und kann sie gut bezahlen." Das war ausschlaggebend. Ich ließ sie ihre Adresse aufschreiben und versprach, am Abend vorbei zukommen.

Es war recht spät, als ich bei Frau Wohlfahrt eintraf. Ihre Wohnung zeigte sich wirklich sehr überschaubar. Ein kleines Bad, eine noch kleinere Schlafkammer und eine mittelgroße Wohnküche. Sie deutete auf das Sofa an der Wand: „Dort können sie schlafen. Das Klopfen weckt sie ja dann sowieso." An der Wand gegenüber hing ihr Fernseher, ein ziemlich großer Flachbildschirm. Darunter stand ein aufgeklappter Laptop. Sie bemerkte meinen Blick: „Ja, ich bin im Internet. Facebook. Hab sonst keine Verwandten oder Bekannten. Ich lebe sehr zurückgezogen. Mich nervt nur, dass ständig irgendwelche Updates herein laufen. Sogar bei meinem Fernseher, der ist nämlich auch vernetzt. Über mein Speedport oder wie das Ding heißt." Nachdem sie ein paar Decken und ein Kissen angeschleppt hatte, begab sie sich in ihr Schlafgemach. Ich zog wenigstens die Schuhe aus, und machte es mir auf der Couch bequem. Da ich den ganzen Tag vergeblich hin und her gelaufen war, schlief ich fast unvermittelt ein. Am Morgen weckte mich meine Klientin: „Es hat nicht geklopft. Was machen wir jetzt?" Ehrlich gesagt, wusste ich nicht, was ich denken sollte. War die Gute vielleicht doch durchgeknallt? Aber in Erwartung meines Honorars sagte ich sinnierend: „Ich habe gestern hinter dem Haus eine Feuertreppe gesehen. Kann man von da aus in ihre Wohnung gelangen?" Sie zog die Stirn in Falten: „Glauben sie, ich hätte vergessen ein Fenster zu schließen? Das vergesse ich nie, damit das klar ist! Und wie sie wissen, gibt es ja auch noch die Einbruchssicherung." Ich wehrte ab: „Nein, das meine ich nicht. Passen sie auf! Möglicherweise wird ihre Wohnung beobachtet. Wir machen Folgendes: Ich komme heute Abend wieder und wir unterhalten uns laut eine Weile vor ihrer Tür. Dann gehe ich demonstrativ wieder davon, komme aber heimlich hinten herum durch das Fenster von der Feuertreppe aus wieder in ihre Wohnung geklettert. Einverstanden?" Sie nickte.

Es war wieder spät geworden. Wir hatten unser geplantes Schauspiel abgezogen und ich saß nach einem Klet-

terakt, bei dem ich mir den linken Daumen lädiert hatte, im Dunkeln auf ihrem Sofa. Ich brauchte gar nicht lange zu warten, und es fing an unregelmäßig zu klopfen. Mir war sofort klar, was hier lief. Frau Wohlfahrt hingegen stand im Nachthemd mit einer Taschenlampe in der Schlafzimmertür und zitterte am ganzen Körper. Ich knipste das Licht an: „Kommen sie nur her. Ich verrate ihnen gleich was hier vor geht." Sie schüttelte energisch den Kopf: „Ich bin noch nie hier rein gegangen, wenn es geklopft hat. Ich hab viel zu viel Angst." Also schritt ich lächelnd zum Speedport und zog den Stecker der Internetverbindung. Augenblicklich war Stille. „Meine Beste, sie sind auf keinen Fall meschugge. Ein Hacker hat die Kontrolle über ihren Fernseher übernommen. Das Klopfen kommt aus dessen Lautsprecher." Ungläubig trat sie näher: „Tatsächlich? Und wie verschwinden die Gegenstände? Vielleicht können wir das mit dem heimlichen Einsteigen auch tagsüber machen und sie sehen dann, wer in meiner Abwesenheit die Dinge holt und bringt." Ich hob die Hände: „Tut mir leid, aber ich bin doch noch anderweitig beschäftigt. Trotzdem habe ich einen Vorschlag. Sie kochen jetzt einen starken Kaffee und bringen Papier und Kugelschreiber. Dann erstelle ich ein Zeit-Ereignis-Diagramm. Wir fangen mit ihrer damaligen Einweisung in die Psychiatrie an und gehen dann weiter bis heute. Wäre doch gelacht, wenn wir nicht genügend Informationen zusammenbrächten, die uns helfen, den Fall zu knacken!"
Der Kaffe war wirklich stark. Er war aber auch heiß, was ich erst bemerkte, als ich mir die Zunge schon ver-

brüht hatte. „Also", sagte ich, „wann und warum wurden sie damals eingeliefert?" Sie zögerte: „Muss ich das sagen?" Ich zog nur meine Augenbrauen hoch und sie antwortete: „Vor fünfundzwanzig Jahren. Mein Mann hatte Selbstmord verübt. Das habe ich nicht verkraftet." Ich machte mir die erste Notiz: „Und wie ging's dann weiter?" „Naja", sagte sie, „als ich wieder draußen war, habe ich mir diese kleine Wohnung hier genommen. Danach ist das Leben halt so weiter geplätschert. Ich hab meine Mutter häufig besucht, um ihr im Haushalt zu helfen. Mein Vater war ja schon lange tot. Und als Mama ins Pflegeheim gekommen ist, hat sie nicht mehr lange gelebt. Vor drei Jahren ist sie dann gestorben. Ich war ganz allein auf der Beerdigung. Ihre einzige Freundin lag zu der Zeit im Krankenhaus und ich habe keine Kinder oder Verwandte. Mein Mann hatte auch nur einen Stiefbruder. Aber der ist, als er achtzehn war, ins Ausland gegangen. Ich habe ihn nie kennen gelernt." Ich hakte ein: „Moment mal, sagten sie nicht, dass es hier seit drei Jahren spukt?" „Ja. Es hat kurz nach der Beerdigung angefangen." Mir schwante etwas: „Gab es außer Ihnen noch weiter Erbberechtigte?" Sie guckte traurig: „Nein, ich bin laut Testament Alleinerbin. Ist ja auch niemand weiter da." Langsam setzte sich das Puzzle in meinem Kopf zusammen. Fast schon fröhlich fragte ich: „Und wer hat ihnen die Schlösser und die Alarmanlage eingebaut?" „Die Firma Secure-Weiland, aus dem Nachbarort. Aber die haben einen Angestellten, der hier auf meinem Flur wohnt. Der hat das freundlicherweise alles gemacht." Ich platzte bald vor

Freude: „Und nun brauche ich nur noch den Vornamen, Geburtstag und Geburtsort ihres verstorbenen Mannes!"

Es ist immer gut, wenn man bei jemanden einen Gefallen einfordern kann, zum Beispiel bei dem Archivar des Rathausarchivs. Und tatsächlich, der freundliche Alarmanlagen-Installateur stellte sich als der Stiefschwager meiner Klientin heraus, und, was viel wichtiger war, auch als ihr Erbfolger. Das sollte doch wohl, meiner Meinung nach, ebenfalls die hiesige Polizei interessieren. Was soll ich sagen, der Mensch war sehr erstaunt, als er in der Wohnung von Frau Wohlfahrt einen Uniformierten vorfand. Beim Verhör gestand er dann lammfromm, dass er meine Klientin in den Wahnsinn treiben wollte, um nach ihrem Selbstmord zu erben. Beinahe hätte es ja auch geklappt. Doch Dank meiner Genialität war jetzt Erna Wohlfahrt nicht mehr suizidgefährdet und ich erhielt von ihr mein Honorar sogar in bar. Als ich beschwingt zu hause ankam, wollte ich mir erst einmal einen Drink genehmigen. Aber zu meinem großen Erstaunen stand die Zweitflasche Bourbon nicht auf dem kleinen Beistelltischchen, wo sie sonst immer auf mich wartete. Ich suchte in der ganzen Wohnung. Vergeblich! Das Ding war einfach weg. Ich glaube, bei mir spukt's!

So ist das Leben

Manche Leute sind von Sonnenaufgängen geradezu verzaubert. Torsten Reimwald hatte noch nie einen gesehen. Viele Wissenschaftler sprechen von nacht- und tagaktiven Menschen, auch Eulen und Nachtigallen genannt. Und Torsten gehörte seit seiner Geburt zu den Eulen. Schon als Säugling schrie er meist ununterbrochen die ganze Nacht hindurch. Seine armen Eltern rannten am Tage vor lauter Müdigkeit gegen Möbel und Türrahmen. Kurz vor dem Sonnenaufgang schlief dann der Krakeeler sanft ein und lächelte im Schlaf, als könne er kein Wässerchen trüben. Da seine Mutter Hausfrau war, und er deshalb nicht in den Kindergarten ging, konnte er morgens stets ausschlafen. Dann als Schulkind musste man neben ihm quasi eine Bombe zünden, um ihn endlich aus dem Bett zu bekommen. Als er nach der Schulzeit in einer Fabrik für Autozubehör angenommen wurde, begann seine Arbeitszeit ebenfalls einiges später, als sich die Sonne anschickte aufzugehen. Also, wie gesagt, Torsten hatte noch nie in seinem Leben einen Sonnenaufgang gesehen. Aber jetzt kommt das große ‚Aber'. Er war vernarrt in Sonnenuntergänge. Jedes Abendrot versetzte ihn, aus welchem Grund auch immer, in eine euphorische Stimmung. Das brachte ihn auf die Idee, seine geliebten Sonnenuntergänge im Bild festzuhalten. Er kaufte sich eine erschwingliche Digitalkamera und ein stabiles Stativ. Letzteres verankerte er auf seinem Balkon, um stets vom selben Standpunkt aus fotografieren zu können. Die Bilder weckten in ihm tiefe, innerliche Freude, zumal wirklich kein Sonnenuntergang dem anderen glich. Etwas später kaufte er sich dann noch einen A3-Printer, der es erlaubte, randlos zu drucken. Von nun an bannte er besonders hübsche Mo-

197

tive auf matt glänzendes Fotopapier. Bald darauf kam er, fast zwangsläufig, auf die Idee, zu Geburtstagen von Freunden und Verwandten, so ein ergreifendes Abendrot rahmen zu lassen und zu verschenken. Irgendwann landete dann so ein Bild auf dem Flohmarkt, wo es der mehr oder weniger bekannter Gallerist James T. Phillips entdeckte. Er erkundigte sich nach dem Fotograf und stand eines Tages vor dessen Haustür. Nachdem er alle digital verewigten Sonnenuntergänge gesichtet hatte, schlug er Torsten vor, sein Manager zu werden und Ausstellungen sowie Verkäufe zu übernehmen. Torsten war einverstanden.

Die erste Handlung von Torstens Manager bestand darin, die Fotos mit einem Industrie-Drucker auf weiß lackierte Bretter im A2-Format aufzubringen. Durch den Umstand, dass die Holzmaserung dabei ein klein wenig von hinten durchschimmerte, wurde die Tiefenwirkung der Bilder noch zusätzlich erhöht. Bereits bei der ersten Ausstellung verkaufte Torsten drei Exemplare. In der Folge bestand Phillips darauf, dass Torsten die Fotos mit einem Künstlernamen signieren müsse, und zwar anstelle seines Namens Reimwald mit ‚Reimbrandt'. Und bald flatterte Anfrage um Anfrage ins Haus. Phillips hatte inzwischen sogar eine Ausstellung in London organisiert. Er und sein Schützling verdienten sich die sprichwörtliche goldene Nase, worauf Torsten dann auch seine Arbeitsstelle aufkündigte. Er gehörte aber nicht zu den Leuten, die das Geld zum Fenster hinaus warfen. Das sollte sich sehr bald als äußerst vernünftig erweisen. So schnell der Boom gekommen war, so

schnell ging er auch vorbei. Der Markt war gesättigt und kein Mensch wollte irgendein abgelichtetes Abendrot mehr sehen. Sein Manager bestand aber darauf, dass sein Protege weiter fotografierte. Allerdings diesmal ausgesuchte Landschaften. Da Torsten aber dazu nicht den gleichen, inneren Zugang wie zu seinen Sonnenuntergängen hatte, gerieten die Bilder eher mittelmäßig. Das Ergebnis war, dass keine Seele eines der Bilder kaufen wollte. Sein Manager ließ ihn daraufhin wie eine heiße Kartoffel fallen, und trennte sich von ihm mit den Worten: „C'est la vie, mein Freud. So ist das Leben."
In Torstens Haus stapelten sich nun etwa dreißig weiß lackierte, eineinhalb Zentimeter dicke Bretter mit abgelichteten Bergen, Seen und Wäldern. Na und, sollten sie doch verschimmeln. Da er über genügend Kapital verfügte, widmete sich Torsten halt erneut seinem Hobby und knipste frohgelaunt ein Abendrot nach dem anderen. Irgendwann störten ihn dann aber diese blöden, eingelagerten Bretter doch noch. Sein Haus bezog Fernwärme, also war kein Ofen zum Verbrennen vorhanden. Darum beschloss er, die Bretter von der Brücke seines Städtchens in den Fluss zu werfen. Sollten sie doch zum Ozean schwimmen. Oder vielleicht fischte sie ja vorher ein Mensch aus dem Wasser heraus und hatte eventuell Freude daran. Das brachte ihn auf den Gedanken, ein paar Zeilen nebst seiner Adresse auf die Rückseite zu schreiben. Er dachte sich ein paar Sprüche aus, wie sie auch in chinesischen Glückskeksen zu finden sind, schrieb diese hinten auf die Bilder und warf Tag für Tag eines der Bretter in den Fluss. Einen ganzen

Monat lang. Vielleicht bekäme er ja von einem glücklichen Finder eine kleine Rückmeldung. Es kam keine. Als ungefähr zehn weitere Jahre ins Land gegangen waren, entschied Torstens Schicksal, dass er jetzt wohl lang genug auf dieser Erde herumgelaufen sei. Ein Linienbus setzte die ihm zustehende Vorfahrt geradlinig und mit Nachdruck durch. Torsten verstarb noch im Ambulanzfahrzeug. Da auch einige Fahrgäste in Mitleidenschaft gezogen wurden, geisterte der Unfall durch alle Medien. Kurz darauf gewannen die Bilder des Verstorbenen rasant an Wert. Wieso ein Künstler erst sterben muss, damit man seine Bilder schätzt, weiß sowieso kein Schwein. Dann, eines Montags, klingelte bei James T. Phillips das Telefon. Der Teilnehmer erkundigte sich, ob die Landschaftsbilder des Fotografen jetzt ebenfalls gefragt wären. Seine Kinder hätten nämlich vor Jahren einige davon aus dem Fluss gefischt und damit ein Baumhaus gebaut. Voller Aufregung machte sich der Gallerist auf den Weg zu dem unbekannten Anrufer. Teilweise waren die Bilder beschädigt, denn hier und da hatten die Kinder einen Nagel hindurch getrieben. Aber Phillips wusste genau, wenn man die Ränder absägte und danach neu lackierten ließ, konnte man den gesamten Nachlass seines ehemaligen Schützlings garantiert gewinnbringend verkaufen. Allerdings mokierte er mit bedauerndem Tonfall, dass die Bretter beschädigt seien und damit nur einen geringen Wert darstellten. Folgerichtig kaufte er sie für eine lächerliche Summe, um sie danach für ebenfalls wenig Geld restaurieren zu lassen. Dann bot er die Bilder bei einer Versteigerung an. Für die Fachwelt war das wie eine kleine Sensation. Hatte früher kaum einer etwas von den Landschafts-Fotos gehalten, so wurden sie jetzt für Wahnsinnspreise an den Mann gebracht. Phillips freute sich umgangssprachlich ein zweites Loch in den Hintern, als er seinen Kontostand begutachtete. Was er allerdings nicht wusste, war die Tatsache, dass Torsten schon zu Lebzeiten ein notarisch beglaubigtes Testament hinterlegt hatte. In diesem war festgelegt, dass alle Gewinne, die nach seinem Tode mit den Bildern gemacht würden, automatisch dem Verein für mittellose Künstler zugeführt werden müssen. Und sehr bald schon wurde James T. Phillips vom Anwalt dieses Vereins über die Gesetzeslage informiert. C'est la vie.

Bumm!

Es war ein milder, windstiller Tag im Mai, als Werner geboren wurde. Obwohl die Meteorologen für den kompletten Nachmittag puren Sonnenschein vorausgesagt hatten, fielen vereinzelt ein paar dicke, glänzende Regentropfen aus großer Höhe auf die asphaltierten Straßen, um dort in kaum hörbaren Detonationen zu zerplatzen. Nachdem Werner auf natürlichem Wege den Leib der erschöpften Mutter verlassen hatte, erwies er sich zunächst als etwas störrisch. Erst der dritte Klaps auf den Hintern brachte ihn zum Schreien und seine Mutter sowie die Hebamme zum Durchatmen. Eine gewisse Portion dieser handfesten Eigenwilligkeit sollte gelegentlich auch sein späteres Leben zieren.

Manche Kinder bekommen zum Geburtstag einen Metallbaukasten geschenkt, und einige von ihnen werden fähige Konstrukteure. Andere wiederum erhalten einen Zauberkasten. Ein paar von denen werden im späteren Leben einmal große Magier. Werner bekam einen Chemiebaukasten. Als ein paar hässliche Säurelöcher in der Platte des Wohnzimmertisches entdeckt wurden, hegten seine Eltern die ersten, zarten Zweifel, ob dieses Geschenk wirklich das bewirkte, was sie sich im Vorfeld davon erhofft hatten. Einige Tage darauf waren sie sich dann aber sicher, dass der Chemiebaukasten einen eklatanten Fehlgriff darstellte. Der Knall war nicht einmal besonders laut, aber das Kinderzimmer vermisste seitdem sein vertrautes Fenster. Das Experimentierverbot in Verbindung mit dem Verstecken des Baukastens half leider auch nicht mehr sehr viel. Der ‚Bazillus chemicus' war da bereits dauerhaft in Werners Seele eingebrannt. Dass er im Chemieunterricht stets eine Eins bekam, ist kaum besonders verwunderlich. Seine Favoriten jedoch waren und blieben Explosionen und Implosionen. Je lauter desto besser. Höchstwahrscheinlich war das auch der Grund, warum Werner etwas später von der Schule verwiesen wurde, denn der Drucksensor unter dem Stuhl des Geschichtslehrers konnte auf keinen Fall etwas damit zu tun haben. So ein Drucksensor tut nämlich keiner Fliege etwas zu Leide. Er merkt höchstenfalls, wenn sich der Lehrer auf den Stuhl niederlässt. Nun hätte eigentlich der Sensor stolz und fröhlich sein können, dass er seine Funktion so gut erfüllt hatte, aber nein, er musste sich ja unbedingt mit dieser Zündkapsel unterhalten. Obwohl, so eine Zündkapsel stellt an und für sich auch keine große Gefahr dar. Sie zischt halt ein bisschen und sprüht ein paar farbenfrohe Funken. Das aber muss dieser winzige Sprengsatz falsch verstanden haben. Wer sollte ihm das auch übelnehmen, er war ja noch ganz klein. Die Sitzfläche des Stuhles war im Nachhinein etwas traurig, weil sie dem Druck nicht standgehalten hatte, aber der Hose des Lehrers war es scheißegal, sie hatte schon seit einiger Zeit sowieso ein Loch. Der Brandfleck am Lehrerhintern war sogar kleiner als ein Zwei-Cent-Stück, also kein Grund, so ein großes Theater loszulassen. Das Dumme war nur, Werner hatte nun keinen Schulabschluss, und der Weg zum Sprengmeister beginnt leider unausweichlich mit so einer Formalität. An dieser Stelle nun kam wieder Werners Eigenwilligkeit ins Spiel. Wer unbedingt sprengen will, der sprengt auch. Schwarzpulver ist zwar nicht besonders effektiv, lässt sich aber wunderbar selbst herstellen. Und solange Dieselkraftstoff und Kunstdünger frei verkäuflich sind, reicht es auch mal zu einem größeren Bums. Als seiner ehemaligen Schule an der Südseite ein größeres Stück Wand abhanden gekommen war, hatte man ihn zwar sofort in Verdacht, aber er konnte ein hieb- und stichfestes Alibi vorweisen. Mindestens acht Personen hatten ihn auf der Geburtstagsfeier durchgängig gesehen, und es gab auch das eine oder das andere Handy-Video. Wer konnte schon ahnen, dass ein Fünfzehnjähriger einen chemischen Zeitzünder baut, der sich im richtigen Moment freundlicherweise von selbst auflöst.

Langsam gewöhnte sich die Stadt daran, dass ab und an nachts im nahegelegenen Steinbruch unerwartet ein vergessener Blindgänger in die Luft ging, obwohl der zuständige Sprengmeister stets Stein und Bein schwor, alle Sprengsätze wären ausnahmslos am Tage vorschriftsmäßig detoniert. Aber man zweifelte an seiner Aussage, da er schon einmal erwiesenermaßen vergessen hatte, den Container mit den Sprengschnüren abzuschließen. Damals behauptet er ja auch, er sei nicht schuld gewesen. Aber die Polizei konnte trotz aller Bemühungen keinerlei Fremdeinwirkung feststellen. Wo die kreuzgefährlichen Schnüre jedoch abgeblieben waren, konnten die Gesetzeshüter leider auch nicht beantworten. Der Förster jedenfalls sah damals keinen Zusammenhang mit dem völlige zersplitterten Baum. Gut, er wusste ja auch nichts von dem Diebstahl der besagten Sprengschnüre.

Als Werner achtzehn Lenze hinter sich gebracht hatte, melde er sich freiwillig für drei Jahre zum Dienst an der Waffe. Allerdings nur unter der Bedingung, dass er in ein Pionier-Bataillon aufgenommen werden würde. Er hatte nämlich gelesen, dass bei der Ausbildung auch das Sprengen von Hindernissen mit auf dem Plan stünde. Leider setzte man ihn zunächst aber nur auf einen Brückentransporter. Und noch schlimmer, während der gesamten Ausbildung war lediglich ein einziges Mal der Umgang mit Sprengstoffen vorgesehen. Jedoch der Zufall wollte es, dass man einigen Soldaten eine Weiterbildung zum Feuerwerker anbot. Werner ruhte nicht eher, bis er ebenfalls daran teilnehmen konnte. Als Bester des ganzen Lehrganges war es nur recht und billig, dass er am Ende der Dienstzeit den Pyrotechnikerschein überreicht bekam. Vorher wäre das nämlich auch gar nicht möglich gewesen, weil das Gesetz dafür vorschrieb, dass man volle einundzwanzig Jahre auf dieser schönen Welt tapfer herumgewackelt sein musste. Nach der Entlassung folgten drei wundervolle Monaten des Faulenzens. Danach schrieb Werner gezwungenermaßen mehrere Bewerbungen, denn seine Ersparnisse drohten ihm böswillig damit, langsam zur Neige zu gehen. Und obwohl er es kaum für möglich gehalten hatte, war ihm das Glück dennoch in einem Fall hold. Er bekam eine Anstellung als Hilfskraft bei einem freischaffenden Feuerwerker. Das ging auch eine ganze Weile richtig gut, bis eines Tages sein Arbeitgeber, natürlich völlig zu Unrecht, der Meinung war, dass sich gelegentlich auf unerklärliche Art und Weise hochexplosives Material einfach in Luft auflöste. Von da an stand Werner wieder auf der Straße. Die Durchsuchung seiner Wohnung wurde vom zuständigen Richter jedoch abgeschmettert, weil zu wenige Verdachtsmomente vorhanden waren. Später war dann so eine Durchsuchung schlechterdings nicht mehr möglich, da die besagte Wohnung ganz selbstlos einem großen, schwarzen Loch Platz gemacht hatte. Werner wurde daraufhin kurzerhand für tot erklärt, da wegen der ungeheuerlichen Explosionsstärke sowieso keine menschlichen Überreste mehr in irgendeiner Form nachweisbar gewesen wären. Als etwa ein halbes Jahr später der Tresor der städtischen Bank in die Luft flog, wonach dummerweise zwei

Millionen Euro vermisst wurden, konnte zu aller Leidwesen bis zum heutigen Tage kein Täter ermittelt werden. Wäre Werner zu der Zeit noch am Leben gewesen, ja dann …

Ich, der Physiker

Dicke Nebelschwaden krochen seit Tagen lawinenartig die Berghänge hinab und zwangen damit die Stadt im Tal, auch am Tage die Lampen anzuschalten. Wann immer ich durch das Fenster meines Krankenzimmers sah, erblickte ich stets nur milchige Pampe. Die einzige Abwechslung bestand aus meinem Freund, der auch gleichzeitig mein Versicherungsvertreter war. Er hatte sich einen Stuhl an mein Krankenbett gezogen, saß aber ziemlich zusammengesunken darauf und zog eine Miene, als hätte er gerade eine Tasse voll Essig getrunken: „Hör zu! So geht das nicht weiter. Noch so ein Ding, dann werde ich gefeuert und dir kündigen sie die Versicherung. Und bei deiner Vorgeschichte findest du auch garantiert keinen neuen Versicherer mehr." „Moment", konterte ich, „diesmal war es aber kein Betriebsunfall. Das war rein privat." Mein Freund seufzte: „Ob privat oder Betrieb, du hast bisher mehr Schaden angerichtet, als du insgesamt Beiträge eingezahlt hast." Ich hob warnend den Zeigefinger: „So nicht! Diesmal trifft mich keinerlei Schuld. Ich hatte das Fahrrad ordnungsgemäß angeschlossen. Da kann ich doch nicht ahnen, dass mir einer die Radmuttern vom Vorderrad klaut. Und als mir nach etwa vier Metern die Straße ins Gesicht geschlagen hat, wäre es normalerweise nur mit einer Schotter-flechte abgegangen, wenn der Motorradfahrer vorschriftsmäßig gebremst hätte. An dessen Versicherung müsst ihr euch halten!" Mein Freund stöhnte: „Mensch Junge, das würden wir ja, gäbe es Zeugen dafür. Außerdem ist das nicht der Punkt. Der Knackpunkt ist nämlich, dass du ein unverbesserlicher Pechvogel bist. Was dir alles schon passiert ist, damit könnte man ganze Völkerstämme ausrotten. Zum Beispiel die Explosion vor zwei Tagen in deinem Institut. Das hat unsere Gesellschaft volle Dreihunderttausend gekostet. Mein Boss ist im Viereck gesprungen." Ich wurde lauter: „Das war keine Explosion. Lediglich ein Transformator ist abgefackelt, weil er überlastet war. Außerdem habe ich das Ding gleich selber gelöscht, sonst wäre der Schaden noch viel größer gewesen." Mein Freund schlug sich an die Stirn: „Gelöscht? Dein Hirn ist scheinbar auch abgefackelt! Du hast von der Brüstung aus einen Eimer Wasser auf den Trafo geschüttet. Als Physiker solltest du eigentlich wissen, dass Wasser Strom leitet. Aufgrund dessen ist nämlich der Trafo daneben ebenfalls durchgeknallt." Ich wiegelte ab: „ Der war doch auch überlastet. Früher oder später wäre der ebenfalls durchgebrannt." Wahrscheinlich war das etwas zuviel für meinen Freund und Versicherungsvertreter. Er sprang auf und rief verzweifelt: „Schluss! Hiermit ist dir offiziell die Haftpflichtversicherung gekündigt!" Diese Ungerechtigkeit brachte mich nun meinerseits auf die Palme. Ich richtete mich ruckartig in meinem Bett auf. Allerdings hatte ich dabei nicht daran gedacht, dass ein

Infusionsschlauch in meinem Arm steckte und dort auch bombenfest angeklebt war. Somit brachte ich ungewollt den Ständer samt Tropfbeutel aus der Balance. Der Beutel verursachte keinerlei Schaden, aber der Ständer suchte sich zufälligerweise den Kopf meines Freundes als Ziel aus. Der wiederum wollte nach hinten ausweichen, dachte dabei nicht an den Stuhl, strauchelte und schlug rücklings mit seinem vorgeschädigten Kopf an das Metallgestell des Nachbarbettes. Er hatte großes Glück, denn er war ja in einem Krankenhaus. Einerseits war Schwester Karin gleich zur Hand, um den Ohnmächtigen zu behandeln, andererseits ließ sich das Blut vom Bettgestell restlos abwaschen. Ende gut, alles gut!

Juhu! Endlich entlassen. Ich trat vor die Krankenhaustür und reckte freudig die Arme in die Luft. Die alte Dame neben mir ließ zwar vor Schreck ihre Handtasche fallen, aber das schien sie nicht weiter zu ärgern, denn sie bestand darauf, das Ding selbst aufzuheben. Ich freute mich, dass ich noch zwei Tage Krankschreibung vor mir hatte. Da konnte ich endlich den Artikel schreiben, den ich bereits vor meinem Unfall schreiben wollte. In Gedanken daran überquerte ich die Straße. Was soll ich Ihnen sagen, diesmal hatte ich ausnahmsweise Glück. Hinter mir knallten zwei Autos zusammen, und mir ist rein gar nichts passiert.

Zu hause setzte ich mich gleich an den Schreibtisch. Sie müssen wissen, mein Spezialgebiet ist die Quantenphysik. Mein Artikel sollte heißen: Die Durchtunnelung von Potentialbarrieren. Ich hatte mir schon in Gedanken zurechtgelegt, wie ich erklären würde, dass das Innere unserer Sonne viel zu kalt ist, um Wasserstoffatome miteinander zu verschmelzen. Das funktioniert nämlich nur wegen dieses ominösen Tunneleffekts. Aber ich kam nicht zum Schreiben, weil in diesem Moment mein Telefon klingelte. Ich habe aus Nostalgiegründen für meinen Festnetzanschluss noch so ein ganz altes, oranges Tastentelefon, bei dem der Hörer mit einer Spiralstrippe verbunden ist. Dieses Kabel verdreht und verwurstelt sich regelmäßig bei jedem Anruf. Aber ich liebe das Telefon, warum auch immer. Als ich abgehoben hatte, meldete sich meine Assistentin. Seltsam, die rief doch sonst immer auf dem Handy an. Mürrisch fragte ich: „Was ist denn so wichtig, dass du mich im Krankenstand anrufst?" Die Antwort ließ mich noch mürrischer werden. „Stell dir vor, die Elektriker haben den zweiten Trafo irgendwie falsch angeschlossen. Jetzt spielt die ganze Anlage verrückt. Wir erhalten Werte, die jenseits von Gut und Böse sind. Keiner kennt sich mehr aus. Du musst unbedingt kommen! Bitte!" „Ja gut", hörte ich die mitfühlende Seite von mir sage, was mich aber sofort wütend machte, da ich Dussel nie ‚Nein' sagen konnte. Meine Wut ließ mich leider vergessen, dass ich am Festnetz war und nicht wie üblich das Smartfon in der Hand hatte. Also steckte ich den Hörer in die Hosentasche und begab mich Richtung Flurgarderobe. Als das Kabel an der Belastungsgrenze angekommen war, fegte es zum einen das Telefon vom Tischchen und zum anderen riss mir der bekackte Hörer die Hose auf. Mein Beinkleid konnte ich mittels einer

Sicherheitsnadel vorübergehend wieder in Form bringen, mein geliebtes Telefon hingegen war strikt abgeneigt, weiter so zu funktionieren, wie es sich gehörte. Das lag vielleicht daran, dass es nur noch in Einzelteilen existierte.

Als ich vor meinem Auto stand, war mir sofort klar, dass der Autoschlüssel noch im Flur lag. Diesen Umstand bezeichnete ich seit Jahren ohnehin schon als Tradition. Also zurück. Aber im Flur lag kein Autoschlüssel. Das war doch mal was anderes. Nach zwanzig Minuten vergeblichen Suchens, holte ich den Zweitschlüssel aus der Küche.

Im Institut angekommen, zeigte man mir erstmal alle bisher aufgelaufenen Daten. Langsam kroch ein Verdacht in mir hoch. Als ich dann die Instrumente selbst ablas, wurde mir schlagartig klar, dass der Fehler eigentlich gar kein Fehler war. Im Gegenteil, wir waren jetzt in der Lage eine riesige Menge von Quanten derart zu beherrschen, dass sie wundersamer Weise gleichzeitig an zwei absolut verschiedenen Orten auftraten. Das nennt sich übrigens Superposition. Man kann das so erklären: Lässt man ein einzelnes Elektron auf eine Wand mit zwei Schlitzen zufliegen, dann müsste das Teilchen nach der klassischen Physik entweder hinter dem linken oder hinter dem rechten Spalt nachzuweisen sein. Tatsächlich bildet sich aber ein Interferenzmuster, welches beweist, dass sich das Teilchen unumstößlich durch beide Schlitze gleichzeitig bewegt haben muss. So ist eben Quantenmechanik. Und wir hatten somit ab jetzt die beste Voraussetzung, endlich Gegenstände an zwei verschiedenen Orten gleichzeitig erscheinen zu lassen. Das benennt man in Science-Fiction-Serien mit dem Wort ‚Beamen'. In der Quantenwelt können nämlich Paare von Elementarteilchen erzeugt werden, die sich stets gleich verhalten, ganz egal wie weit sie von einander entfernt sind. Wird eines dieser Teilchen vermessen oder auch nur beobachtet, betrifft das auch das andere Teilchen und verändert dessen Zustand ebenfalls. Einstein bezeichnete dies als ‚spukhafte Fernwirkung'. Wissenschaftler sprechen heute vom Einstein-Podolsky-Rosen-Paradoxon. Unser Problem bestand jedoch nun darin, dass wir einen bestimmten Gegenstand an eine andere Stelle schicken wollten, aber halt ohne ihn zu verdoppeln. Zunächst produzierten wir aus allem, was nicht niet- und nagelfest war, einen Zwilling. Dummerweise gelang das nicht immer. Manche Dinge verschwanden dabei einfach ins Nirwana. Besonders ärgerlich war, dass mein Hunderter für immer verloren ging. Dass hielt mich auch davon ab, weiterhin mit Geld zu experimentieren. Zugegeben, es war auch nicht gerade schön, dass unser Institutsdirektor noch sehr, sehr lange nach seinem Schäferhund gerufen hat, aber mit der Zeit verliefen unsere Versuche viel stabiler. Auch das Problem der Verdoppelung hatten wir zum Glück mittels eines, von mir erfundenen, Quantendämpfers gelöst. Logischerweise war es nun an der Zeit, das Verfahren an einem Menschen zu testen. Dieses konnte ich wohl kaum einem meiner Mitarbeiter zumuten. Es würde also auf einen Selbstversuch hinaus laufen. Zwar warnte man mich allerseits davor, denn viele Wissenschaftler wären bei Selbstversuchen umgekommen. Aber ich argumentierte, dass beispielsweise der Arzt Edward Jenner 1794 bemerkt hatte, dass Leute, die sich mit der harmloseren Krankheit Kuhpocken infizierten, seither immun gegen die echten Pocken waren. Deswegen verabreichte er sich selber Substanzen, die er aus Kuhpockenwunden gewonnen hatte. Das Ergebnis war tatsächlich eine Immunität gegenüber den richtigen Pocken. Also nicht alle Selbstversuche sind auch Selbstmordversuche.

Unser Experiment sollte an einem Freitagmorgen stattfinden. Ich hatte verständlicherweise nicht gut geschlafen. Ob dieser Umstand dazu beigetragen hatte, dass an meiner Kaffeetasse der Henkel abbrach, kann ich nicht so genau sagen. Als gutes Omen hingegen nahm ich, dass an diesem Tag mein verschollener Autoschlüssel wieder auftauchte. Wie er allerdings zwischen die Einzelteile meines kaputten Telefons geraten konnte, bleibt wahrscheinlich für immer ein Geheimnis. Nur gut, dass ich den Kram noch nicht entsorgt hatte. Dafür zog ich in Gedanken die Tür hinter mir zu, obwohl der Wohnungsschlüssel noch von innen steckte. Was soll's, so ein Schlüsseldienst muss schließlich auch ab und zu Geld verdienen.

Vor mir standen zwei Kästen, die an alte Telefonzellen aus dem neunzehnten Jahrhundert erinnerten. Hinter mir standen alle Mitarbeiter des Instituts. Nachdem sie mir die Hände wund geschüttelt hatten, stieg ich in das rechte Gehäuse, in der Hoffnung baldigst links zu erscheinen. Das Ganze mutete ein wenig wie der Zaubertrick eines Bühnenmagiers an. Dann begann etwas zu zischen und danach wurde es blendend weiß um mich herum. Ich glaube, dass mir erst nach ungefähr einer guten, halben Stunde klar wurde, dass die Scheiße schief gegangen sein musste. Mein Körper war irgendwo im Nirgendwo, aber leider nicht in dem linken Gehäuse. Und im rechten gleich gar nicht. Na und, mir sind schon viel schlimmere Dinge im Leben passiert. Außerdem bin ich ja sowieso nicht mehr versichert.

Monolog in einer Bar

He, was geht? Franki, mach mir mal 'nen Scotch! Hallo Süße! Auch was trinken? Ich geb' einen aus. Prosecco? Franki, mach mal 'n Prosecco! Weißt du, mich kennt man hier. Wenn ich sage: ‚Franki, mach mal einen Prosecco', dann macht Franki einen Prosecco. Also, ich bin ja nicht jeden Tag hier. Mit Alkohol muss man nämlich umgehen können. Ich hab mal gelesen, wer jeden Tag ein Bier trinkt, ist schon Alkoholiker. Ich trink ja kein Bier. Ich trink Scotch. Franki, mach mal noch einen! Und es gibt durchaus Tage, an denen ich keinen Alkohol trinke. Ehrenwort! Weißt du, schon der alte Paracelsus hat gesagt, dass es auf die Dosis ankommt. Paracelsus kennste? Der hat die Temperatur erfunden. Nee, warte! Das war dieser römische Schriftsteller Celsus. Hier drin zum Beispiel sind zweiundzwanzig Grad Celsus. Da gibt's aber noch einen, der heißt Kevin. Also zweiundzwanzig Grad Celsus sind ungefähr 300 Grad Kevin. Weiß ich noch aus der Schule. Franki, noch so'n

Scotch! Ich sag immer, man muss mit Alkohol umgehen können und darf nie mehr trinken, als man verträgt. Noch ein Prosecco? Meine Ex hat ja Rotwein getrunken. Die hat immer gesagt: ‚Das Leben ist wie ein französisches Baguette. Es gehört ein Glas Rotwein dazu'. Und dann hat sie auch noch gesagt: ‚Intelligent säuft, dumm frisst'. Franki, haben wir noch 'n paar Nüsse? Mach mal noch ein Proseccolein und mir einen Scotch, aber einen doppelten. Weißt du, ich war achtzehn Jahre lang verheiratet. Und was ist der Dank? Meine Ex hat mich vor die Wahl gestellt, entweder sie oder der Scotch. Da hab ich gesagt: ‚Du wirst mir fehlen'. Den Witz hab ich aus dem Radio. Is doch so: Weiber sind wie Zähne. Man hat Schmerzen, bevor man sie kriegt; man hat Schmerzen, wenn man sie hat; man hat Schmerzen, wenn man sie los wird. Franki, du hast Arbeit. Prost! Isch weiß auch nich, was mit euch plöden Weibern los is. Man sssagt ja, Männer un Fraun pissen nich ... passen nich szusammen. Ismirscheißegal! Der Philololosohhhf Nietsche hat ja schon damalsen gesagt: ‚Frauen sind wie Teppiche. Man muss sie nich nur bürschten, sondern von Zeit zu Zeit auch ausklopfen'. He Süße, warst du schon immer so hübsch? Hähähä! Das war jetzt ein Komplio … ein Komplo … ment. Hab disch nisch so! Denn hau halt ab, du dumme Kuh! So sin die Weibsen. Einem rischtischen Mann einfach nich … nich jewachsen. Hoppla! He, Franki, kannste mir mal hoch helfen? Un mach bidde, bidde ma 'n Scotch!

Der Fall Schubert

„Himmelkreuzdonnerwetter, wo ist denn nur das blöde Ding?" Kommissar Riemer musste das klingelnde Telefon wie immer unter einem Berg von Papieren hervorzerren. Sonst fluchte er dabei nie, aber heute war er besonders sauer. Seine geschiedene Frau war arbeitslos geworden und hatte ihn auf Ehegattenunterhalt verklagt. Dabei wollten sie doch dieses Jahr der gemeinsamen Tochter zusammen ein Auto kaufen. Denn als kleine Sprechstundenhilfe verdiente das Mädel wohl kaum das große Geld. Riemer hatte inzwischen rein mechanisch mit seiner Linken den Hörer abgenommen. Jedoch wegen seiner Grübeleien, war die Hand auf halber Höhe stehen geblieben. Kurz darauf legte der Kommissar in Gedanken den Hörer wieder auf, ohne darauf zu achten, wer oder was da aus der Hörmuschel quakte. Das Telefon klingelte erneut. Der Kommissar meldete sich, immer noch durch seine privaten Überlegungen abgelenkt, mit leiser Stimme: „Kommissar Riemer." Keine Reaktion. Nur Stille. Riemer hakte nach: „Hallo, wer ist denn da?" „Hohlbach hier. Ich war nur erschrocken, dass sie sich das erste Mal in ihrem Leben vorschriftsmäßig mit Name und Dienstgrad gemeldet haben." Das lenkte den Kommissar von seinen düsteren Gedanken ab und er musste lachen: „Entschuldigung! Kommt nicht mehr vor." Sein Chef hatte sich inzwischen auch wieder gefangen: „Unterstehen sie sich! Ich will sie in genau einer halben Stunde in meinem Büro sehen! Aber pünktlich."

Als Riemer das Zimmer des Hauptkommissars betrat, wurde er zum Hinsetzen aufgefordert. Hohlbach hingegen stand auf, schob seinen Stuhl geräuschvoll nach hinten und trat an das Fenster zur Straße. Während er den regen Verkehr beobachtete, sagte er, fast wie nebenbei: „Sie erinnern sich doch noch bestimmt an Reiner Schimmler, oder?" Riemer brummelte ein leises „Ja." Hohlbach fuhr fort: „Den hatten sie als Anwärter unter ihre Fittiche genommen, und der ist jetzt auch schon Kommissar. Hat er wohl ihrer guten Ausbildung zu verdanken." Ein Lob vom Chef? Hier war doch bestimmt eine Katastrophe im Anzug. Riemer murmelte: „Nachtigall, ick hör dir trapsen." Der Hauptkommissar tat, als hätte er diesen Satz nicht gehört: „Deshalb teile ich ihnen ab sofort den Kollegen Mehlmann zu. Das ist unser aktueller Anwärter. Wie üblich wird er sie drei Tage die Woche begleiten, sofern er keine Pflichttermine zu erfüllen hat." Kommissar Riemer blieb weiterhin misstrauisch. Das war doch kein Grund, so weit auszuholen und ihn sogar zu loben. Da würde doch bestimmt noch das dicke Ende hinterher kommen. Und es kam. Hohlbach drehte sich zu Riemer um: „Und da zurzeit bei uns Platzmangel herrscht, wird Mehlmann mit seiner Habe und seinem Schreibtisch in ihr Büro einziehen." Trotz seiner Leibesfülle schnippte Riemer wie ein geölter Blitz von seinem Stuhl hoch: „Ausgeschlossen! Ich brauche meine Ruhe zum Nachdenken. Schließlich löse ich meine Fälle nur durch intensives Nachdenken." Sein Chef witzelte: „Durch Nachdenken? Aber nur an den Tagen, an denen der Papst evangelisch ist. Mehlmann kommt zu ihnen! Ende der Diskussion! Und jetzt raus hier!"

Nachdem das Dienstzimmer umgeräumt war, blieb kein Platz mehr für Riemers geliebten, runden Kleiderständer. Er hängte zwar seinen Mantel immer über den Stuhl und nahm das braune Holzgestell lediglich für seinen Hut in Beschlag, aber sein Herz hing nun mal an dem alten, abgenutzten Ding. Trotzdem wurde der Ständer sang- und klanglos im Keller eingelagert. Dementsprechend war die Laune des Kommissars ungefähr bei $-273,15$ Grad Celsius angelangt. Mehlmann versuchte ihm mehrmals zu verklickern, dass er als Anwärter doch nichts dagegen hätte tun können, aber der Kommissar antwortete nie darauf. Er wäre sonst wahrscheinlich vor Wut mit einem Riesenknall geplatzt. Mehlmann strengte sich an, in den folgenden Tagen so wenig wie möglich aufzufallen. Besonders, wenn der Kommissar wieder einmal sein Telefon unter den chaotisch verstreuten Unterlagen hervorsuchte, biss er sich standhaft auf die Lippen, um nicht den Zorn seines vorgesetzten Ausbilders auf sich zu ziehen. Trotzdem kam der Tag, an dem das Verhältnis zwischen den beiden zu Eis erstarrte. Es war an einem Montagmorgen. Riemer betrat kurz vor sieben Uhr sein Büro. Nachdem er einen Blick hinein geworfen hatte, ging er verwirrt wieder zurück auf den Flur, um das Schild neben der Bürotür zu lesen. Ja, es war sein Büro. Zögerlich trat er wieder ein. Der Anblick ließ ihm erneut einen Schauer über den Rücken laufen. Sein Schreibtisch war aufgeräumt. Alle

Papiere fein säuberlich aufgestapelt, das Telefon frei im Blickfeld und sogar die Stifte parallel zueinander ausgerichtet. Mit den geflügelten Worten: „Verdammte Scheiße!" drehte er sich um und hastete noch im Mantel zum Büro seines Chefs. Er riss die Tür auf und tobte los: „Hat dieser Mensch das auf ihr Geheiß hin getan? Ja? Wollen sie mich aus dem Kommissariat hinaus ekeln? Dann können sie mir das ins Gesicht sagen und nicht diesen Müller vorschicken!" Hohlbach blickte unverständlich von seinen Papieren auf: „Mäßigen sie sich. Ich bin immerhin noch ihr Vorgesetzter. Was ist den los mit ihnen. Sind sie völlig durchgedreht? Außerdem kenne ich keinen Kollegen, der Müller heißt. Bei uns arbeiten außer Ihnen noch Bohrmann, Hausknecht, Straubinger und Bärschneider." Riemer ließ seinen massigen Körper auf den Stuhl vor Hohlbachs Schreibtisch plumpsen: „Ich meine doch diesen Mehlmann. Ein Müller macht doch Mehl, oder? Und nun ist alles durcheinander! Dieses Rindvieh hat alle meine Fälle durcheinander gebracht. Wo ist der Kerl? ich will ihn erwürgen!" Sein Chef versuchte ruhig zu bleiben: „Nun, es ist kurz vor Dienstbeginn. Bestimmt sitzt Anwärter Mehlmann inzwischen an seinem Schreibtisch. Also hauen sie ab und klären sie das Ganze exklusiv mit ihrem Kollegen! Aber ohne Blutvergießen, wenn möglich." Riemer öffnete den Mund, um etwas zu entgegnen, ließ es dann aber doch sein und trabte zurück in sein Büro. Mehlmann saß kerzengerade an seinem Schreibtisch und stand ruckartig auf, als Riemer den Raum betrat: „Herr Kommissar, bevor sie etwas sagen, möchte ich ihnen mitteilen, dass ich alle ihre Fälle nach Datum und Dringlichkeit geordnet habe. Alles was zusammengehört liegt direkt übereinander. Somit können sie in Zukunft viel effektiver arbeiten. Ich habe das gemacht, damit sich unser angespanntes Verhältnis etwas verbessert." Riemer zog ganz, ganz langsam den Mantel aus und hängte ihn über die Lehne seines Stuhls. Dann sagte er sehr leise und eben so langsam: „Falls sie das noch mal machen, werde ich ihnen in Zukunft effektiv in den Arsch treten!" Daraufhin drehte er sich um und verließ das Zimmer in Richtung Kantine. Ohne Kaffee wäre er nämlich auf der Stelle gestorben.

Schon von Weitem sah Riemer seinen Chef auf sich zu hasten. Der Kommissar blickte demonstrativ zur Seite und flüsterte: „Schon wieder mein Freund Affenfresse!" Als Hohlbach heran war, sagte dieser außer Atem: „Sie müssen sofort los! Ein Spaziergänger hat eine Leiche im Wald gefunden. Mehlmann ist bereits gebrieft, sitzt unten im Wagen und wartet auf ihren Astralkörper. Also Tempo!" Riemer erstarrte: „Was? Mit dem verrückten Mehlmann? Niemals!" Hohlbach deutete ruckartig mit seinem spitzen Zeigefinger zum Ausgang hin: „Mit Mehlmann. Das ist ein Befehl!" Riemers Gesicht hätte in diesem Moment jeden Grimassenwettbewerb gewinnen können. Vor dem Dienstwagen spuckte der Kommissar bedeutungsvoll auf das Pflaster und stieg danach ein, ohne Mehlmann anzusehen.

Frau Dr. Mertens schien ausnahmsweise einmal guter Laune zu sein. Als Riemer eintrat, begrüßte sie ihn mit den Worten: „Na mein kleines Riemerlein, alles senkrecht?" Der Kommissar war perplex: „Was haben sie denn geraucht?" „Gar nichts", lautete die Antwort, „ich habe nur im Lotto gewonnen. Fünf Richtige plus Superzahl. Sechzehntausend Mäuse zieren seit gestern mein Konto." Riemer brummte zwar: „Gratulation", aber insgeheim ließ der Neid seine Magensäfte blubbern. Dennoch versuchte er sachlich zu bleiben: „Und was wissen wir von dem Toten?" Die forensische Pathologin griente über das ganze Gesicht: „Von wegen ‚wir'. Sie wissen nämlich noch gar nichts. Aber ich, mein Bester, ich weiß alles. Zumal die Laborergebnisse bereits seit einer halben Stunde vorliegen. Laut Ausweis handelt es sich bei dem Verblichenen um den fünfzigjährigen Frank Schubert, mit Wohnsitz hier in unserer wunderschönen Stadt. Er wurde laut Tox-Gutachten vergiftet. Und zwar mit Coumatetralyl. Wird auch Rodentin oder Racumin genannt. Identifiziert wurde der Tote übrigens auch schon. Seine Frau, ich wollte sagen seine Witwe, war hier und hat uns die vorliegenden Angaben bestätigt. Bei der Leiche handelt es sich demnach leider zweifelsfrei um ihren Mann." Der Kommissar drehte sich um und schickte sich mürrisch an zu gehen: „Schau an, was sie nicht alles wissen. Da habe ich ja gar nichts mehr zu tun. Ich sollte mich pensionieren lassen."

Riemer erschrak, als sein Telefon klingelte. Er hatte es noch nie läuten hören, ohne dass ein Turm von Papieren darüber gestapelt war. Außerdem hinderte ihn zurzeit keine Akte daran, den Hörer abzunehmen. Eine gewisse Ordnung war, wie es schien, doch von einigem Vorteil. Möglicherweise hatte er seinem Kollegen Mehlmann Unrecht getan. Allerdings würde er das nie zugeben, selbst wenn sein Leben davon abhinge. Eine Stimme fragte deutlich vernehmbar aus dem Telefonhörer: „Weißt du noch wer ich bin?" Riemer war erfreut: „Klar, Schimmelchen. Grüß dich, du alte Haut!" Der Teilnehmer lachte: „Du kannst dich immer noch nicht daran gewöhnen, dass ich Schimmler heiße, und nicht Schimmelchen. Aber Spaß beiseite! Wir haben hier in der Stadt Halle einen Toten, der laut Papiere in eurem Ort zusammen mit seiner Frau eine Druckerei betreibt. Der Kerl hat leider mehr Rattengift abbekommen, als für einen Menschen gut ist. Um den Täter zu ermitteln, bräuchte ich ein klein wenig Amtshilfe von dir. Genauer gesagt, ich brauche Informationen über sein Umfeld. Freunde, Feinde, Konto und so weiter. Hilfst du mir?" Obwohl Schimmler es nicht sehen konnte, nickte Riemer: „Sag mir mal den Namen!" Die Antwort riss den Kommissar abrupt vom Stuhl hoch: „Was? Das gibt's doch nicht! Gib mir mal sein Geburtsdatum!"

Frau Schubert blickte völlig verwirrt auf die Leiche: „Das … das ist auch mein Mann. Ich meine, er sieht auch so aus wie mein Frank. Ich weiß nicht mehr, was ich denken soll." Ihre Beine versagten den Dienst, doch Riemer fing sie auf, bevor sie auf den Boden schlug: „Langsam, langsam! Wir lassen den Toten einfach zu uns überführen. Inzwischen fahren wir zwei zu ihnen nach hause, und sie geben mir dort eine DNS-Probe ihres Mannes, wie zum Beispiel die Zahnbürste. Den Rest erledigt dann unser Labor. Sie werden bald Gewissheit haben."

Die Tür zu Riemers Büro öffnete sich schwungvoll und die überaus schlanke Gestalt von Frau Dr. Mertens betrat leichtfüßig das Zimmer: „Es hat mir keine Ruhe gelassen. Schließlich hatte ich noch nie zweimal den gleichen Mann auf dem Seziertisch. Also war ich im Labor. Und glauben sie mir, das Ergebnis hatte ich von Anfang an erwartet. Beide sind an dem gleichen Zeug gestorben." Riemer unterbrach sie harsch: „Gut, gut, aber wer ist denn nun der Richtige?" Die Pathologin warf sich in Pose: „Keiner! Das haut sie um, stimmt's?" Der Kommissar stützte sein Kinn in die Hand und sinnierte halblaut: „Da staunt der Fachmann und der Laie wundert sich!" Dann griff er zum Telefon: „Hallo Frau Schubert, sie müssen leider noch mal zu uns kommen."

Riemer goss sich ein Glas Wein ein und betrachtete aufmerksam die Fotos. Genau in der Sekunde, in welcher er den ersten Schluck nehmen wollte, schellte es an der Wohnungstür. Er stellte missmutig sein Glas auf dem niedrigen Couchtisch ab und fluchte leise vor sich hin. Die Welt gönnte ihm scheinbar niemals Feierabend. Als er öffnete, flog ihm ein buntes Etwas um den Hals: „Hallo Papa! Wie geht's dir?" Riemer zog seine Tochter ins Wohnzimmer: „Auch ein Glas?" Sie verneinte lächelnd, bekam dann aber einen ernsten Gesichtsausdruck: „Die beiden kenne ich." Sie zeigte auf die Fotos: „Die waren mit der gleichen Frau innerhalb einer Woche bei uns in der Praxis. Ich erinnere mich deshalb so genau, weil die Dame darauf bestand, dass beide genau nach dem gleichen Foto umoperiert werden sollten. Mein Chef ist zwar ein sehr guter Schönheitschirurg, aber das hat ihn dann doch einiges an Mühe gekostet." Der Kommissar packte seine Tochter an den Schultern: „Würdest du die Frau wiedererkennen?" „Aber sicher doch." „Dann musst du morgen unbedingt aufs Kommissariat kommen!"

„Mehlmann, sie bleiben vor der Tür stehen. Falls die Dame plötzlich stiften gehen will und ich sie nicht gleich erwische. Dann ist hier draußen nämlich ihre zupackende Persönlichkeit gefragt, Klar?" Der Kommissar klingelte und Frau Schubert öffnet nach einem kurzen Moment. Riemer nahm den Hut ab: „Darf ich eintreten?" Die Witwe winkte den Kommissar ins Zimmer und schloss hinter ihm sorgsam die Tür. Mehlmann lehnte sich schlaff an die Wand, und immer, wenn das zeitgesteuerte Flurlicht erlosch, drückte er erneut auf den Knopf neben sich. Langweilig. Drinnen war Riemer inzwischen zur Sache gekommen: „Könnte es sein, dass sie in mehreren Städten eine unverschämt hohe Lebensversicherung auf ihren Mann abgeschlossen haben, wobei eine Versicherungsgesellschaft nichts von der anderen wissen durfte? Könnte es auch sein, dass in ihrer Druckerei dafür falsche Ausweise hergestellt wurden?" Die Befragte versuchte abzulenken: „Wieso?" Riemer redete unbeirrt weiter: „Und könnte es vielleicht sein, dass es noch eine weitere Lebensversicherung in Berlin gibt, deren Vertragslaufzeit abläuft und die somit morgen ausbezahlt werden kann? Hoffentlich sind sie dort als Begünstigte eingetragen, denn aufgrund der Ungereimtheiten besitzen sie ja keinen Totenschein." Die Tür zum Schlafzimmer öffnete sich und heraus trat mit vorgehaltener Pistole Frank Schubert: „Ich werde das Geld persönlich abholen. Und diesmal muss meine Frau nicht einmal einen Strohmann dafür bezirzen. Wissen sie, zu aufdringliche Nebenbuhler sind wie Ratten. Mann muss sie auch genauso wie Ratten aus dem Weg schaffen. Bei ihnen ist das was anderes. Sie werden wie ein Polizist sterben." Obwohl sich Riemer, so gut es ging, zur Seite warf, war sein adipöser Körper nicht schnell genug. Die Kugel drang erbarmungslos in seinen Bauch ein, trat auf dem Rücken wieder aus und blieb in einer Sessellehne stecken. Als der Kommissar auf dem Teppich auftraf, war er bereits ohnmächtig. Durch das Geräusch des Schusses war Mehlmanns Schläfrigkeit wie weggeblasen. Noch während er mit aller Kraft gegen die Tür trat, zog er seine Dienstpistole. Frank Schubert war so überrascht, dass er nicht in der Lage war, nochmals abzudrücken, obwohl er bereits die Waffe auf den Liegenden gerichtet hatte. Später hinderte ihn ein kleines Loch in der Stirn sowieso daran. Mehlmann legte geistesgegenwärtig der Frau Handschellen an. Dann versorgte er sofort die Wunde des Verletzten.

Das Blumenbukett war, gelinde gesagt, absolut gewaltig. Wahrscheinlich würde es im gesamten Krankenhaus keine Vase mit entsprechender Größe geben. Riemer versuchte zu lächeln, aber sein gequälter Bauch hatte momentan noch etwas dagegen. Der Blumenstrauß sagte: „Papi, Papi, Papi, was machst du bloß für Sachen?" Riemers Tochter legte die Blumen beiseite und wollte ihren Vater intuitiv umarmen. Sie stoppte aber im richtigen Moment, sonst hätte sie ihm wohl ziemliche Schmerzen bereitet. Dann setzte sie sich auf den Stuhl neben seinem Bett: „Weißt du, der Arzt hat gesagt, dass du mindestens fünf Schutzengel gehabt haben musst. Nur deine Milz wurde in Mitleidenschaft gezogen. Und wenn du zukünftig ein bisschen auf dein Immunsystem aufpasst, sind keine bleibenden Schäden zu erwarten. Das kommt seltener vor, als ein Hauptgewinn im Lotto. Übrigens soll ich dich von Mutti grüßen. Ich weiß nicht genau, ob sie dich auch besuchen wollte, aber sie kann sowieso nicht um diese Zeit. Sie hat nämlich eine neue Arbeit gefunden. Ach, ich merke gerade, dass ich die ganze Zeit vor mich hin plappere. Jetzt bist du aber dran! Sag du halt auch mal was!" Und Kommissar Riemer sagte: „Wenn du nachher gehst, schau bitte mal bei meiner Dienststelle vorbei und übermittle einem gewissen Herrn Mehlmann, dass er jedes Mal, wenn er mir das Leben rettet, meine Schreibtisch aufräumen darf."

Robots

Langsam strömte angewärmte Luft in den Raum. Als einundzwanzig Grad erreicht waren, wurde der Vorgang gestoppt und eine Computerstimme sagte: „Guten Morgen Herr Plischka! Wir haben heute den 3. September 2039. Es ist genau 6 Uhr. In zwei Stunden ist ihr Vorstellungsgespräch bei der Firma BUYROBOTS. Ihr Unterbett wird jetzt abgesenkt." Stück für Stück entlüftete die Automatik die Schlafmatratze und zog anschließend die Bettdecke nach unten in den Reinigungskasten. Lucas Plischka stand gähnend auf. Die Computerstimme erinnerte ihn: „Auf dem Weg zum Bad programmieren sie bitte den Frühstücksautomaten! Das haben sie gestern Abend versäumt." Im Bad angekommen, betätigte er die Taste für das Reinigungs-Aerosol. Das Wasservolumen für diesen Monat hatte er bereits vor Tagen schon ausgeschöpft. Sein Frühstück bestand aus einer Tasse mit dampfendem Kaffee und drei Rühreiern mit Schinken, sowie einer Scheibe Toast. Nach wie vor störte ihn, dass die Schinkenwürfel exakt gleich groß waren. Aber selber kochen machte ihm keinen Spaß. Vielleicht würde er demnächst seinen Automaten umprogrammieren lassen. Allerdings kostete das Geld, und davon hatte er nicht allzu viel. Nach dem Frühstück erkundigte er sich nach dem Wetter. Der Computer gab wie immer teilnahmslos die Auskunft: „Die Außentemperatur beträgt plus 41,5 Grad Celsius. Es herrschen wechselnde Windgeschwindigkeiten bis 71 km/h. Die Regenwahrscheinlichkeit liegt bei 62,7 Prozent." Aufgrund dieser Daten verzichtete Lucas auf ein Lufttaxi und fuhr mit dem Fahrstuhl zur Untergrundbahn hinunter. Dort bestieg er eine personalisierte Kabine, die ihn auf direktem Wege zur betriebseigenen Station von BUYROBOTS brachte. Im siebzehnten Stock befand sich das Personalbüro. Lucas musste davor etwas warten, dann bat ihn eine schlanke Frau mit bunter Bluse und engem Rock hinein und wies ihm einen Stuhl zu. An dem Fehlen jeglicher Falten erkannte er, dass die Dame ein Roboter war. Der Personalchef saß mit dem Rücken zu einem großen Fenster, durch welches die Sonne unbarmherzig ihre Strahlen schickte. Somit lag sein Gesicht im Dunkeln, während sich der Bewerber voll im Licht befand: „Welchen Beruf üben sie zur Zeit aus?" Lucas rutschte etwas nach vorn: „Ich bin Fahrzeugverkäufer." Der Personalchef öffnete eine Akte: „Aja! Und welche Fahrzeuge verkaufen sie?" Lucas lehnte sich wieder zurück: „Alles Mögliche. Luftfahrzeuge, Schiffe, Überkopflader für Bergwerke und so weiter, und so weiter." „Und wie ich meinen Unterlagen entnehme, sind sie zur Zeit der Starverkäufer. Warum wollen sie das aufgeben?" Lucas beugte sich erneut etwas nach vorn: „Weil ich im Verhältnis zu meiner Leistung zu wenig verdiene. Ich kann mir nicht einmal Zusatzwasser fürs Bad leisten. Es sei denn, ich verkaufe meine Football-Dauerkarte." Der Personalchef klappte die Akte zu: „Da kann ich sie beruhigen, weil sie nämlich ihre Dauerkarte auf jeden Fall verkaufen müssen. Wer bei uns arbeiten will, darf keiner Partei, keinem Verein und keiner Glaubensrichtung angehören. Außerdem darf er in der Freizeit keine Vorliebe für einen bestimmten Sport, für eine bestimmte Kultur oder für Ähnliches haben. Sind sie damit einverstanden?" Lucas nickte: „Klar doch!" Der Personalchef fuhr fort: „Falls sie sich für uns entscheiden, dann werden sie jetzt in das Erdgeschoss hinunter fahren und sich dort an den Besuchercomputer X903 setzen. Da finden sie ein Kündigungsformular für ihren derzeitigen Arbeitgeber. Sollten sie es abschicken, sind sie automatisch bei uns eingestellt. Ein Arbeitsvertrag wird ihnen an den heimischen Computer geschickt. Zunächst arbeiten sie eine Woche ohne Bezahlung. Sind wir mit ihnen zufrieden, dann wird das Gehalt in der zweiten Woche mit ausgezahlt. Falls sie nicht zu unserer Zufriedenheit agieren, sind sie arbeitslos. OK?" Lucas strich sich über das Kinn: „Sie haben mir noch nicht gesagt, was ich in ihrer Firma eigentlich genau zu tun habe." Der Personalchef lachte: „Sie sind doch Verkäufer, also werden sie natürlich Robots verkaufen, und zwar anhand unseres Katalogs, den sie mit dem Arbeitsvertrag zusammen geschickt bekommen. Dort steht detailliert beschrieben, welche Roboter wir produzieren und was diese zu leisten vermögen. An zwei Tagen in der Woche arbeiten sie hier im Gebäude. Die Büronummer finden sie in ihrem Arbeitsvertrag. Da kommen dann Firmen, um sich beraten zu lassen. Also lesen sie sich den Katalog sehr gut durch und merken sie sich so viele Einzelheiten wie möglich. Weitere zwei Tage sind sie dann unterwegs und versuchen nach alter Tradition bei Wind und Wetter Homeroboter an der Haustür zu verkaufen. Und glauben sie mir, dass ist bei den derzeitigen Temperaturen kein

Zuckerschlecken. Einen Tag, den sie sich selber aussuchen dürfen, bleiben sie zu hause in Rufbereitschaft. Sollten sie fünfzig oder mehr Robots pro Woche verkaufen, dann ist ihr Gehalt doppelt so hoch wie das von ihrer jetzigen Arbeitsstelle. Ansonsten gibt es nur eine Pauschale, die dem gesetzlichen Mindestlohn entspricht. Bei mehr als neunundneunzig sind sie am Umsatz beteiligt. Sollten sie eine noch größere Anzahl von Bots verkaufen, dann können sie die auf mehrere Wochen verteilen, falls sie mal eine Woche gar nichts unter die Leute bringen. Steht alles in ihrem Vertrag. Abgerechnet wird bei uns wöchentlich. Bei Unregelmäßigkeiten werden sie auf der Stelle gefeuert. Nächsten Montag geht's los. Noch Fragen?" „Warum verkaufen sie denn ihre Bots nicht über das Internet?" „Firmenphilosophie. Kein Computer ist mit dem Internet oder einem Computer außerhalb dieses Gebäudes verbunden. Wir beugen damit der Industriespionage vor. Sonst noch Fragen?" Lucas schüttelte den Kopf. Er stand auf, verließ nachdenklich den Raum und fuhr mit dem Fahrstuhl ins Erdgeschoss. Nachdem er kurz gezögert hatte, setzte er sich an den Computer mit der Aufschrift X903. Das vorbereitete Kündigungsformular erschien sofort auf dem Bildschirm. Er bestätigte die vorgegebenen Bedingungen, schickte das Formular ab und begab sich zur Untergrundbahn. Hoffentlich würde das alles gut gehen.

„Hören sie, Behringer! das sind alles nur vage Vermutungen. Und sollte das, Gott behüte, wirklich stimmen,

229

dann handelt es sich hier um eine Grauzone. Wenn ein Organspendeausweis vorhanden ist, dann darf man nach dem Gehirntod schließlich auch Organe entnehmen. Kein Gesetzt schreibt dann vor, in welche Person die Organe eingesetzt werden müssen. Es gibt zwar Dringlichkeitslisten, aber wenn ein Organ nicht passt oder überhaupt nicht gebraucht wird, dann kann man damit machen, was man will. So und nicht anders ist die gesetzliche Lage im Moment." Der Minister war bei diesen Worten nervös im Zimmer auf und ab abgelaufen. Jetzt setzte er sich wieder hinter seinen antiken Schreibtisch aus dem Jahr 2018. Der Polizeichef hingegen sprang erregt auf: „Dann muss das Gesetz eben geändert werden! Wozu haben wir denn sonst unsere Regierung?" Die sich langsam bildenden Stirnesfalten des Politikers sagten eigentlich schon voraus, was nun folgen würde: „Schuster bleib bei deinem Leisten. Sie gehören zur Exekutive, ich zur Legislative. Ich fusche ihnen nicht ins Handwerk und sie lassen mich dafür in Ruhe arbeiten. Dann muss auch keiner von seinem Posten abgelöst werden. Schließlich ist es bekanntermaßen anderen Regionen ein Dorn im Auge, dass unsere Stadt eigene Minister und einen eigenen Polizeichef hat. Ich hoffe jetzt mal für sie, dass sie das nicht ändern wollen!" Der Gescholtene setzte schnaubend seine Dienstmütze auf und verließ ohne Gruß das Zimmer.

Lucas fläzte sich ein einen alten, aber bequemen Sessel und ließ auf der Videowand eine Seite des Katalogs nach der anderen aufleuchten. Von einarmigen Industrierobotern, über unförmige Handwerks- und Tauchrobots bis hin zu menschenähnlichen Haushalts- und Bürohilfen, war alles vertreten. Besonders beeindruckte ihn, mit welchem Wissen und mit welchen mentalen Fähigkeiten diese Maschinen ausgerüstet waren. So ein Nahrungszubereiter hatte erstaunlicherweise einen fast so hohen IQ wie er selbst. Sogar Trainer für beinahe alle Sportarten waren aufgelistet. Lucas musste lächeln. Bestimmt waren diese Trainerroboter freundlicher, als sein Betreuer in der Fitnesshalle. Etwas rang ihm dann aber echte Bewunderung ab; die Liebesroboter waren in der Tat unwahrscheinlich hübsch und falls man wollte, konnte man dafür Falten und Sommersprossen nachkaufen, damit sie noch menschlicher aussahen. Nur die Pflegeroboter waren ihm irgendwie zu steril. Er würde sich später einmal bestimmt nicht von solchen Langweilern pflegen lassen. Sein Hauscomputer meldete sich: „Herr Plischka, ich möchte sie hiermit in Kenntnis setzen, das der monatliche Bericht der Partnerbörse eingegangen ist." Lucas stand auf und fragte neugierig: „Ah! Und, gibt es ein paar Interessentinnen?" Die Antwort war niederschmetternd: „Nein! Nicht eine einzige. Es ist nur die Rechnung."

Der Minister öffnete das Kistchen mit den kleinen Duft-Violen. Er entnahm die grüne, öffnete sie und sog den Tannenduft tief ein. Dann schob er das Kästchen zu seinem Gegenüber: „Möchten sie?" Pawel Androwsky, der Geschäftsführer von BUYROBOTS, verneinte. Leicht verärgert klappte der Minister die Schatulle wieder zu: „Na dann eben nicht. Ich freue mich trotzdem, dass sie mir ihre kostbare Zeit opfern. Hören sie, der Polizeichef Behringer ist von einigen Aktivitäten in ihrem Hause beunruhigt. Vielleicht sollten sie ihre Abschirmung nach außen verbessern. Unser Polizeichef ist nämlich ein unbestechlicher Gerechtigkeitsfanatiker." Androwsky winkte lässig ab: „Ich halte es mit den alten Philosophen. Schon im neunzehnten Jahrhundert hat Friedrich Nietzsche sinngemäß gesagt, dass es bei unterschiedlich verteilter Macht nie Gerechtigkeit geben kann." Der Minister warf mit gekonntem Schwung die leere Viole in die runde Öffnung des Vernichters: „Und Konfuzius hat schon fünfhundert Jahre vor Christi gesagt, dass Menschen nicht über große Berge stolpern, sondern über kleine Maulwurfshügel. Sie sollten daher in Zukunft besser aufpassen!"

Als Lucas das Büro mit der Nummer 279 betrat, wartete schon eine junge Frau auf ihn: „Guten Tag Herr Plischka. Ich bin der Büro-Bot 4301 und zukünftig ihre Sekretärin. Meine Aufgabe ist es, ihnen zunächst die Büroabläufe zu erklären und ihnen dann potentielle Kunden zuzuführen. Sollten sie einen oder mehrere Bots verkauft haben, tragen sie bitte folgende Daten in den Schreibtisch-Computer ein; Typ des Bots, Seriennummer, Anzahl der verkauften Bots, Empfänger und die Woche, für die der Verkauf gelten soll. Daraufhin erhalten sie den frühesten Termin, an dem ausgeliefert werden kann. Diesen Fälligkeitstag teilen sie dann dem Kunden mit. Sollten sie etwas benötigen, zum Beispiel

Getränke für ihre Kunden, sagen sie einfach meinen Namen. Dann komme ich sofort. Ich heiße Alexis. An ihrem Computer finden sie eine orange Taste. Diese betätigen sie bitte in einem Notfall sofort, oder auch nur, wenn ihnen etwas ungewöhnlich vorkommt. Sei es auch nur eine klitzekleine Kleinigkeit. In zehn Minuten bringe ich ihnen die erste Kundschaft." Lucas nahm Platz und harrte der Dinge, die da kommen sollten. Etwa neun Minuten später führte seine Sekretärin zwei junge Herren herein. Wie sich herausstellte, ein absoluter Glücksfall. Sie hatten eine neue Firma für Küchenausstattung gegründet und benötigten zunächst eintausend Nahrungsroboter. Bei Erfolg ihrer Firma und der Zufriedenheit mit den Bots, wären später noch viel mehr vonnöten. Lucas schloss mit ihnen das Geschäft ab und gab die Daten ein. Er verteilte die Menge auf zehn Wochen zu je einhundert Bots. Die nächsten zweieinhalb Monate waren damit also gerettet. Er rief Alexis und ließ die beiden Herren von ihr zum Fahrstuhl geleiten. Danach teilte ihm seine Sekretärin mit, dass am Vormittag kein weiterer Kunde zu erwarten sei. Lucas sagte halblaut und mehr zu sich selbst: „ Dann habe doch Zeit, mir mal die Produktion anzuschauen." Alexis schien erschrocken zu sein und wehrte sehr energisch ab: „Das ist in unserem Hause strengstens untersagt."

Der Polizeichef verschränkte die Arme vor der Brust: „Und das wissen sie genau?" Die kleine Frau in dem Sessel vor seinem Schreibtisch nickte energisch: „Ich arbeite seit zwanzig Jahren in unserem Zentralkrankenhaus. Seit elf Jahren leite ich die Pathologie. Und ich frage mich als Medizinerin, wozu diese Leute unbedingt die Gehirne von hirntoten Menschen brauchen. Damit kann doch keine Sau etwas anfangen."

Das Essen in der großen Speisehalle der Firma war hervorragend. Lucas genehmigte sich auch noch einen Kaffee, bevor er wieder in sein Büro ging. Besser hätte er es beruflich nicht treffen können. Er rief nach Alexis, um sich nach eventuellen Käufern zu erkundigen. Sie kam auffällig langsam herein: „Es sind heut Nachmittag ... heut Nachmittag ... Nachmittag ... " Dann stieg etwas Rauch aus ihrem Mund und sie knickte wie ein Strohhalm nach vorn ab. Lucas war erschrocken. Was für Scheiß-Roboter wurden denn hier gefertigt? So einen Mist sollte er verkaufen? Augenblicklich drückte er die orange Taste. Zwei Herren in roten Arbeitsanzügen kamen herein und trugen Alexis hinaus. Kurz darauf kam einer zurück und sagte entschuldigend: „Das ist bei uns noch nie passiert. Kein Bot war sei sechs Jahren mehr defekt. Deshalb sind wir auf so eine Situation absolut nicht vorbereitet. Es tut uns leid, aber vor nächster Woche haben wir keinen Ersatz für sie. Sie müssen deshalb leider mit einer menschlichen Sekretärin vorlieb nehmen. Die Dame kommt sofort." Kaum war der Mann verschwunden, trat eine junge Frau ins Zimmer, die sehr wahrscheinlich als Vorlage für seine Alexis gedient haben musste. Lucas war auf der Stelle verliebt. Die Frau sagte leise: „Mein Name ist Irene Wollner. Ich bin für heute und morgen ihre Sekretärin. In fünf Minuten bringe ich ihnen einen neuen Kunden." Dann verließ sie ohne ein weiteres Wort den Raum. Schade, Alexis hatte wenigstens dabei gelächelt.

Der Kunde war augenscheinlich ein hohes Tier beim Militär. Er schob Lucas einen kleinen Briefumschlag zu. Lucas sah hinein und entdeckte eine goldene Kreditkarte. Der Käufer sagte militärisch knapp: „Genauso wie ausgemacht! Ich brauche dreihundert." Lucas blickte den Mann unsicher an: „Dreihundert was?" Der Uniformierte sagte erstaunt: „Na Sodatenrobots." Dann hielt er den Kopf schief und nahm urplötzlich den Umschlag wieder an sich: „Entschuldigung, hier liegt bestimmt ein Irrtum vor!" Und wie von der Tarantel gestochen, verließ er fluchtartig das Büro.

Polizeichef Behring legte Lucas die Hand auf die Schulter: „Genau diese Aussage habe ich für einen richterlichen Durchsuchungsbeschluss gebraucht. Ich hatte Irene Wollner eingeschleust, damit sie Alexis sabotieren konnte, um ihnen danach auf irgendeine Art und Weise zu zeigen, dass bei BUYROBOTS nicht alles koscher ist. Wir haben seit Langem den Verdacht, dass dort widerrechtlich Soldatenbots gefertigt werden. Dann bekamen wir einen anonymen Hinweis, dass die Bots nicht aggressiv genug waren, und daraufhin tote Gehirne reanimiert und in die Soldatenroboter eingebaut wurden. Morgen führen wir eine Razzia durch. Dann können wir das auch beweisen. Und noch eins, sie sollten morgen nicht auf der Arbeit erscheinen." Lucas nickte: „OK. Aber wie sind sie gerade auf mich gekommen?" „Weil sie nun mal der Neue und noch nicht verfilzt mit den restlichen Mitarbeitern der Firma sind."

Als Lucas aus dem Fahrstuhl stieg, um seine Wohnung aufzuschließen, sah er sich einem vermummten Mann gegenüber, der eine Waffe auf ihn richtete. Der Schuss traf ihn genau in die Mitte der Stirn. Etwa zur gleichen Zeit fiel der Polizeichef vom Dach seines zehnstöckigen Dienstgebäudes. Irene Wollner verstarb nur eine Minute später beim Absturz ihres Lufttaxis. Der Gewinn vor Abzug der Steuern von BUYROBOTS verdoppelte sich im gleichen Jahr.

Subjektive Fragen

Hast du, oh Herr, die Welt um mich herum tatsächlich einst erschaffen? Und hast du auch, so frage ich, seither dein Werk von Ferne oder Nähe stets bewacht? Bist du wirklich allgegenwärtig oder fürchten Patres nur Befugnisse zu verlieren? Wenn du, wie allgemein behauptet, die Hand stets schützend über deine Schöpfung hältst, so frag ich mich, was soll ein Blitzableiter wohl auf jeder deiner Kirchen? Warum erlaubst du, dass den Müttern Dinge wie Krankheit oder Hunger ihre Kinder von den Herzen reißen? Nennst du dies, frag ich, wahre Nächstenliebe? Wieso duldest du, dass jede Marter, jede Pein als deine Prüfung ausgegeben werden darf? Weshalb auch lässt du zu, dass Kriege man in deinem Namen führt und so dein Name tief und tiefer in den Schmutz getreten wird? Wenn unser Menschenwohl dir so am Herzen liegt, weshalb denn muss der Mensch erst darum beten? Schufst du den Mensch nach deinem Ebenbilde, so stellt sich doch die Frage mir, ist denn dein Bild das eines Mannes oder schaust du einem Weibe gleich? Und warum soll ich glauben an die göttliche Präsenz und darf nicht darum wissen? Weshalb denn zeigst du nicht dein Antlitz unsren Augen? Wähnst du wirklich, wie Skeptiker behaupten, die Schöpfung sei gescheitert und überlässt gedankenlos uns jetzt dem wilden Chaos? Wieso darf unter deinen Augen der Ehegatte seinen Partner morden, oder gar die Schar der Kinder? Warum, wenn du uns liebst, stoppst du im Vorhinein nicht das Begehen schwerer Sünden? Wieso erlaubst du auch, dass Jünglinge von Kirchenmännern und Mädchen von Perversen roh geschändet werden? Und wie hast du's geschafft, Atome aus den kleinsten aller kleinen Teile zu gestalten, und weshalb bestimmtest du, dass beim Zerreißen ihrer Kerne Todesstrahlen unser Menschenfleisch in Staub verwandeln? Und die wohl wichtigste Frage: Gibt es dich denn wirklich, und wenn ja, wo?

So antwortete doch! Und nicht erst durch das Senden einer schweren Krankheit, die in meiner Verzweiflung gewaltsam meinen Sinnen den Gedanken abringt, es müsse doch noch etwas Göttliches geben, das durch Gebete mir erhoffte Hilfe angedeihen lässt. Nicht so!

Bildung

Der Herbststurm riss unerbittlich die letzten Blätter von den Bäumen und verbog ihre Äste bis an die Schmerzgrenze. In der Kanzlei ‚Bormann und Sohn' zog der Juniorchef die dicken Plüschvorhänge zu, um das Pfeifen des Windes wenigstens etwas zu dämpfen. Dann wandte er sich wieder der Fünfzigjährigen zu, die vor seinem Schreibtisch saß: „Wollen sie das wirklich? Denn falls wir den Prozess verlieren, werden sie sehr wahrscheinlich in eine Nervenheilanstalt eingewiesen." Die Frau erwiderte trotzig: „Ich will doch nur, dass mein Beruf anerkannt wird und man mich dann nicht mehr als durchgeknallt bezeichnen darf." Bormann Junior setzte sich wieder gemächlich hinter seinen Metallrohr-Schreibtisch: „Und ihr Beruf ist tatsächlich Fee?" „Natürlich", sagte die Frau, „ansonsten säße ich ja wohl nicht hier." Der Anwalt rieb sich intensiv die Nase: „Aber ich sehe keine Flügel." „Weil das absoluter Quatsch ist, der ins Märchenreich gehört. Feen haben keine Flügel." „Und wie fliegen sie dann? Mit Feenstaub?" Die Frau wurde böse: „So ein Käse! Lösen sie sich endlich von den Geschichten, die sich irgendwelche durchgeknallte Schriftsteller ausgedacht haben. Wir fliegen nicht. Und was soll eigentlich Feenstaub sein? Hat man da ein paar Feen pulverisiert? Wie stellen sie sich das vor?" Der Anwalt musste lächeln: „OK. Aber wir müssen doch vor Gericht irgendwie beweisen, dass sie eine Fee sind. Könnten sie mir beispielsweise drei Wünsche erfüllen?" Die angebliche Fee sprang auf:

„Da kriege ich doch gleich einen Hals wie ein Elefant. Schon wieder diese Märchenscheiße! Eine Fee kann einem Menschen nur einen einzigen Wunsch in seinem gesamten Leben erfüllen. Und der Wunsch darf nicht den Regeln widersprechen." Jetzt wurde der junge Bormann neugierig: „Welche Regeln?" Die Frau setzte sich wieder und atmete tief durch: „Also, der Wunsch darf kein Nachfolgewunsch sein. Der Wunsch darf kein Doppelwunsch sein. Der Wunsch darf kein Schadenswunsch sein. Der Wunsch darf kein Erweckungswunsch sein und darf auch kein Vorrangswunsch sein. Außerdem darf er kein Unmöglichkeitswunsch sein. Und er sollte möglichst kein Unvernunftswunsch sein." Der Anwalt schien ein wenig überfordert: „Könnten sie das bitte etwas näher erläutern?" Die Dame lehnte sich zurück: „Also ein Nachfolgewunsch wäre, wenn sie sich beispielsweise wünschen würden, dass sie drei weitere Wünsche hätten, oder, dass sich ihre Tochter etwas wünschen dürfte. Oder auch, dass sie zaubern könnten und so weiter und so weiter. Ein Doppelwunsch wäre, wenn sie sich beispielsweise nach Paris und zurück wünschen würden, denn wenn sie in Paris angekommen sind, wäre der Wunsch bereits erfüllt. Zurück geht dann nicht mehr. Ein Schadenswunsch wäre, wenn sie sich wünschen würden, dass sich ihr Nachbar ein Bein bricht, oder sie selbst an Krebs erkranken möchten. Ein Erweckungswunsch könnte sein, dass sie sich wünschen, ihre tote Frau möge wieder zum Leben erweckt werden, oder ein Mann, der im Koma liegt, soll aufwachen. Ein Unmöglichkeitswunsch wäre beispielsweise, wenn sie sich wünschen würden in die Hauptstadt von Hintermuggelbumsland zu reisen. Das Land gibt es ja nicht. Oder in die Zukunft zu reisen, das geht auch nicht, denn die Zukunft gibt es ja nur in der Zukunft und nicht im Moment des Wünschens." Der Junior hielt den Kopf schief und überlegte einen kurzen Moment: „Und wenn ich mir alles Geld dieser Welt wünschen würde?" „Das wäre ein Schadenswunsch. Dann hätte nämlich außer ihnen kein Mensch mehr Geld. Die Wirtschaft würde zusammenbrechen, es würde industriell nichts mehr produziert werden und viele Menschen würden verhungern. Wahrscheinlich auch sie." „Na gut. Das sehe ich ein. Aber was ist mit den Unvernunftswünschen? Wie habe ich das zu verstehen?" „Na ja, falls sie sich etwas Unvernünftiges wünschen, müsste ich sie zunächst beraten. Beharren sie dann trotzdem auf diesem Wunsch, muss ich ihn erfüllen. Angenommen sie würden sich wünschen, zukünftig nicht mehr zu laufen sondern nur noch wie ein Spatz zu hüpfen. Das hielte ich in der Tat für unvernünftig. Übrigens habe ich den Vorrangswunsch noch nicht erläutert. Der besagt nämlich, dass der Wunsch der Fee Vorrang vor dem Wunsch des Menschen hat. Sie können sich also nicht wünschen, dass ich auf der Stelle verschwinde, oder dass wir unsere Körper tauschen oder Ähnliches." Der Anwalt kratzte sich nervös auf dem Handrücken: „Und, äh, wenn ich mich nun in die Vergangenheit zurückversetzen möchte, ginge das?" „Schon, aber dann kämen sie nicht mehr in die Gegenwart, weil das dann ein Doppelwunsch wäre." Bormann Junior grübelte ein wenig. Dann platzte er heraus: „Und wenn sich jemand den Weltfrieden wünschen würde?" „Das wäre ein Unmöglichkeitswunsch, zumindest solange, wie es Menschen auf dieser Welt gibt. Nebenbei gesagt, der größte Irrtum der meisten Menschen ist, dass ein ausgesprochener Wunsch auf der Stelle erfüllt wird. Das kann unter Umständen erst nach Jahren erfolgen." Bormann hob beide Hände: „Dann können wir nie beweisen, dass sie eine Fee sind. Und deshalb werde ich ihren Fall nicht vor Gericht vertreten." Die Frau erhob sich schulterzuckend: „Da muss ich wohl annehmen, dass sie sich nicht mehr an mich erinnern." Der Junior zog die Stirn kraus: „Erinnern? Kenne ich sie denn? Und woher, bitte schön?" In diesem Moment wurde die Tür von der Sekretärin des Anwalts geöffnet: „Entschuldigung, aber hier hat jemand seltsamerweise ein Kinderfahrrad für sie abgegeben." Die Fee lächelte: „Na bitte, Herr Anwalt. Als sie acht Jahre alt waren, sind wir uns schon einmal begegnet. Damals haben sie sich ein Fahrrad von mir gewünscht. Hiermit ist der Wunsch abgegolten. Ich wünsche einen schönen Tag!" Der Juniorchef wurde krebsrot und brüllte: „Hauen sie bloß ab! Und nehmen sie ihr beschissenes Fahrrad mit! Sonst lernen sie mich von einer ganz anderen Seite kennen. Raus hier! Aber dalli! Verscheißern kann ich mich alleine!"

Im Feenhauptquartier strich sich der Oberfeenmeister mehrmals durch seinen langen, eisgrauen Bart: „Du bist ein ausgekochtes Schlitzohr, und verdammt schlau. Gut, dass wir dich zu diesem fantastischen Bildungsseminar geschickt haben. Das war nun schon der einhundertzwanzigste Fall, dass du einen Menschen durch einen fiktiven Fahrradwunsch davon abgebracht hast, seinen tatsächlichen Wunsch zu äußern. Wenn das so weiter geht, dann haben wir bald genügend Wünsche eingespart, um aus den roten Zahlen herauszukommen. Dann kannst du meinetwegen auch aus dem Berufsleben ausscheiden. Aber hin und wieder solltest du unseren Anfängern doch noch ein paar Tipps geben. Denn wie hat John F. Kennedy gesagt: „Es gibt nur eins, was auf Dauer teurer ist als Bildung: Keine Bildung."

Kopfrechnen

Der eine oder der andere wird kaum glauben, dass es zu meiner Schulzeit noch keine Taschenrechner und auch keine Computer gegeben hat. Im Mathematikunterricht mussten wir uns deshalb mit dem sogenannten Rechenschieber begnügen. Wer den nicht kennt, ahnt auch nichts von den Überschlagsrechnungen, die zur Ergebnisfindung unbedingt von Nöten waren. Auch den Gebrauch von Büchern mit zahllosen Logarithmentabellen, können sich wohl die meisten heut zu Tage ebenfalls nicht mehr vorstellen. Zwar war ich in der Schule ziemlich faul und hatte in Mathe nur eine Drei, aber nach der Schulzeit machte mir das Kopfrechnen seltsamerweise richtig Spaß. Nachdem ich einige einschlägige Bücher durchgearbeitet hatte, entwickelte ich sogar ein Verfahren, mittels dem man dreistellige Zahlen im Kopf ziemlich schnell miteinander multiplizieren konnte. Diesen Algorithmus wandte ich dann auch jahrelang auf Arbeit an, wenn ich am Monatsende meine Abrechnungen machen musste. Durch dieses monatliche Training, kam ich dann auch immer schneller und schneller zu den gewünschten Ergebnissen. Leider nur bis zu dem Tag, von dem an ich keinerlei Abrechnungen mehr erledigen musste. Man schickte mich in die Arbeitslosigkeit. Was nützten mir also meine mathematischen Fähigkeiten? Nichts, rein gar nichts. Multiplizieren, und sei es auch mit dreistelligen Zahlen, ist im täglichen Leben wahrlich nur eine brotlose Kunst. Also meldete ich mich beim Arbeitsamt. Ich regte nach einiger Zeit an, diese Institution lieber Arbeitslosenamt zu nennen, denn die gestressten Mitarbeiter konnten mir über lange Zeit auch nicht die geringste Arbeit vermitteln. Das Einzige, was sich änderte, war der Name. Die Behörde hieß jetzt ‚Agentur für Arbeit'. Aber eine Arbeit konnte mir diese Agentur, trotz etlicher Bewerbungen, ebenfalls nicht vermitteln. Und wieder gab es eine Änderung. Der Laden hieß jetzt ab sofort ‚Jobcenter'. Und siehe da, ich wurde vermittelt. Nun ja, nicht direkt in Arbeit, sondern in eine Weiterbildung. Dazu muss ich sagen, dass ich inzwischen schon lange einen Computer besaß und hobbymäßig Programme schrieb. Nichts Weltbewegendes, aber doch schon einige Spiele und mehrere praktische Tools. Sie ahnen es bestimmt schon, man steckte mich in einen Programmierkurs für Anfänger. Dort saß ich neben Leuten, die ihren Computer allerhöchstens zum Schreiben von Briefen benutzten, oder eine Exceltabelle als Speicher für Adressen vergewaltigt hatten. Ich sollte sinniger Weise lernen, wie man den kurzen Text ‚Hello World' auf dem Bildschirm ausgibt. Logischerweise ging ich zu diesem seltsamen Zirkus ab sofort nicht mehr hin. Ergo kürzte man mir das Arbeitslosengeld. Na prima! Und was tut ein Mann in so einem Fall? Das Dümmste, was er tun kann, er besäuft sich. Als ich dann gegen achtzehn Uhr aus meiner Lieblings-Destille herausgewankt kam, stand dort mein Pfarrer, der sowieso nicht gut auf mich zu sprechen war. Er ermahnte mich salbungsvoll mit gefalteten Händen: „Du weißt, Alkohol ist nicht gut für die menschliche Seele. Du bist auf dem falschen Wege. So kehre um, mein Sohn!" Ich tat wie geheißen, kehrte um und ging schnurstracks wieder in die Kneipe. Das gefiel zwar dem Wirt, missfiel aber dem Pfarrer und am nächsten Tag auch meinem Kopf. Als ich, nach der Einnahme mehrerer Tabletten, wieder einigermaßen schmerzfrei denken konnte, wurde mir klar, dass ich auf normalem Wege wohl kaum zu Geld kommen würde. Ein Banküberfall schied jedoch aus, da ich mir, aufgrund meiner angeborenen Geschicklichkeit, höchstwahrscheinlich dabei selbst in den Fuß schießen würde. Also durchforstete ich das Internet mittels des Textes „Probanden gesucht." Vielleicht konnte ich ja als Versuchsperson der Menschheit einen kleinen Dienst erweisen und dabei nebenher etwas Kohle machen. Das nennt man, glaube ich, eine „Win-Win-Situation." Als Erstes bewarb ich mich bei einer Studie für Grippe-Medikamente. Nach drei Wochen und neununddreißig Grad Fieber wurde mein Konto lediglich um zwei Monatsmieten aufgewertet. Später fiel mir dann eine ganz kleine, schwarz umrandete Annonce ins Auge, durch die Leute gesucht wurden, welche von Haus aus Spaß an Mathe haben sollten und einer Erweiterung ihre Hirnkapazität auf diesem Gebiet positiv gegenüber stehen würden. Meine Anfrage wurde positiv beschieden und ich musste mich eine Woche darauf an einer abgelegenen Adresse melden. Das Gebäude hatte verspiegelte Fenster und es war auch nirgends ein Firmenlogo zu sehen. Schon bei der Anmeldung musste ich für mein Stillschweigen unterschreiben. Dafür war zu meiner Freude auf dem Formular vermerkt, dass jeder Proband mindestens sechstausend Euro bekäme. Bei Langzeitbeobachtung sogar noch etwas mehr. Außer mir saßen noch weitere zweiundzwanzig Personen im Raum. Einer nach dem anderen wurde in das angrenzende Zimmer gerufen. Die meisten kamen jedoch mit hängendem Kopf wieder heraus und verabschiedeten sich missgelaunt. Zum Schuss blieben nur drei Personen übrig. Ich war eine von ihnen.

Ein großer Flachbildschirm zeigte Fotos und kurze Videosequenzen, nach denen klar war, dass man uns einen Chip implantieren würde. Und zwar genau ins Gehirn. Daraufhin sprangen meine Mitbewerber kleinlaut ab. Ich hingegen spielte, im Hinblick auf das zu erwartende Honorar, den absolut Tapferen. Man sagte mir vierundzwanzig Stunden zu, um alles Nötige an Kleidung und Hygieneartikeln für die Zeit von einer Woche zusammen zu tragen. Am Tag danach wurde ich dann durch einen freundlichen Mitarbeiter in eine Art Krankenzimmer eingewiesen. Schrank, Bett, Tisch, Stuhl, Fernsehgerät und ein separates Badezimmer würden ab jetzt für sieben Tage mein Dasein bestimmen. Bereits schon am nächsten Tag fand die Operation statt. Obwohl bei Gehirnoperationen nicht zwangsläufig eine Vollnarkose notwendig ist, wurde ich mittels einer beträchtlichen Spritze gänzlich meiner Sinne beraubt. Der Aufforderung des Narkosearztes, bis zehn zu zählen, kam ich lediglich bis zur Zahl zwei nach. Dann sank ich tief und selig in den schönsten Schlaf meines Lebens. Nachdem ich in meinem Zimmer erwachte, bemerkte ich als Erstes einen turbanartigen Verband um meinen Schädel. Als Zweites drängte sich ein ziemlich schlimmes Durstgefühl in mein Bewusstsein. Das schien man erwartet zu haben, denn im gleichen Moment öffnete sich die Tür und eine junge Frau trat mit einem Glas in der Hand an mein Bett: „Sie müssen das trinken, auch wenn es nicht gerade gut schmeckt!" Glauben sie mir, selbst der größte Durst täuscht nicht über die Tatsache hinweg, dass Pisse nach Pisse schmeckt. Kaum hatte ich einen Schluck hinunter gewürgt, schlief ich auch schon wieder ein. Nachdem ich erneut zu mir gekommen war, teilte man mir mit, dass ich lange geschlafen hätte und deshalb nun etwas essen müsse. Der fehlende Kopfverband und das gefühlte Loch im Magen, bestätigten diese Aussage. Ganze drei Tage ließ man mich in Ruhe. Schlafen, Körperpflege, Mahlzeiten, Fernsehfilme und die Kloschüssel bestimmten meinen Tagesablauf. Dann ging es los. Ich wurde in ein Labor geführt und bekam eine Haube aufgesetzt, aus der einige hundert Drähte ragten, die in verschiedenen Bündeln an einem Computer angeschlossen waren. Dann sollte ich Rechenaufgaben lösen, welche nacheinander für einen kurzen Moment auf einem Monitor aufleuchteten. Zuerst einfache Additionen, danach simple Multiplikationen. Mehr hatte ich an diesem Tag nicht zu tun. Verwundert saß ich am Abend auf meinem Stühlchen und grübelte, was der ganze Quatsch sollte. Am Tag darauf teilte man mir mit, dass ich jetzt Freizeit hätte, da erst meine aufgezeichneten Hirnströme gründlich ausgewertet werden müssten. Am sechsten Tag holte man mich erneut in das besagte Labor. Jetzt stellte mir der Bildschirm Aufgabe um Aufgabe, bei denen dreistellige Zahlen im Kopf zu multiplizieren waren. Erwartungsgemäß bereitete mir das keinerlei Schwierigkeiten. Hocherfreut begleitete mich ein Mitarbeiter zurück in mein Zimmer und ersuchte mich freundlich, meine bevorstehende Entlassung für den nächsten Tag vorzubereiten. Irgendwie kam mir die Sache nun doch komisch vor. Aber in der Hoffnung auf die sichere Entlohnung, schlief ich dann trotzdem einigermaßen ruhig ein. Am nächsten Morgen kamen nach dem Frühstück zwei Herren in mein Zimmer gestürmt, gefolgt von der mir bereits bekannten jungen Frau. Sie trug ein Tablett mit vier gefüllten Sektgläsern. Nachdem man mich zum Anstoßen genötigt hatte, teilte man mir mit, dass ich nun entlassen sei, denn aufgrund der großen Bemühungen und der aufreibenden Forschungsarbeit aller Mitarbeiter, wäre ich von Stund an in der Lage, ohne Hilfe eines Computers dreistellige Zahlen miteinander multiplizieren zu können. Da ich schon seit meiner Kindheit ehrlich arbeitende Menschen nicht ent-

247

täuschen konnte, bedankte ich mich höflich, während ich in Wirklichkeit diesen Leuten lieber in den Arsch getreten hätte. An der Ausgangstür wies man mich noch einmal nachdrücklich auf meine Schweigepflicht hin. Drei Tage später wurden meinem Konto tatsächlich sechstausend Euro gutgeschrieben. Da soll doch noch einmal einer sagen, Multiplizieren wäre eine brotlose Kunst!

Omas Geschichte

Immer, wenn ich dieser Tage unseren Weihnachtsbaum schmücke, muss ich an meine Großmutter denken. Als sie noch lebte, hat sie uns stets während des Schmückens Geschichten erzählt. Das waren zwar selten Weihnachtsgeschichten, aber Oma konnte Fabeln und Anekdoten so spannend erzählen, als wären es Kriminalfälle. Allerdings hat sie in ihren letzten Lebensjahren immer und immer wieder die selbe Geschichte zum Besten gegeben. Sie konnte sich einfach nicht mehr daran erinnern, dass wir das Ganze bereits kannten. Vor dem Erzählen behauptete sie jedoch stets, dass sich alles meine Ur-Ur-Großmutter ausgedacht habe. Diese hätte die Erzählung damals auch einem gewissen Herrn vorgetragen, und der hätte flugs daraus ein Märchen gemacht. Wer's glaubt wird selig. Da ich die Episode damals wohl an die zehnmal hören musste, hat sie sich fest in mein Gedächtnis eingebrannt. Und eben das befähigt mich, sie hier aufzuschreiben. Vielleicht kommt sie Ihnen ja bekannt vor. Meine Großmutter begann ihre Schilderung jedes Mal folgendermaßen:

Vor langer, langer und nochmals langer Zeit war da ein Mann im Königreiche, der für die damaligen Gegebenheiten das äußerst seltsame Gewerbe des Feuerwerkers ausübte. Zunächst begann er aber als einfacher Matrose. Er hatte auf einem großen Segelschiff angeheuert, welches verschiedenste Waren nach China befördern musste. Daselbst an Land gegangen, sprach er dem Reiswein derartig heftig zu, dass er das Ablegen seines Schiffes am nächsten Tage um etliche Stunden verschlief. So kam es, dass er sein Auskommen durch niedere Arbeiten erlangen musste, zumal seine Zunge der dortigen Landessprache nicht mächtig war. Zu seinem Heil und Glück nahm ihn ein alter Feuerwerker als Gehilfen an, da kein Chinese diese Arbeit mehr verrichten wollte. Zu viele waren bereits beim Mischen von Pulver gen Himmel gereist. Und da der Mann noch nie im Leben etwas von dieser Art Feuerkunst gesehen oder erlebt hatte, lernte er wissbegierig alles über Mittel und Ausführung. Als nach zwei Jahren wieder ein Schiff aus Europa im Hafen anlegte, überkam ihn das Heimweh und er verabschiedete sich von seinem Meister. Als Lohn für seine Arbeit erwünschte er sich kein Geld, sondern eine Kiste mit Feuerwerksraketen sowie eine Kiste mit Schwarzpulver. In der Heimat angekommen, wurde er sogleich im Palaste vorstellig und erbot sich, die königlichen Feste zu illuminieren. Doch bereits beim ersten Versuch flog eine der Raketen durch das Turmfenster der Prinzessin und verbrannte all ihre Habe. Der Mann, durchaus wissend, dass man ihn dafür einen Kopf kürzer machen würde, schnappte sich einen kleinen Jutesack, welchen er mit etwas Brot und Speck füllte, band ihn sich an den Gürtel und lud sich zu guter Letzt noch einen kleinen Kasten mit Raketen auf den Rücken. Dann verließ er, so schnell ihn seine Beine tragen konnten, das Schloss des Königs. Als dieser seine Schergen aussandte, war der Mann bereits über alle Berge. Nachdem dann aber seine Wegzehrung zu Ende gegangen war, zog er von Dorf zu Dorfe, um sich das Essen und Trinken als Bettler zu beschaffen. Zwar bot er den Bauern an, als Dank ein Feuerwerk zu entfachen, aber als diese hörten, dass wohl Funken und Feuer am Himmel zu sehen wären, schickten sie den Mann gar schnell ins nächste Dorf. Keiner wollte so ein Teufelswerk im eigenen Orte haben. Als seine Beine gar so müde waren und sein Buckel kaum noch den Kasten zu tragen vermochte, wurde er eines Tages durch Gottes Zufall der Zeuge, wie ein Müller vor sich hin sagte, seinen alten, müden Esel zum Abdecker bringen zu wollen. Der Mann dachte bei sich, dass ihm so ein Grautier wohl frommen möge. Da konnte er reiten und den Kasten müsste er auch nicht mehr allein schleppen. Also schlich er sich heimlich in des Müllers Stall, band dem Esel einen Strick um den Hals und zog ihn vorsichtig hinter sich her. Der Esel, dem das zunächst nicht ganz geheuer war, schlug mit den Hinterbeinen aus und traf damit heftig das Stalltor. Der Mann erschrak ob dieses dumpfen Geräusches und rief: „Wärest du ein Musiker, dann ließe ich dich die Pauke schlagen. Aber jetzt komm schnell, bevor der Müller unserer gewahr wird!" Kaum einen Tag später trafen sie auf einen alten Jagdhund, welcher japsend am Straßenrande lag. „Hallo Packan", sagte der Mann, dein Herr wollte dich bestimmt totschlagen, weil du im Alter nicht mehr zu jagen vermagst. Schließ dich uns an. Im nächsten Dorfe will ich dir schon etwas zu beißen erbetteln." Der Hund, dem der Tonfall des Mannes gefiel, jaulte und trottete bereitwillig hinter den beiden her. Der Mann lachte: „Dein Jaulen klingt in der Art, als spielte ich die Laute. Du bist gewiss auch so ein Musiker, wie mein lieber Esel hier." Wohl nach drei Biegungen des Weges saß da eine bejahrte Katze und machte ein Gesicht wie drei Tage Regenwetter. „Hallo Bartputzer", sagte der Mann, „deine Herrin wollte dich bestimmt ersäufen, da du keine Mäuse mehr fangen kannst. Komm also mit uns, dann bist du nicht alleine. Vielleicht verstehst du dich auf Nachtmusik, dann passt du in unser seltsames Orchester." Die Katze hatte wohl Angst vor dem Hunde und lief deshalb flink allen voran. Als der Trupp wieder einmal an einem Bauernhofe vorbei kam, saß da ein Hahn auf dem Tor und schrie aus Leibeskräften. „Hallo Rotkopf", sagte der Mann, „du schreist bestimmt, weil man dich für die Suppe am Sonntag vorgesehen hat. Komm doch lieber mit uns. Mit dieser Stimme kannst du in unserer Kapelle das Singen übernehmen." Also flog der Hahn auf die Schulter des Mannes und reiste mit. Als sie am späten Abend durch einen dunklen Wald streiften, bemerkten sie ein erleuchtetes Häuschen.

Durch das Fenster war zu sehen, dass dort eine Räuberbande Speis und Trank im Überflusse zusammengestohlen hatte, und es sich herrlich gut gehen ließ. Hier nun kamen endlich die Feuerwerksraketen des Mannes zur Geltung. In Fenstern, Ritzen, Tür und Schornstein befestigt, erzeugten sie ein gleißendes Höllenfeuer. Die Räuber, zu Tode erschrocken, stürmten mit vollen Hosen in alle Welt hinaus und wurden nie wieder von einem Menschen gesehen. Dem Mann und den Tieren aber gefiel es so wohl in dem Häuschen, dass sie nie im Leben wieder heraus wollten.

So lautete die Geschichte der Großmutter meiner Großmutter. Und meine Oma stritt mit uns bis zum Erbrechen, man hätte die Geschichte der Bremer Stadtmusikanten nie niedergeschrieben, wenn nicht im vierzehnten Jahrhundert das Feuerwerk von China nach Europa gebracht worden wäre. Und mal ehrlich, glauben Sie wirklich, dass zu der damaligen Zeit eine Horde beinharter Räuber vor vier Tieren ausgerissen wäre?

Ich träume

Es ist vierzehn Uhr und siedend heiß. Die Sonnenstrahlen knallen unbarmherzig auf die Erde nieder, als fürchteten sie eine Strafe, wenn sie es nicht täten. Die Luft über der Fahrbahn flimmert derart stark, dass ich die vorausfahrenden Autos nur völlig verzerrt wahrnehmen kann. Die Klimaanlage in meinem Wagen hält jedoch die Innentemperatur konstant auf erfrischenden einundzwanzig Grad Celsius. Ginge es nach meiner Frau, hätte ich zu hause auch eine Klimaanlage, aber die verbraucht ja bekanntermaßen Strom. Und mehr Strom bedeutet auch mehr CO_2-Auststoß und damit noch mehr Klimaerwärmung. Was wiederum eine stärkere Klimaanlage bedingt, die ihrerseits dann noch mehr Strom zieht. Ein Teufelskreis. Wenn das so weitergeht, dann sieht die Erdoberfläche bald genauso aus, wie die Steaks bei unserer letzten Grillparty. Man darf halt keine Leute an den Grill stellen, die nur die große Klappe, aber keine Ahnung haben. Weil es nun leider auf dem Grillrost genauso ausgesehen hat wie darunter, haben wir uns dann doch schweren Herzens eine Pizza bestellt. Aber wer bringt uns später mal die Pizza, wenn die Erde verkohlt ist? Ganz abgesehen vom Bier. Den Feldern neben der Autobahn ist die Trockenheit deutlich anzusehen. Die Landwirte werden auch dieses Jahr wieder mit Ernteeinbußen rechnen müssen. Aber die Menschen fahren weiterhin fröhlich mit ihren CO_2-Schleudern durch die Gegend. Ich ja auch. Und wer kauft sich schon ein sündhaft teures Elektroauto, wenn man einen gebrauchten Benziner für ein Zehntel des Geldes bekommen kann. Mal abgesehen von der Tatsache, dass es die Politik nicht schafft, flächendeckend für Ladestationen zu sorgen. Aber egal ob elektrisch oder konventionell, ich fahre gern. Und am liebsten auf der Autobahn. Denn obwohl manche behaupten, dass man durch den eintönigen Fahrstil unaufmerksam wird, ist es bei mir genau umgekehrt. Aufgrund der Geschwindigkeit bin ich hochkonzentriert. Ich schalte auch meist das Autoradio

aus, da ich meine ganze Aufmerksamkeit der Straße
widme und deshalb sowieso nicht mitbekomme, was im
Radio so läuft. Manche Dauerfahrer haben ja auch
Angst vor dem Sekundenschlaf. Wenn ich hingegen
merke, dass sich eine gewisse Müdigkeit anschleicht,
dann fahre ich sofort auf einen Parkplatz. Ein Kissen
und eine Decke habe ich immer dabei. Ich klappe den
Sitz um und schlafe erst mal eine Viertelstunde. Meistens träume ich dabei irgendwelchen Scheiß. Auch zu
hause, im heimischen Bett, träume ich stets großen
Mist. Früher, als Kind, war ich ein sogenannter Klar-
träumer. Falls sie es nicht wissen, ein Klartraum, auch
luzider Traum genannt, ist ein Traum, in dem der Träumer sich einerseits bewusst ist, dass er träumt und andererseits nach eigenem Entschluss handeln kann. Als
Kind konnte ich das. Hat mir ein Traum nicht gefallen,
dann bin ich einfach aufgewacht oder habe die Handlung zu meinen Gunsten beeinflusst. In der Pubertät hat
sich das zum Teil verloren. Heute bin ich mir lediglich
bewusst, dass ich träume, kann aber nichts mehr beein-
flussen. Ich merke jedoch genau, dass Geräusche oder
Gespräche, die durchs Schlafzimmerfenster dringen,
meinen Traum in eine bestimmte Richtung lenken, ohne
dass ich etwas dagegen machen kann. Oder wenn ich
vor dem Fernseher einschlafe, dann baut mein Gehirn
Teile aus dem Film in meinen Traum ein. Meistens so,
als hätte ich selbst das gesagt, was ein Schauspieler im
Moment gerade von sich gibt. Außerdem spüre ich neuerdings die sogenannte Schlaflähmung, auch Schlafstar-
re oder Schlafparalyse genannt. Dabei ist die Skelett-

muskulatur während des Schlafs gelähmt, um den Körper zu schützen. Dadurch wird nämlich verhindert, dass geträumte Bewegungen tatsächlich vom Körper ausgeführt werden. Ansonsten könnte man sich im schlimmsten Fall die Knochen zerschlagen. Wenn ich nachts mal raus muss, dann dauert es eine gefühlte Ewigkeit bis ich in der Lage bin, meinen Arm zu bewegen, um die Bettdecke zurückzuschlagen. Falls meine Frau das mitbekommt, lacht sie sich darüber meist schlapp.

Vierzehn Uhr und dreißig Minuten. Laut Außenthermometer ist es draußen noch heißer geworden. Hier drin sind es aber immer noch einundzwanzig Grad. Gutes Auto. Ich bin gleich an meiner Ausfahrt. Zu hause erwartet mich Kaffee und Kuchen. Meine Beste backt gerne. He, wieso zieht dieser Idiot plötzlich nach links ohne zu blinken? Das ABS klackert aber ziemlich laut. Scheiße, das reicht nicht ganz. Das reicht nicht! Ich glaube, ich träume den Quatsch aber nur. Schließlich ist es dunkel. Und ich höre seltsame Geräusche und Stimmengewirr ….. Hoppla, jetzt wird es hell. Aber ich sehe nur vage Schatten hin und her huschen. Blöder Traum ….. Irgendjemand weint. Hört sich an wie mein Weib ….. Ein Mensch liest laut aus einem Buch vor. Ich kenne den Text. Es ist mein Lieblingsbuch ‚Flug zum Alpha Eridani'. Das einzige Buch mit hellblauen Seiten ….. Es scheint, im Fernsehen läuft eine Wissenschaftssendung. Wie gewöhnlich baut mein Gehirn den Inhalt in den Traum ein. Es geht um einen Mann, der seit Jahren im Koma liegt ….. Jemand drückt meine Hand. Es fühlt sich an, als wäre es meine Frau. Ko-

misch, sonst legt sie immer den Kopf auf meine Brust
….. Ich glaube, im Fernsehen läuft scheinbar so ein
gefühlsduseliger Film. So einer, bei dem man eine
Scheibe Brot unter den Fernseher halten kann und hat
anschließend ein Schmalzbrot. Ein Mann mit einer tie-
fen, sonoren Stimme sagt, dass es nach zehn Jahren so
gut wie keine Hoffnung mehr gibt und eine Frau spricht
von Scheidung. Lustigerweise klingt sie genauso wie
meine Gute ….. Eine innere Stimme sagt, ich muss
überlegen. Weiß aber nicht was ….. Ich ….. Das Fern-
sehprogramm scheint jemanden nicht zu gefallen. Er
spricht von ‚abschalten' ….. Also ich ….. Aha, es
scheint, der Traum ist zu Ende. Alles wird stockdunkel.
Da werde ich jetzt wohl endlich ausschlafen. Nur der
anhaltende Piepton stört etwas …

Die Armbrust

Als der dickliche Kommissar Riemer, mit Hut und
Mantel bekleidet, das Dienstzimmer betrat, stand
Kommissaranwärter Mehlmann hinter seinem Schreibtisch auf. Der Kommissar grummelte: „Sie brauchen
doch nicht aufstehen, wenn ich eintrete, Mensch!" Dann
zog er den Hut vom Kopf und warf ihn, in alter Gewohnheit, zum Kleiderständer. Als der Hut bereits in
der Luft lag, erinnerte er sich daran, dass seit dem Um-
räumen des Zimmers sein Garderobenständer im Keller
eingelagert war. Die unschuldige Kopfbedeckung
schlug deshalb kurz gegen die Wand, um danach noch
ein kleines Stück auf dem staubigen Fußboden zu rol-

len. Riemer beachtete den Hut einfach nicht mehr und hängte den Mantel über die Stuhllehne. Mehlmann räusperte sich: „Ich habe eine gute und eine schlechte Nachricht für sie." Riemer antwortete nicht. Nach einer bescheidenen Pause fuhr der Anwärter fort: „Die gute ist, dass ich morgen ausziehe. Da haben sie ihr Dienstzimmer wieder ganz alleine für sich. Die schlechte ist, dass der Chef schon seit einer Stunde auf sie wartet." Mehlmann setzte sich und Riemer nickte mit dem Kopf. Dann griff er in die linke Schreibtischschublade und nahm einen Karamellbonbon heraus. Er wickelte ihn bedächtig aus, warf ihn in die Luft und fing ihn mit dem Mund auf. Danach faltete er das Bonbonpapier sorgfältig zusammen und warf es in den Papierkorb: „Na dann wollen wir mal."

Als er das Büro von Hohlbach betrat, brütete dieser gerade über einigen Tatortfotos. Er blickte auf und schob seine Lesebrille bis an die Nasenspitze: „Wo kommen sie denn her?" Riemer setzte sich unaufgefordert und erwiderte: „Na von Halle. Schließlich haben sie mich doch zu Kommissar Schimmler geschickt." Hohlbach nahm die Brille ab: „Aber sie müssten doch schon seit einer Stunde wieder zurück sein." Riemer blieb ruhig: „Wissen sie, was auf der Autobahn los ist? Da gibt es mehr Baustellen als Fahrzeuge. Und jede Menge Geschwindigkeitsbegrenzungen." Hohlbach lehnte sich zurück: „Richtig! Das ist echt katastrophal. Und da wollen diese Umweltschützer, dass man noch viel später ankommt. Stellen sie sich vor, die verlangen ein Tempolimit von einhundertzwanzig Kilometer pro Stunde.

Ich wäre da ja für einen Kompromiss. Mein Wagen fährt zweihundertfünfzig. Wenn sich also beide Seiten in der Mitte treffen würden, dann wäre das Tempolimit bei ... warten sie! Zweihundertfünfzig plus einhundertzwanzig macht dreihundertsiebzig durch zwei, das ist ... äh ..." Riemer unterbrach ihn ungeduldig: „Einhundertfünfundachtzig." Hohlbach nickte: „Genau! Damit wäre ich einverstanden. Aber sagen sie mal, wie war es eigentlich in Halle?" Riemer machte eine vage Handbewegung: „Schimmler will es sich überlegen." Hohlbach war sichtlich unzufrieden: „Was heißt da überlegen? Der hat hier seine Ausbildung gemacht, kennt den ganzen Laden und hat auch gut mit ihnen zusammengearbeitet. Schauen sie, wir brauchen den Mann. Bärschneider geht in Rente und der junge Mehlmann lässt sich nach Leipzig versetzen. Also reden sie noch einmal mit Schimmler. Wegtreten! Ach quatsch! Stopp! Ich hab hier den nächsten Fall für sie und Mehlmann. Ziemlich eindeutig. Einer erschießt seinen Nachbarn mit einer Armbrust, weil sich die zwei um die richtige Stelle für den Gartenzaun gestritten haben. Mehlmann ist bereits damit vertraut und wird sie informieren. Wegtreten! Äh stopp! Hier sind die Tatortfotos, die nehmen sie mit! Wegtreten!" Riemer stand auf und blieb stehen. Hohlbach zog die Stirn in Falten: „Ist noch was?" Riemer grinste: „Ich dachte, sie hätten noch was." Sein Chef machte eine wegwischende Handbewegung: „Raus jetzt! Halt stopp! Noch eins, das ist der letzte Fall für Mehlmann bei uns. Behandeln sie ihn anständig! Er hat ihnen schließlich mal das Leben gerettet. Und jetzt Abgang!" Riemer verließ das Büro, ohne die Tür zu schließen und Hohlbach versuchte gar nicht erst, ihm etwas hinterher zu rufen.

Als Riemer die Fotos auf seinem Schreibtisch ausgebreitet hatte, trat Mehlmann bedächtig hinzu: „Das ist Hannes Weigel, der Tote. Hier der Nachbar mit Namen Bertram Möller, und das ist der Kurzbolzen, der in dem Toten gesteckt hat. Wie sie sehen, ist er völlig mit Blut verkrustet, da er komplett im Brustkorb des Verstorbenen verschwunden war. Und hier ist das Foto der Armbrust. Der Möller hat das Ding vor fünf Tagen gekauft, einschließlich zehn solcher Kurzbolzen. Allerdings kann er nur noch neun davon vorweisen." Riemer legte den Zeigefinger an die Nase: „Hier ist etwas faul. Das ist eher ein Spielzeug als eine Armbrust. Die hat nie und nimmer so eine Durchschlagskraft." Er nahm seinen Mantel: „Wo finde ich den mutmaßlichen Täter?" „Natürlich in Untersuchungshaft."

Der Kommissar gab unwillig seine Waffe ab, bevor er durch die Gittertür hereingelassen wurde. Er nahm in dem kahlen Verhörraum Platz und wartete auf den Festgenommenen. Nach kurzer Zeit wurde dieser durch einen uniformierten Beamten herein geführt und auf den gegenüber liegenden Stuhl gedrückt. Er war etwa einsachtzig groß, braungebrannt und hatte einen schwarzen, dichten Kinnbart. Der Mann schien sich keiner Schuld bewusst zu sein, denn er blickte dem Kommissar frei in die Augen. Der Uniformierte stellte sich mit dem Rücken gegen die Tür, sicherheitshalber mit der Hand an einem Taser. Riemer räusperte sich: „Sie sind Bertram Möller, haben sich eine Armbrust mit zehn Pfeilen gekauft und können nur noch neun davon vorweisen. Ihr toter Nachbar, mit dem sie im Clinch liegen, hat jedoch einen Pfeil in der Brust. Ist das soweit richtig?" Der Angesprochene schüttelte den Kopf: „Nicht ganz. Es sind keine normalen Pfeile, sondern Kurzbolzen aus Karbon. Aber es ist wahr, dass ich einen verbummelt habe. Nämlich bei Schießübungen in dem Wäldchen hinter meinem Haus. Würde man mich dort suchen lassen, könnte ich das Ding bestimmt finden." Der Kommissar verschränkte die Arme: „Sie schießen also in aller Öffentlichkeit mit einer gefährlichen Waffe um sich?" „Nein. Das Wäldchen gehört mir und hat an allen Wegen Schilder mit der Aufschrift ‚Betreten verboten!‘. Außerdem ist eine Armbrust laut Waffengesetz eine freie Waffe. Ich hab also nichts falsch gemacht und schon gar nicht meinen Nachbarn erschossen." „Aber", entgegnete der Kommissar, „nach Anlage 1, Ziffer 1.2.2 des deutschen Waffengesetzes sind Armbrüste gemäß §1 Abs. 2 Nr. 1 den Schusswaffen gleichgestellte Gegenstände. Und Mord bleibt Mord, ob mit einer freien oder mit einer im Nationalen Waffenregister angemeldeten Waffe." Möller fuhr hoch: „Verdammt noch mal, ich habe den Kerl nicht mit meiner Armbrust erschossen!" Der Uniformierte sprang hinzu und drückte den Mann sofort wieder auf seinen Stuhl. Riemer stand auf: „Das wird sich noch zeigen."

Kommissar Riemer war intensiv in die Fallakte vertieft, als wieder einmal das Telefon auf seinem halbwegs aufgeräumten Schreibtisch klingelte. Er hob den Hörer ab: „Was?" Am anderen Ende tobte Hauptkommissar Hohlbach: „Sie sollen sich, zum Kuckuck, immer mit Name und Dienstgrad melden!" Riemer grinste: „Und wieso wissen sie, wer hier dran ist?" Hohlbach wurde noch lauter: „Na wer schon? Der stets undisziplinierte Riemer!" „Na wenn sie es eh schon wissen, warum soll ich mich dann noch vorstellen?" Hohlbach schnappte nach Luft: „Treiben sie es nicht zu weit. Ich könnte sie auch zur Schutzpolizei versetzen lassen." „Ja, ja", sagte Riemer ganz ruhig, „damit bei uns hier die Aufklärungsrate sinkt. Das glauben sie doch selber nicht. Und wollten sie mir nicht gerade sagen, warum sie mich eigentlich angerufen haben?" Hohlbach machte eine kleine Pause, um nicht zu platzen. Dann sagte er: „Wieso haben sie bei einem glasklaren Fall die Spurensicherung in den Wald geschickt? Das nenne ich nämlich Geldverschwendung." Riemer wurde ernst: „Weil der Fall, meiner Meinung nach, nicht glasklar ist. Wir haben noch keinen Beweis, dass der Eingebuchtete tatsächlich geschossen hat. Bei einer Armbrust gibt es nämlich keine Schmauchspuren, wie sie wissen. Und ohne Beweis gilt immer noch die Unschuldsvermutung." Die Antwort war lediglich ein leises Knacken in der Leitung. Hauptkommissar Hohlbach war die Lust am Diskutieren vergangen.

Als Riemer am nächsten Morgen sein Büro betrat, war er kurz erschrocken. Mehlmanns Schreibtisch war nicht mehr da. Dafür stand aber sein alter, heißgeliebter Garderobenständer wieder in der Ecke. Hocherfreut nahm der Kommissar seinen Hut ab und warf ihn in Richtung Kleiderständer. Der Hut verfehlte, wie in fünfzig Prozent aller Fälle, den Ständer und landete auf dem Boden. Riemer breitete seinen Mantel über die Stuhllehne, setzte sich, zog die linke Schublade des Schreibtisches auf, entnahm einen Schokoriegel und begann diesen genüsslich zu verzehren. Schließlich war das Frühstück schon eine halbe Stunde her, und der Körper braucht nun mal Energie. Als die Bürotür aufging, hätte er sich um ein Haar verschluckt. In der Tür stand Kommissar Schimmler und grinste. Riemer stand ruckartig auf: „He, Reiner, altes Haus, was machst du denn hier?" Sie schüttelten sich die Hände. Schimmler sagte: „Müsstest du doch eigentlich wissen. Du wolltest mich doch überreden, wieder hier her zu kommen. Ich war eben bei Hohlbach, oder wie du sagst ‚Monkey-Face'. Der hat mir in Aussicht gestellt, später seinen Posten zu übernehmen, weil er dich ärgern will. Aber ich hab abgelehnt. Hat dem Alten gar nicht gefallen." Riemer griente über das ganze Gesicht: „Ich danke dir. Bleibst du noch? Dann können wir zwei heute Abend ein Bier zusammen trinken."

Die Gaststätte war klein, aber ‚Oho', wie man landläufig sagt. Während Schimmler noch kaute, hatte Riemer bereits aufgegessen und labte sich an seinem Schwarzbier: „Woran arbeitest du gerade?" Schimmler schluckte hastig: „Ein Kerl namens Wilfried Lierhaus hat mit einer Glock 22 seinen Nachbarn erschossen und ist seitdem von der Bildfläche verschwunden. Ihr habt bestimmt das Fahndungsfoto in der Dienststelle. Aber ich hab keine Lust, jetzt über die Arbeit zu sprechen. Ich wollte dir heute Abend nämlich etwas Wichtiges mitteilen. Ich werde heiraten. Und zwar ein Mädel von hier. Dann ziehe ich wieder her und komme in deine Dienststelle. Was sagst du?" Riemer war kurz perplex: „Na dann, herzlichen Glückwunsch. Da brauche ich dir wohl nicht anzubieten, heute bei mir zu schlafen?" „Nein", antwortete Schimmler, „nein, gewiss nicht."

Rolf König, der Leiter der Spurensicherung, ließ sich an Riemers Schreibtisch nieder: „Hier! Ich hab was für dich." Er legte einen Beweismittelbeutel auf den Schreibtisch des Kommissars. In dem Beutel war ein Armbrustbolzen aus Karbon zu sehen. König fuhr fort: „Wir haben ihn genau da gefunden, wo der Verdächtige Schießübungen gemacht haben will. Also viel Spaß damit!" Er tippte sich flüchtig an die Stirn, stand auf und verließ das Dienstzimmer. Riemer kratzte sich ausgiebig am Hinterkopf. Dann griff er zum Telefon: „Könnten sie bitte Mehlmann ausfindig machen und zu mir schicken?" Der Kommissar öffnete erneut die Akte und begann alles noch einmal von vorn durchzuackern, als Mehlmann eintrat. „Gut, dass sie da sind. Sie kannten doch den Fall Möller bereits vor mir. Wer hat eigentlich gesagt, dass der Möller den Weigel erschossen hat?" „Ein Streifenpolizist. Die Streife war zufällig mit dem Wagen dort, als die Frau des Toten lauthals ‚Mörder' gerufen hat, nachdem sie ihren Mann leblos im Garten entdeckte. Bei der Vernehmung hat die Dame ausgesagt, dass der Schütze bereits am Tag zuvor ihren Gatten mit der gespannten Armbrust bedroht hat. Na ja, das tödliche Geschoss war ja dann auch ein Armbrustbolzen." Riemer bedankte sich nachdenklich. Mehlmann wandte sich zur Tür: „Ach so, ich wollte mich noch verabschieden. Morgen geht's ab nach Leipzig." Riemer murmelte geistesabwesend: „Bis dann!" Er blätterte weiter angespannt in der Akte, während Mehlmann kopfschüttelnd den Raum verließ. Plötzlich sprang der Kommissar auf: „Ich Blödmann! Hätte ich doch gleich richtig hingesehen. Ich bin doch zum Scheißen zu blöd! Gott, bin ich bescheuert!" Er hob den Telefonhörer ab: „Wie kann ich Kommissar Schimmler erreichen? Der muss hier irgendwo in der Stadt eine Adresse haben. Gut, natürlich, ich warte."

„Was ist denn so wichtig? Ich war schon auf der Fahrt nach Halle, als ich zurückgerufen wurde. Hoffentlich hast du einen guten Grund!", sagte leutselig Schimmler, „Ich nehme doch mal an, dass du keine unstillbare Sehnsucht nach meiner Person hattest." Riemer zog ihn am Ärmel in den Flur: „Hier, das Fahndungsfoto von deinem Wilfried Lierhaus. Dann schau dir mal das Foto in der Akte Möller an und denk dir den Bart weg. Fällt dir was auf? Tut mir leid, dass ich die ganze Zeit Tomaten auf den Augen hatte. Aber der Kerl sitzt ja noch in

Untersuchungshaft. Und mal ganz nebenbei, weißt du welchen Durchmesser ein Armbrustbolzen hat? Den hole ich mir jetzt nämlich aus der Asservatenkammer. Wollen wir wetten, dass der am Ende verkohlt ist? Das hat bloß keiner auf dem Foto unter dem ganzen Blut gesehen. Aber die Gerichtsmedizinerin hat in bestimmt inzwischen abgewaschen."

Hohlbach hob seinen rechten Zeigefinger: „Ich habe ja gleich gesagt, dass der Kerl seinen Nachbarn erschossen hat. Ich wusste das von Anfang an." Riemer grinste: „Und dass der Kerl einen elften Armbrustbolzen besaß und mittels einer Spezialpatrone die Glock 22 als Vorderlader benutzt hat, wussten sie bestimmt auch. Sie haben das bloß vergessen zu sagen." Schimmler musste ebenfalls grinsen, als er seinerseits ergänzte: „Und dass dieser Möller mit meinem Lierhaus identisch war, wussten sie bestimmt auch. Sie wollten doch nur, dass Kollege Riemer zwei Fälle mit einem Schlag löst, stimmt doch?" Hohlbachs Stirn verfinsterte sich: „Sie sollten gut überlegen, was sie sagen, wenn sie hier arbeiten wollen!" Jetzt stand Riemer auf, zog Schimmler demonstrativ mit seinen Wurstfingern am Jackenaufschlag hoch, schaute ihn streng an und schob ihn in Richtung Tür: „Jawohl, denn wenn ich hier erst Hauptkommissar bin, dann weht ein ganz anderer Wind in dieser Dienststelle!"
Erst als die beiden schon prustend auf dem Flur standen, hörten sie durch die geschlossene Bürotür ein gefluchtes „Raus, alle beide!"

Nur kurz

„Also Kollege 7231, das ist hier eine dringende Personalbefragung. Sie heißen ursprünglich Rico Ritolari, haben die Kennummer 7231, gehören zur Abteilung Deutschland, waren früher ein berühmter Entfesselungskünstler und haben damals freiwillig den Ersatzvertrag unterschrieben. Stimmt das?" Der Angesprochene nickte flüchtig. „Gut. Dann muss ich sie standardmäßig fragen, ob es ihnen bei uns bisher gefallen hat." Rico hob die Schultern: „Na ja, ziemlich gut. Also sehr gut, genauer gesagt. Und viel, viel besser als vorher." „Das wundert mich nicht. Sie genießen ja aufgrund des Ersatzvertrages alle möglichen Privilegien." Der angeblich Privilegierte wackelte mit dem Kopf: „Na ja, so viele Privilegien sind das ja nun auch wieder nicht." „Na hören sie mal! Unser Nachrichtendienst informiert sie rund um die Uhr was auf der ganzen Welt so passiert. Die anderen dagegen haben absolut keine Ahnung vom derzeitigen Geschen. Das ist doch wohl schon ein großer Vorteil. Und für die sexuelle Aktivität mit freier Auswahl würden andere bestimmt sonst was geben." Rico musste grinsen: „Ja, schon. Aber was soll das Ganze hier? Was ist eigentlich los?" „Sie werden entsprechend ihres Vertrages in drei Tagen eingesetzt." Jetzt zeigte sich Entsetzen auf Ricos Gesicht: „Was? Moment mal! Ich bin erst seit einhundertzweiunddreißig Tagen hier. Und im Ersatzvertrag steht, dass ich frühestens nach tausend Tagen eingesetzt werden darf." „Da haben sie wohl die Fehlerklausel im Kleingedruckten nicht gelesen. Kein Mensch ließt heutzutage mehr das

Kleingedruckte. Darin steht nämlich klipp und klar: ‚Falls einem System-Mitarbeiter ohne erkennbare Absicht ein Fehler unterläuft, so bin ich bereit, sofort eingesetzt zu werden, um den Fehler in Grenzen zu halten'. Das haben sie unterschrieben." „Kacke, Mann! Und wie lange muss ich wieder da runter?" „Nur kurz." „Und was bedeutet ‚nur kurz'?" „Das kommt auf die dortigen Behörden an. Der Fall liegt so: Der Diensthabende Überwacher wurde von einem unzufriedenen Privilegierten derart genervt, dass er schlichtweg abgelenkt war und einen Verkehrsunfall nicht richtig überwacht hat. Das arme Unfallopfer, ein Mann mit Namen Heinz-Walter Giermann, wird in drei Tagen sterben. Das war aber so nicht vorgesehen. Also werden sie in seinen Körper transferiert, während seine Seele erstmal hier hoch kommt, um zu prüfen, ob sie überhaupt weiter verwendbar ist. Der Mann hat nämlich eine Unfallversicherung abgeschlossen, die erst in drei Monaten greift. Sollte er vorher verunfallen, bekommt seine Frau keinen Cent. Da aber beide arme Schweine sind, Schulden haben und die Frau zusätzlich auch noch arbeitslos ist, würde sie ohne den Hauptverdiener wahrscheinlich auf der Straße landen. Das müssen wir verhindern. Also werden sie seinen Körper so lange am Leben erhalten, bis entweder die Versicherung zahlt, oder bis die Dame eine neue Arbeit hat. Verstanden?" Engel Rico zog einen Flunsch: „Och nö! Hier oben im Himmel ist es viel besser. Ich will hier nicht weg. Auch nicht nur kurz. Außerdem möchte ich meine Flügel nicht abgeben. Ich hab mich so ans Fliegen gewöhnt." „Sie haben unter-

schrieben, also werden sie in drei Tagen eine Seele ersetzen. Basta! Wenn sie danach wieder hoch kommen,
brauchen sie ja keinen Ersatzvertrag mehr zu unterschreiben. Das war's! Bis in drei Tagen! Und jetzt
raus!" Rico flatterte gehorsam davon, dachte aber bei
sich: „Die werde ich linken. So schnell wie ich dort
wieder abkratze, so schnell werden die gar nicht denken
können. Ich hab da unten nichts mehr verloren. Ruck
zuck bin ich wieder hier. Basta!"

Schwester Annegret befestigte den Tropf mit Morphium
am Ständer und sagte im Gehen: „So, Herr Giermann,
gleich wird sich ihr Zustand bessern." ‚Pustekuchen',
konterte Rico in Gedanken, ‚genau das will ich eben
nicht.' Dann riss er sich den Schlauch aus der Vene:
‚Wenn's auch weh tut, ich will auf Biegen oder Brechen
wieder in den Himmel. Und das möglichst gestern.'
Kurz darauf hörte er aufgeregte Stimmen auf dem Flur.
Der Oberarzt und die Krankenschwester kamen im Eil-
tempo und mit wehenden Kitteln angerannt. Außer
Atem schrie der Arzt die Schwester an: „Sind sie
wahnsinnig? Wozu gibt es denn Krankenblätter? Da
steht doch groß und breit drauf, dass dieser Patient al-
lergisch auf Morphium reagiert. Das kann Atemnot,
Herzrhythmusstörung oder gar den Tod herbeiführen.
Können sie denn nicht lesen oder sind sie mit ihrem
Beruf überfordert?" Der Krankenschwester rannen ein
paar Tränen über das Gesicht, während der Arzt den
Schlauch am Tropf abklemmte. Dann sahen beide zu
ihrem großen Erstaunen, dass dieser Schlauch gar nicht

mehr in der Vene des Patienten steckte. Der Oberarzt atmete durch: „Mensch, Annegret, da haben sie diesmal aber wirklich Glück gehabt. Der Patient erhält ab sofort PMZ21 anstelle von Morphium. Bringen sie das hier in Ordnung!"

„Was war denn das jetzt", sagte Rico verzweifelt, als die Schwester gegangen war, „Das ist doch wohl mit Anlauf zum Kotzen. Und was nun? Am besten was ganz Simples. Ich springe einfach aus dem Fenster." Er rutschte seitlich aus dem Bett, nahm etwas Anlauf und sprang quietschvergnügt durch die Scheibe des mittleren Fensters. Der Aufprall kam zeitgleich mit dem Klirren des Glases; sein Krankenzimmer lag nämlich blöderweise im Erdgeschoss. Bevor ihm richtig klar wurde, was eigentlich soeben passiert war, zerrten ihn zwei Krankenpfleger wieder ins Haus, reinigten ihn oberflächlich und zogen ihm trotz Protest eine Zwangsjacke über. Dann schob man ihn mit sanfter Gewalt in eine gepolsterte Zelle. Gleich darauf erschien Schwester Annegret mit zwei Tabletten: „Hier, gegen die Schmerzen." Rico hätte sie am liebsten erwürgt, wenn seine Hände frei gewesen wären. Aber zunächst fasste er sich in Geduld. Bestimmt würden sie ihn demnächst wieder hier herausholen. Spätestens, wenn man ihn zu einer Befragung oder Ähnlichem bringen würde. Dann würde seine Stunde schlagen, denn schließlich war er beruflich schon häufig aus einer Zwangsjacke entkommen. Zwar auf der Bühne und für Gage, aber für die Freiheit und die Möglichkeit sich umzubringen, war das mindestens genauso lohnenswert. Der Himmel braucht nicht zu warten. Zumindest nicht lange! Dann schlief er ein. Die Tabletten taten ihre Wirkung.

Ein weißgekleideter Pfleger, gegen den eine mittelgroße Schrankwand eher winzig wirkte, hob Rico hoch und drängte ihn aus seiner Zelle. Dann schob er ihn vor sich her durch einen langen Gang: „Der Onkel Doktor will mit dir reden, mein Süßer!" Rico lockerte während des Gehens schon immer seine Schultern und zog die gekreuzten Arme weiter nach oben. Im richtigen Moment würde er sie über den Kopf streifen, eine Hand dadurch frei bekommen und damit die Schnallen öffnen. Hoffentlich war dieser fremde Körper, in welchem er jetzt steckte, genauso gelenkig wie sein ehemaliger. Der Pfleger bemerkte seine Aktivitäten und knurrte: „Mach keinen Scheiß! Der Doktor hat eine Pistole in seiner Schreibtischschublade." An einer Tür mit der Beschriftung ,Psychiater' angekommen, schubste ihn der Pfleger hinein und stellte sich von Innen gegen die Tür, um einen möglichen Fluchtversuch von vorn herein im Keim zu ersticken. Der Seelendoktor saß hinter seinem Schreibtisch. Er war verhältnismäßig klein und hatte weiße Haare. Als er Rico sah, schnauzte er den Pfleger an: „Was soll der Quatsch? Wieso steckt der Mann in einer Zwangsjacke? Der ist für andere nicht gefährlich. Hier geht es nur um eventuelle Todessehnsucht. Und selbst das ist noch nicht ganz geklärt. Also nehmen sie ihm das Ding ab. Und dann verschwinden sie aus meinem Behandlungszimmer!" Der Pfleger tat wie ihm geheißen, aber seine Mimik sprach Bände. „Möchten sie sitzen oder lieber auf der Couch liegen?", fragte der

Weißhaarige. Rico überlegte im Stillen: ‚Wenn ich liege, dann setzt er sich bestimmt neben mich. Damit wird der Schreibtisch frei'. Laut sagte er: „Liegen. Ich möchte bitte liegen!" Und wie gedacht, setzte sich der Psychiater auf einen kleinen Stuhl neben der Couch. Blitzschnell stand Rico auf, sprang über den Schreibtisch, zog die Schublade auf, nahm die Pistole heraus, setzte sie an die Schläfe und drückte ab. Es machte kurz ‚Klick' und nichts weiter. Der überraschte Seelenklempner brauchte einen Moment, bevor er reagieren konnte: „Tut mir leid. Die ist nicht geladen. War sie noch nie. Die Pistole liegt nur wegen einer blöden Vorschrift in meinem Schreibtisch. Und nun legen sie sich wieder hin! Wir wollen reden." Rico war äußerst niedergeschlagen und antwortete auf alle Fragen etwas ausweichend.

Am nächsten Tag brachte man ihn zur Mehrzeilenspiralcomputertomographie, um einen eventuellen Tumor in seinem Gehirn zu finden. Nix. Der Psychiater empfahl im abschließenden Befund, dass der Patient nicht isoliert untergebracht werden sollte, da das einer Depression Vorschub leisten würde. Somit kam Rico in ein normales Krankenzimmer, in dem schon zwei Leute lagen. Die Fenster hatten beige Vorhänge, welche mit Kordeln zugezogen wurden. In der ersten Nacht riss Rico einfach so eine Kordel ab, ging damit auf die Toilette und versuchte sich an der Lampe aufzuhängen. Beim ersten Versuch riss die Kordel, beim zweiten kam die Lampe herunter. Rico schlich wie ein getretener

Hund zurück in sein Bett und verfluchte den Umstand, jemals einen Ersatzvertrag unterschrieben zu haben.

Am Morgen betrat ein Pfleger das Zimmer: „Herr Giermann, sie haben Besuch." Zunächst reagierte Rico nicht. „Herr Giermann, haben sie nicht gehört? Ihre Frau ist da. Kommen sie!" Dann wurde ihm klar, dass er ja in einem anderen Körper steckte; im Körper von diesem komischen Giermann eben. Er folgte dem Pfleger ins Besucherzimmer. Dort saß eine Frau, aber Herr im Himmel, das schärfste Gerät aller Zeiten. Rico stand mit offenem Mund im Raum und konnte sich nicht regen. So was Schönes, zum Teufel noch einmal, hatte er noch nie gesehen. Sie kam auf ihn zu, küsste ihn und sagte: „Schatz, zwei gute Nachrichten, die Unfallversicherung hat gezahlt und ich habe auch eine neue Arbeit bekommen. Was sagst du nun?" Rico wurde schwarz vor Augen. Er hörte nur noch, wie der Pfleger rief: „Myokardinfarkt. Ich brauche den Defibrillator!" Kurz darauf kam er im himmlischen Königreich wieder zu sich und spürte auch wieder seine geliebten Flügel am Rücken. Der Personalleiter begrüßte ihn: „Na, was hab ich gesagt? Nur kurz. Ich habe wie immer Wort gehalten." Aber Rico war so ganz und gar nicht damit einverstanden: „Seid ihr bescheuert? Wieso holt ihr mich gerade jetzt? Habt ihr denn die Frau nicht gesehen? Ich will sofort wieder zurück! Sofort!" Der Personalleiter schüttelte unnachgiebig seinen Kopf: „Die Mission ist abgeschlossen. Ende, aus, vorbei! Wenn Sie wollen, können sie ja wieder einen neuen Ersatzvertrag abschließen."

Seit dieser Zeit weiß man da oben, was vorher nie einer zu denken gewagt hätte: Es gibt tatsächlich auch randalierende Engel.

Mein Wasserhahn

Warum soll ich es verheimlichen, ich bin wieder Single. Das bietet mir neben einem sexuellen Nachteil einige exzellente Vorteile. Zum Beispiel schaffe ich den Müll nur runter, wenn ich es will, und nicht, wenn es mir befohlen wird. Sonntags schlafe ich so lange, bis ich nicht mehr müde bin, und keine grelle Stimme wirft mich vorher aus der warmen Bettstatt. Zweimal im Jahr kaufe ich mir eine sündhaft teure Flasche Whisky, ohne dass ich bezichtigt werde, ein Geldverschwender und Angeber zu sein. Nur etwas stößt mir stets sauer auf, nämlich wenn etwas kaputt geht. Ich habe einen Reparier-Fimmel. Gut, ich bilde mir auch ein, handwerklich ganz schön begabt zu sein. Schon als Kind durfte ich in der Tischlerwerkstatt meines Vaters herumwerkeln. Er zeigte mir geduldig, wie man mit einer Handsäge einen geraden Schnitt hinbekommt, oder auch wie ein Hobel eingestellt werden muss, damit er nicht hakt. Später lernte ich dann Werkzeugmacher. Im ersten Jahr habe ich häufig geflucht, denn das ständige Feilen erzeugte gelegentlich schmerzhafte Blasen an meinen zarten Händen. In den nächsten zwei Jahren folgten dann zum Glück auch noch Fräsen, Schleifen, Bohren, Gewindeschneiden, Schmieden, Drehen und was weiß ich noch alles. Vielleicht resultiert ja von dieser allumfassenden

Ausbildung meine grandiose Genialität, die mich unbarmherzig zwingt, sofort alles zu reparieren.

Es war, glaube ich, ein Dienstag, als ich aus der Küche ein leises Geräusch vernahm. Die Mischbatterie über der Spüle tropfte mit einer gewissen Dreistigkeit vor sich hin. Zunächst dachte ich, einer der beiden Hähne wäre nicht richtig zugeschraubt. Also knallte ich die Dinger an, als wären es Radmuttern an meinem alten Auto. Tropf, tropf, tropf, tropf. Mist! Mit dem Handrücken prüfte ich die Temperatur. Kalt! Also war höchstwahrscheinlich das Ventil vom kalten Wasser undicht. Kein Problem, für so einen Fall hatte ich eine gut gefüllte Schachtel mit Dichtungsringen in dem kleinen, weißen Schrank im Badezimmer. Also kaltes Wasser am Haupthahn abstellen, Handrad, in Fachkreisen Ventiloberteil genannt, abziehen und Ventil, in Fachkreisen Absperreinheit genannt, herausschrauben. Als ich den Dichtungsring vom Ventil gelöst hatte, durfte ich etwas angesäuert feststellen, dass sich wieder einmal keine Dichtung mit dem richtigen Durchmesser in dem Schächtelchen befand. War ja klar! Also ins Auto und ab zum nächsten Baumarkt. Es gab Dichtungen mit dem korrekten Durchmesser, bloß waren sie doppelt so dick wie benötigt. Nun existieren Gott sei Dank mehrere Baumärkte. Also weiter zum nächsten. Pustekuchen! Nur genau dieselbe Dicke. Trotzdem erwarb ich, der Not gehorchend, eines dieser Tütchen gegen Bares. Zu hause angekommen, arbeitete ich einen der kompakten Gummiringe mit einem scharfen Messer und viel Geschick in zwei flache Dichtungen um. Ganz parallel waren sie leider nicht geraten, was ich aber mittels einer Fingernagelschere und großem Fingerspitzengefühl korrigieren konnte. Nach dem Anbringen der neuen Dichtung und dem Einsetzen des Ventils, drehte ich den Haupthahn wieder auf. Tropf, tropf, tropf, tropf. Mist! An meiner perfekt gefertigten Dichtung konnte es nun nicht mehr liegen, aber vielleicht war das Ventil ausgeleiert. Schließlich wohnte ich schon länger als achtzehn Jahre in meiner Wohnung, und ebenso alt war diese tropfbereite Mischbatterie. Also wieder Wasser abstellen, Ventil herausschrauben und ab zum Baumarkt. Das kaputte Ventil nahm ich zum Vergleich mit, um nichts Falsches zu kaufen. Im ersten Baumarkt gab es zwar Ventile mit passendem Gewinde, aber in einer völlig anderen Ausführung. Die Aufnahme für das Handrad war viel zu lang, und die kompletten Ventile einschließlich Ventiloberteil sahen völlig anders aus, als meine alten. Im zweiten Fachgeschäft das gleiche Dilemma. Im dritten beschloss ich dann verzweifelt, zwei Ventile zu kaufen, um nach Auswechslung von Kalt- und Warmwasserhahn ein einheitliches Bild an meiner Mischbatterie zu erzielen. Wieder zu hause, beide Haupthähne schließen, zwei Ventile austauschen und Wasser wieder anstellen. Tropf, tropf, tropf, tropf. Mist! Dann kam mir in meiner Verzweiflung der Gedanke, dass vielleicht die Dichtungen an den neuen Ventilen bereits von Haus aus schadhaft sein könnten. Das war zwar völliger Blödsinn, aber im Angesicht der lieblich plätschernden Tropfen konnte ich nicht mehr klar denken. Außerdem würde ja ein Versuch nicht schaden, schließlich hatte ich ein nagelneues Tütchen mit Dichtungsringen zur Hand, welche in die neuen Ventile perfekt passten. Also Haupthähne abstellen, Ventile heraus schrauben, Dichtungen wechseln, Ventile einsetzen und beide Haupthähne öffnen. Tropf, tropf, tropf, tropf. Mist! Da es inzwischen Schlafenszeit geworden war, beschloss ich schweren Herzens, mein weiteres Tun auf den nächsten Tag zu verschieben. Um aber nachts nicht durch das leise Klopfgeräusch der hinterhältigen Tropfen verrückt zu werden, legte ich einen Schwamm genau unter das Ziel des abgesonderten Wassers. Das dämpfte durchaus ausreichen das Auftreffen der geballten Wassermoleküle. Ich beglückwünschte mich überschwänglich zu dieser Idee und ging erschöpft ins Bett.

Ein alter Spruch sagt: Neuer Tag, neues Glück! Diesmal wollte ich mittels Logik der Herr der Lage werden. Ich schnappte mir also meine große, moderne Taschenlampe, deren gleißendes Licht sogar feuchte Braunkohle entzünden konnte, stellte wiederum das Wasser ab, schraubte die Ventile heraus und begann mit einem Schraubendreher das Innere der Mischbatterie von Kalk und Rost zu befreien. Dann half ich beflissentlich noch mit etwas Essigessenz nach, wobei ich mir ganz nebenbei die Schleimhäute in meiner Nase verätzte. Nach getaner Arbeit setzte ich frohgemut meine Ventile wieder in die blitzsaubere Mischbatterie ein und öffnete die Haupthähne. Tropf, tropf, tropf, tropf. Mist! Dann durchzog mein gestresstes Hirn plötzlich ein Geistesblitz. Leider, leider viel zu spät. Ein kläglicher Rest von meiner geliebten Logik sagte mir, wenn alles mit den

Ventilen in Ordnung ist, dann muss doch wohl der Fehler an einer anderen Stätte zu finden sein. Ergo: Suchet, so werdet ihr finden. Und ich fand. An der Stelle, an der die Mischbatterie an das, aus der Wand heraus kommende Rohr, angeschraubt war, trat langsam aber sicher etwas Wasser aus. Anstatt aber, wie es sich gehört, an diesem Ort abzutropfen, schlich sich ein Rinnsal unten an dem Schwenkhahn entlang und tropfte erst vorn an dessen Öffnung ab. Nur, um den arglosen Betrachter, also mich Dämlack, damit zu foppen. Was folgte, war nur logisch: Wasser abstellen, Mutter lösen, ein paar Hanffasern um das Gewinde wickeln, Mutter danach fest anziehen, Wasser wieder aufdrehen und sich mit breitem Grinsen an die Brust schlagen. Nix Tropfen! Fertig!

Zwar repariere ich seit dem trotzdem weiterhin alles ohne fremde Hilfe, aber ich protze nicht mehr mit meinen handwerklichen Fähigkeiten. Man könnte also behaupten, ohne meine außergewöhnliche Bescheidenheit wäre ich absolut perfekt.

Drei Fragen an den Autor

Warum schreibst du eigentlich?
"Damit ich das Buch unter den Gabentisch legen kann, falls mir wieder einmal nichts einfällt, was ich zu Weihnachten verschenken könnte."

Wie würdest du deine Arbeit bezeichnen?
„Ich bezeichne meine Texte als ‚Naive Schriftstellerei' in Anlehnung des Begriffes ‚Naive Malerei'. Es gibt tatsächlich Menschen, denen so etwas gefällt."

Wer ist dein Vorbild?
„Ich habe keins. Meiner Meinung nach führen Vorbilder zu schlechter Laune. Orientiere ich mich an einem schlechten Vorbild, dann werde ich auch schlecht. Das bringt Frust. Nehme ich mir ein leuchtendes Vorbild, dann werde ich es mit meinen bescheidenen Mitteln nie erreichen. Das ergibt noch viel, viel mehr Frust."